Kathrin Corda
Cappuccino fatale

D1927155

PIPER

Zu diesem Buch

Es sieht nicht unbedingt danach aus, als habe Mailand auf Nina Sommer gewartet. Das hatte sie sich alles etwas anders vorgestellt. Die rastlose Wohnungssuche kreuz und quer durch die verregnete Stadt – von einem Wohnklo zum nächsten – ist mehr als frustrierend. Säße da nicht in der Bahn neben ihr der schöne Renato, der sie spontan auf einen Kaffee einlädt und ihr helfen möchte. Denn in ihrer jetzigen Bleibe hält Nina es nicht mehr lange aus: die Vermieter sind zwar ein reizendes Künstlerehepaar, das die neue Mitbewohnerin sofort ins Herz geschlossen hat, aber der Lärm des angesagten Clubs »Latex« raubt Nina jedes Wochenende den Schlaf. Im Büro der Werbeagentur AdOne erwartet sie derweil der neue Chef Stefano, dessen Charme und Unlust an der Arbeit gleichermaßen verblüffend sind. Beim ersten gemeinsamen Espresso erfährt Nina auch gleich alles über das große anstehende Projekt: Eine Werbekampagne entwickeln für Napolone, eine neapolitanische Kaffeemarke mit ehrgeizigen Expansionszielen. Ebenfalls ambitionierte Eroberungsziele scheint Renato zu haben, der junge Mann aus der Straßenbahn, der sich als strenger Veganer entpuppt und in einer glutenfreien Biopizzeria seine Fleischeslust auf Nina durchblicken lässt …

Kathrin Corda wurde in Hamburg geboren, studierte Wirtschaftswissenschaften in Lüneburg und arbeitet heute als freie Projektmanagerin in verschiedenen Werbeagenturen und Verlagen. Sie lebt mit ihrem Mann und ihrem kleinen Sohn irgendwo zwischen Rom, Hamburg und Sardinien. »Cappuccino fatale« ist ihr erster Roman.

Kathrin Corda

Cappuccino fatale

Roman

Piper München Zürich

Mehr über unsere Autoren und Bücher:
www.piper.de

MIX
Papier aus verantwortungsvollen Quellen
FSC
www.fsc.org
FSC® C083411

Originalausgabe
April 2012
© 2012 Piper Verlag GmbH, München
Umschlagkonzept: semper smile, München
Umschlaggestaltung: Cornelia Niere, München
Umschlagmotiv: Artwork Cornelia Niere; Ocean / Corbis Images (Handtasche), Rita Rivera / Nonstock / Getty Images (Auto)
Satz: Kösel, Krugzell
Gesetzt aus der Rotis Serif
Papier: Munken Print von Arctic Paper Munkedals AB, Schweden
Druck und Bindung: CPI – Clausen & Bosse, Leck
Printed in Germany ISBN 978-3-492-27389-3

1.

»Suche Mitbewohnerin für möbliertes Zimmer in Zweizimmerwohnung. *Solo ragazze* – nur für junge Frauen«, lautet die Annonce. Eine Studentenbude für stolze vierhundertfünfzig Euro im Monat und ich muss nehmen, was ich kriegen kann.

Denn ich bin in einer Notsituation.

Ich sitze in einer der überfüllten, veralteten Straßenbahnen Mailands und gondele südwärts in eine wenig anheimelnde Gegend der italienischen Großstadt. Mein Auftrag: Zimmerbesichtigung. Es ist bereits die achte Wohnung in drei Tagen, zu der ich mich mit Bus und Bahn durchschlage – um jedes Mal erschrocken abzuwinken. Trotz Notsituation.

Da war zum Beispiel erst gestern die ärmlich eingerichtete Einzimmerwohnung für schlappe siebenhundert Euro im Monat, die ich mir mit einer japanischen Praktikantin hätte teilen müssen. Der einzige Pluspunkt wäre gewesen, dass ich ihren vor Hunger piependen Tamagotchi wegen des Straßenlärms von draußen kaum gehört hätte.

Vorgestern habe ich mir ein Zimmer bei einer alten Dame angeschaut, die mir bereits an der Haustür mitteilte, dass ich unter keinen Umständen die Plastikfolien von den Schränken, Tischen und Stühlen abnehmen dürfe, die sie darauf befestigt hatte. Die wertvollen Möbel seien nämlich bereits der einzigen Nichte zum Erbe versprochen und dürften daher nicht beschädigt werden. Ich konnte mir allerdings nicht vorstellen, einer gewieften Nichte zuliebe in einem Plastiktütenambiente zu leben – für fünfhundert Euro. Bei eingeschränkter Küchennutzung, versteht sich. Auch hier lehnte ich also dankend ab.

Die Wohnungssuche gestaltet sich wahrlich alles andere als einfach. Willkommen in *bella Italia*!

An der Viale Tibaldi steige ich aus der Bahn, suche mir den Weg und komme dabei durch eine kleine, düstere Seitengasse. Irgendwo hier muss das Haus sein, in dem sich das freie Zimmer befinden soll. Hinter einer weiteren Hausecke werde ich fündig und blicke auf eine graue, seit langer, langer Zeit unsanierte Gebäudefront. Die Haustür ist nur angelehnt, das Türschloss verrostet. Schnaufend steige ich ins oberste Stockwerk und klingele an der linken Wohnungstür.

Eine zierliche, freudlose Gestalt, die sich knapp als Cecilia vorstellt, öffnet mir und winkt mich geistesabwesend herein. Mit Blick auf den laufenden Fernseher in der schäbigen Küche deutet sie auf eines der beiden Zimmer auf der anderen Flurseite. »Dies hier ist das freie«, murmelt sie fahrig und wendet den Hals gleich wieder Richtung Küche, wo der italienische Verschnitt von *Big Brother* läuft.

Ich betrete einen winzigen Raum mit einem pritschenartigen Gästebett, einem Schreibtisch, zwei wackeligen Stühlen und einer alten Kommode. Von der Decke baumelt eine armselige Glühbirne und das schmutzige Fenster geht auf einen dieser typischen Luftschächte italienischer Wohnhäuser raus, in denen man das Tageslicht wenn überhaupt nur erahnen kann.

Keine Frage: Dies ist hier erneut ein Besichtigungstermin für die Tonne. Den Anblick des Badezimmers erspare ich mir. Hier kann ich nicht wohnen, so viel steht fest. Schon gar nicht für diesen Preis. Ratlos drehe ich mich zu Cecilia um, die inzwischen stumm hinter mich getreten ist.

»Zahlst du denn den gleichen Preis für dein Zimmer?«, will ich wissen.

»*Sì certo,* ja sicher«, antwortet sie, »so teuer ist das gar nicht. Ich habe hier völlige Freiheit: Hier wohnt kein Vermieter, der uns sagt, was wir zu tun oder zu lassen haben. Außerdem kann ich kommen und gehen, wann ich will.«

»Ja, aber«, nehme ich erneut Anlauf, »wenn der Vermieter für dieses Loch hier insgesamt bald tausend Euro einnimmt ... Kümmert er sich denn nicht um den Zustand der Wohnung?«

»Nein«, Cecilia wirkt erstaunt, »warum sollte er?«, und fügt dann leicht ungeduldig mit einem Blick auf die Mattscheibe in der Küche hinzu: »*Allora?* Was ist, bist du nun an dem Zimmer interessiert oder nicht?«

Nein, bin ich nicht. Was nicht geht, das geht nicht, denke ich und trete den Rückzug in Richtung Straßenbahnhaltestelle an.

An der nächsten Kreuzung entdecke ich eine Bar, setze mich an einen kleinen, runden Tisch im Hinterraum und bestelle mir einen Cappuccino. An Ort und Stelle halte ich eine Lagebesprechung mit mir und meinen Notizen ab.

Stand der Dinge ist, dass ich gerade das letzte Zimmer von meiner Liste besichtigt habe, die ich in den letzten drei Tagen eilig durch das Studieren von Wohnungsannoncen und Aushängen in den Fluren von Eliteunis und Designerschmieden erstellt habe.

Ich habe ein Problem: Heute ist Donnerstag und schon morgen öffnet wieder die Rockdisco ihre Pforten, über deren Tanzfläche mein Bett steht. Ja, *mein Bett*. Ich habe nämlich blind von Deutschland aus ein Zimmer in einer Wohnung angemietet, die sich direkt über einer der angesagtesten Discos der Stadt befindet. Dabei haben mir die Vermieter am Telefon sogar gesagt, dass sich im Gebäude ein »Club« befinde. Das habe ich allerdings nicht ernst genug genommen – was ich hätte tun sollen. Ich war damals heilfroh, so schnell und aus der Ferne ein Dach über dem Kopf gefunden zu haben, dass ich sämtliche kleine Warnungen und eventuelle Haken geflissentlich überhört habe. Frohen Mutes bin ich nach Mailand gekommen, bis ich nach den ersten ruhigen Tagen mitten in der Nacht von dröhnender Rockmusik geweckt wurde, die bis fünf Uhr morgens anhalten sollte.

Nach drei durchwachten Nächten über der Disco, die selbst sonntags ab und an geöffnet hat, bin ich körperlich und geistig erledigt. Ich muss mir dringend eine neue Bleibe suchen, bevor das nächste Wochenende beginnt und ich am Montag als strategische Planerin in der Werbeagentur AdOne anfange. Zwar werde ich nur sechs Monate in Mailand bleiben, aber nichtsdestotrotz: Schlafen muss der Mensch. So auch ich.

Ich trinke den Cappuccino aus, löffele den restlichen Milchschaum aus meiner Tasse und gebe dem Kellner ein Zeichen, dass ich zahlen möchte.

»*Stai cercando casa?* Suchst du eine Wohnung?«, fragt er mit mitleidsvollem Blick auf die vor mir ausgebreiteten Wohnungsinserate, während er mir den Kassenzettel auf den Tisch legt.

»Mir reicht schon ein Zimmer«, gebe ich zurück und packe meine Sachen zusammen.

»*Eeeh*«, sagt er mitleidig, »*cercare casa a Milano è così!* Die Wohnungssuche in Mailand ist so!« Er hält eine Hand hoch und legt die Fingerspitzen zu einer Artischocke aneinander. Sehr schwierig bedeutet das, vielschichtig und bitter, wie eine Artischocke eben, bei der man den essbaren Kern auch erst nach einigen Mühen zum Vorschein pult.

»Hm, das macht mir Mut«, erwidere ich und stehe auf.

»*Arrivederci* und viel Glück, *bella*«, strahlt er mich zum Abschied aufmunternd an.

Ich trete aus der Bar vor die Tür und steige in die gerade ankommende Straßenbahn. Die Tram bringt mich in Richtung Porta Ticinese und hält schließlich am Domplatz, wo ich aussteigen muss. Wie immer ist die Piazza vor dem riesigen Mailänder Dom von Touristen überlaufen, die hier begeistert Fotos von sich und den Hunderten herumlungernden Tauben schießen.

Schon nach den wenigen Tagen, die ich in der Stadt bin, würdige ich das berühmte Bauwerk und die angrenzende Galleria Vittorio Emanuele keines Blickes mehr. Ich habe längst andere Sorgen. Daher springe ich aus der Bahn und renne zur nächsten Straßenecke, um direkt eine Anschlusstram zu ergattern, da die Taktung so gestaltet ist, dass sie mir fast immer direkt vor der Nase wegfährt.

So auch dieses Mal. Ich kann nur noch hilflos an die Scheibe klopfen, während die Wagen unbarmherzig davonrumpeln. Nun könnte ich zehn Minuten auf die nächste warten, beschließe aber die U-Bahn zu nehmen, obwohl ich dann etwas länger von der Haltestelle bis zu meiner Discowohnung laufen muss.

An einem Kiosk kaufe ich mir eine italienische Klatschzeitung, um erstens zu erfahren, wer in diesem Land gerade mit wem … und zweitens darüber hinaus weiter an meinem Schulitalienisch zu feilen. Dann steige ich die Treppen in die muffigen Gänge der Mailänder Metro hinunter. Am Gleis fährt gerade die Bahn ein – über deren Taktung zumindest kann ich mich nicht beschweren. Ich steige ein, ergattere sogar einen der seltenen Sitzplätze, falte die Zeitschrift auf und lasse mich von Station zu Station schaukeln.

»Bist du Engländerin?«, schreckt mich ein Fahrgast von meiner Lektüre auf.

Ich schaue hoch.

Links neben mir sitzt ein großer, schlanker Typ mit einem schmalen, freundlichen Gesicht und halblangen suferblonden Haaren. Er trägt ein weißes Leinenhemd, dessen Ärmel er ein Stück hochgekrempelt hat. Schöne Hände, ist der erste Eindruck, der mir durch den Kopf schießt. Schöne Hände bei einem Mann sind rar und immer gut.

»Nein, ich komme aus Deutschland«, gebe ich überrascht zurück. »Wieso?«

»Och, nur so. Interessiert mich. Diese Stadt ist voll mit Ausländern und ich finde es immer spannend, mich mit ihnen zu unterhalten und zu erfahren, was die hier so machen. Bist du Künstlerin?«

»Überlebenskünstlerin vielleicht«, lache ich, »ich arbeite in einer Hamburger Werbeagentur und bin für ein paar Monate an unsere Partneragentur in Mailand ausgeliehen.«

»Ah, *capito,* verstehe«, sagt er. »Ich dachte, du bist vielleicht Schmuckdesignerin. Du hast so einen bestimmten Stil. Dein Ring ist mir aufgefallen.«

Bestimmter Stil ... Ich schaue überrascht an mir herunter. Heute trage ich blaue Jeans und eine grüne Flatterbluse aus dem Indiashop. Was soll's – vielleicht tragen Künstler so was und die Anmache ist ganz originell. Außerdem: Ich finde den Typen sympathisch.

»Da muss ich dich enttäuschen«, gebe ich daher zurück, »den Ring habe ich geschenkt bekommen.«

»Ein sehr schönes Stück. Ich sehe so was. Ich *bin* nämlich Schmuckdesigner.«

»Aha«, sage ich. »Kann man denn davon leben?«, frage ich weiter, falte die Zeitschrift zusammen und schiebe sie in meine Tasche. Zum Lesen werde ich wohl nicht mehr kommen, denn an der nächsten Station muss ich aussteigen.

»Ja, es reicht zumindest, um dich auf einen Kaffee einzuladen, wenn du magst. Ich muss auch an der nächsten Haltestelle raus, ich wohne da.«

Wieder muss ich lachen. Die Art, wie er mit der Tür ins Haus fällt, gefällt mir und ich sage zu. Wir steigen aus der Bahn und fahren nebeneinander die Rolltreppe hoch.

»Übrigens, ich heiße Renato«, sagt er und streckt mir seine Hand hin.

»Ich bin Nina«, schlage ich ein, »*piacere,* freut mich.«

Oben angekommen, schlendern wir zusammen in Richtung der Porta Romana an ein paar kleinen Geschäften und zerwühlten Marktständen entlang und setzen uns in eine Bar direkt an der Straße. In Deutschland hätte ein Café in dieser Lage kaum eine Überlebenschance. Nie hätte ich in Hamburg einen Fuß in eine Bar gesetzt, wo Straßenlärm und Abgase direkt zur Tür hereinkommen. Hier dagegen ist das etwas anderes. Hier hat es Charme und gibt mir das Gefühl, nichts von dem zu verpassen, was da draußen passiert. Renato bestellt einen Cappuccino für mich und einen koffeinfreien – ach, so was gibt es hier? – Espresso für sich.

»*Allora*«, wendet er sich mir zu, »erzähl mir von dir. Dich treibt also die Arbeit nach Mailand. Und was machst du sonst so?«

»Fang du an«, gebe ich zurück. Vielleicht sollte ich wildfremden Männern nicht gleich meine gesamte Lebensgeschichte auftischen. »Kommst du aus Mailand?«

»Nein«, gibt er bereitwillig Auskunft, »ich bin in London geboren und in Turin aufgewachsen. Meine Mutter lebt in England. Meine Eltern haben sich getrennt, als ich drei war. Als ich meiner Mutter nach der Trennung zu viel wurde, bin ich zu meinem Vater nach Turin gezogen. Er war dort Professor für Architektur. Damals war ich fünf.«

»Du bist deiner Mutter zu viel geworden?«, frage ich ungläubig nach. »Wie geht das denn?«

»Sie war Opernsängerin. Sehr erfolgreich. Anfangs war es schick, einen kleinen Sohn zu haben, den sie herumzeigen konnte, und sie hat mich ständig auf ihre Tourneen mitgenommen. Doch irgendwann wollte ich das nicht mehr. Ich wollte lieber zu Hause bleiben und spielen. Ich habe ihr furchtbare Szenen gemacht und nur geschrien, einmal sogar in ihrer Garderobe kurz vor einem Auftritt. Sie hat sich fürchterlich darüber aufgeregt und auf der Bühne dann sogar ihren Text vergessen. Tja, damit war das süße Vorzeigekind dann nicht mehr tragbar. Ich musste weg.«

»Oh, das tut mir leid«, sage ich betroffen und fasziniert zugleich. »Hast du denn heute noch Kontakt zu deiner Mutter?«

»Kaum«, erwidert er knapp. »Manchmal veranstaltet sie irgendwelche Sommerpartys in ihrem Strandhaus in Brighton, da fahre ich dann aus Höflichkeit hin. Aber eigentlich habe ich ihr nicht mehr viel zu sagen.«

»Also bist du mehr bei deinem Vater?«, hake ich nach.

»Auch nicht so richtig. Mein Vater hat wieder geheiratet und mit seiner neuen Frau zwei Kinder bekommen. Da wurde ich bald zum fünften Rad am Wagen. Als ich mit der Schule fertig war, wollte ich in Mailand Kunstgeschichte studieren. Da hat mein Vater mir hier eine Wohnung gekauft und damit war ich aus seiner Sicht gut aufgeräumt.«

»Hm«, stottere ich mitleidig, »das klingt ja etwas einsam …«

»Nein«, erwidert Renato. »Mailand ist meine Familie. Ich

liebe diese Stadt, die Offenheit, die Liebe zur Kunst und zur Mode, die vielen interessanten Menschen. Alles, was ich brauche, finde ich hier. Und du?«, fragt er. »Was willst du in Mailand finden?«

»Erst mal nur ein ruhiges Dach über dem Kopf«, antworte ich und erzähle ihm meine Geschichte. Ich berichte ihm von meinem Job, den ich in wenigen Tagen antreten werde, und von der Disco unter meinem Schlafzimmer.

»Du hast dein Bett über dem *Markez*?«, fragt er ungläubig.

»Kennst du den Laden?«

»Wer kennt den nicht? Aber kann man da wohnen? Das muss doch höllisch laut sein.«

»Genau das ist ja mein Problem.«

Er schüttelt erstaunt den Kopf. »Unglaublich, was die Leute hier mit den Ausländern machen. Vermieten denen einfach ein Zimmer über der berühmtesten Disco der Stadt. Aber verstehst du jetzt, was ich meine?«, fügt er hinzu. »Du kannst in dieser Stadt einfach *alles* haben.«

»Ja, verstehe ich«, erwidere ich trocken, »dabei wäre mir etwas weniger lieber.«

»Hm, warte mal«, sagt er und denkt nach, »meine Hausmeisterin sagte mir neulich, dass ihr Physiotherapeut ein Zimmer vermietet. Sein letzter Untermieter, ein Japaner, muss nach einem Badewannenfest die halbe Wohnung unter Wasser gesetzt haben.«

»Oh, das klingt ja wirklich nach frei gewordenem Wohnraum«, freue ich mich. »Könntest du deine Hausmeisterin bitte mal fragen und vielleicht einen Kontakt herstellen?«

»*Certo*, das mache ich«, antwortet er. »Dafür musst du mir aber deine Telefonnummer geben.« Er grinst mich an.

»Wenn's weiter nichts ist.« Ich kritzele ihm meine Handynummer und vorsichtshalber auch die Festnetznummer meiner jetzigen Vermieter auf das Zuckertütchen, das neben meiner Tasse liegt. »Ich würde mich sehr freuen, von dir zu hören«, betone ich und lasse offen, ob es mir dabei eher um die Zimmeroption oder um das Wiedersehen mit Renato geht.

»Ich rufe dich morgen an«, verspricht er, steckt das Tütchen mit meiner Nummer in sein Portemonnaie und legt das Geld für unsere Getränke auf den Tisch.

Wir stehen auf und gehen Richtung Ausgang.

»Prima«, sage ich an der Tür, während ich mir meine Jacke überstreife, »schön, dich kennengelernt zu haben.«

»Unbedingt«, gibt er zurück, »ich melde mich bei dir. *Arrivederci.*« Er beugt sich vor und gibt mir rechts und links einen *bacio* auf die Wange.

Ich winke ihm noch kurz nach und mache mich auf den Weg nach Hause.

2.

Mittlerweile wird es dunkel, während ich den schmuddeligen Bürgersteig an chinesischen Haushaltswarenläden, zwielichtigen Bars und einer verlassenen Baustelle vorbei nach Hause marschiere. Achtlos trete ich ein paar Bierdosen aus dem Weg, springe um zahlreiche Hundehaufen herum und träume vor mich hin.

Am Montag starte ich endlich meinen Job bei AdOne Milano. AdOne ist einer der kreativsten und mächtigsten Netzwerkagenturen der Welt, die in fast allen Ländern der Welt eine Niederlassung hat. Eine davon ist in Hamburg, wo ich seit drei Jahren beschäftigt bin. *Schwer* beschäftigt, um genau zu sein, und dabei schwer unterbezahlt. In der Werbung läuft es nämlich so: Je erfolgreicher eine Agentur ist, desto niedriger werden die Gehälter. Allein die Ehre, für eine berühmte Agentur und deren fürstliche Etats schuften zu dürfen, macht jedes Gehalt für die Mitarbeiter auf den unteren Rängen überflüssig.

So denkt offenbar auch das Management von AdOne und hält meine Kollegen und mich bei kleinen Lohntüten regelmäßig mit Spontanpartys, Obstkörben und Sonnenstühlen auf dem Agenturdach bei Laune.

Entsprechend motiviert habe ich mich in den letzten drei Jahren an unzähligen Tagen, Nächten und Wochenenden so hochgedient, dass ich die langersehnte Position des Strategic Planners erhalten habe. Da ich mit diesem Job mehr Verantwortung innehabe, arbeite ich seitdem noch länger als davor. Bei praktisch gleichbleibendem Gehalt.

Vor einigen Monaten hat AdOne einen neuen Superkunden an Land ziehen können: Napolone, einen Espressohersteller aus Neapel. Ein Riesenerfolg für uns. Alle in der Agentur freuten sich wie kleine Kinder. Es gab wieder eine Spontanparty – diesmal sogar mit Champagner – und am nächsten Morgen stand ein besonders großer Obstkorb gegen den Kater in der Lobby. Denn auch dieses Credo gehört zur Werbebranche: Wer feiern kann, der kann am nächsten Tag auch wieder zwölf Stunden arbeiten.

Und für den neuen Kunden gab es viel zu tun, hatte es die Napolone Caffè Holding doch bisher mit ihrer Werbung nicht so genau genommen. Alles, was es gab, waren ein paar Werbefilmchen mit einem leicht verstaubten Schauspieler, der mehr oder weniger lustige Dinge in seiner Stadt erlebt und dabei – wie könnte es anders sein? – eine Tasse Espresso trinkt. Diese selbstgebastelten Spots wurden hier und da geschaltet, transportierten immerhin ein wenig Lebensfreude und verhalfen der neapolitanischen Kaffeemarke in ihrer Region zu einigem Erfolg.

Insgesamt dümpelt Napolone jedoch seit Jahren weit unter seinem Potenzial vor sich hin. Das befanden zumindest die obersten Strategen von AdOne und rannten mit dieser Feststellung offene Türen in der neapolitanischen Kaffeefabrik ein. Es kam zu ausgedehnten Verhandlungen und Akquisegesprächen und am Ende waren sich beide Seiten einig, eine großangelegte Marketingoffensive zu starten, die AdOne planen und international umsetzen soll. Das größte Kuchenstück des Etats sollte in Italien bleiben, weshalb AdOne Milano zur Leadagentur erkoren wurde. Die Mailänder sollten die Kampagne konzipieren, bevor sie die Kollegen in den anderen Ländern, unter anderem auch im zweitwichtigsten Markt in Deutschland, adaptieren würden.

So war der Plan. Die Realität sah dann etwas anders aus: Die Zusammenarbeit mit AdOne Milano klappte nicht. Selbst nach mehreren Wochen kam schlichtweg nichts an, was wir für den deutschen Markt hätten adaptieren und in Werbung umsetzen können.

Schließlich zog mein Chef Markus die Notbremse und vereinbarte mit der Mailänder Geschäftsführung, ihnen jemanden aus seinem Team zu schicken, der an der Entwicklung der italienischen Kampagne mitarbeiten und den Info-Transfer absichern sollte.

Die Wahl fiel auf mich.

Kurz darauf fing ich an, meinen Umzug nach Italien zu organisieren. Meine erste Anlaufstelle bei AdOne Milano war Marta, die Sekretärin des Managing Directors Luigi Monetti. Eine besonders mürrische Person, die bereits damit überfordert war, mit mir meinen Einstiegstermin in ihrem Laden abzustimmen. Endlich einigten wir uns auf den ersten April. Ein Aprilscherz? Zumindest muteten die Telefonate mit ihr so an.

Nein, nein, erklärte sie mir charmant auf meine schüchterne Anfrage, bei der Suche nach einer Unterkunft könne sie mir *natürlich* nicht helfen. »*Come faccio?* Wie soll ich das machen?«, fragte sie gereizt, »in dieser Stadt finden selbst wir Mailänder keine Wohnung. Und ich habe weiß Gott Besseres zu tun, als auch noch für andere Leute eine Unterkunft zu suchen.«

Martas mangelnde Gastfreundschaft tat meiner guten Laune jedoch keinen Abbruch. Ich war selig. Für den Arbeitgeber ins Ausland zu gehen, um für ihn dort die Kohlen aus dem Feuer zu holen, das kam für mich einem Ritterschlag gleich. Und dann auch noch nach Mailand! Einen schöneren Auftrag hätte man mir kaum erteilen können.

Ich freute mich riesig auf die Herausforderung und konnte es kaum erwarten, die letzten kalten Winterwochen in Hamburg hinter mich zu bringen. Ich freute mich auf Ausflüge an die malerischen norditalienischen Seen, die nur einen Katzensprung von Mailand entfernt sind, und auf Wochenendstreifzüge in die Toskana oder sonst wohin. Jede Pizza, die man mir in Hamburg auftischte, sollte für mich die letzte sein, bevor ich sie *in echt* vor Ort genießen könnte. Jeder Einkaufsbummel in meiner Heimatstadt war nur der Auftakt zu den hippen Läden der großen italienischen Designer im goldenen Dreieck Mailands.

Und was Männer betraf, träumte ich auch da vom großen Treffer. Ich konnte es förmlich riechen, dass in Italien endlich der Mann meiner Träume auf mich wartete, der mich mit seiner charmanten Art, seinem exquisiten Geschmack und seinen dunklen Augen verzaubern würde. Dann könnten mir die treulosen deutschen Thorstens, Michaels und Stefans in ihren Baggyhosen und lumpigen Sportschuhen endlich gestohlen bleiben. Mit oder ohne Socken.

Ich plante, schon zwei Wochen vor Arbeitsantritt in Mailand einzuziehen. Ich wollte mich in Ruhe umsehen, ein wenig die Umgebung erkunden und meine italienischen Sprachkenntnisse auffrischen, die bei mir doch recht eingerostet waren.

Also ergoogelte ich eine Internetseite, auf der ich nach freien möblierten Zimmern in Mailand suchte. Eine eigene Wohnung zu mieten, so lernte ich schnell, ist in dieser Stadt unerschwinglich. Schon bald stieß ich auf ein verlockendes Inserat: »Künstlerfamilie vermietet Zimmer an Studentin in charmantem Palazzo. Kreativ möbliert.« Das klang nach Abenteuer und passte genau in das Leben, das ich mir in der Fremde vorstellte. Spontan griff ich zum Hörer.

»Pronto?«, meldete sich am anderen Ende der Leitung eine Männerstimme.

Pronto heißt »bereit«. Bereit, mit dem Anrufer zu sprechen. Das ist gut so, auch wenn man dann immer noch nicht weiß, mit wem man es zu tun hat. So stotterte ich in meinem holprigen Italienisch los und fragte, ob ich mit der Person spräche, die das kreativ eingerichtete Zimmer zu vergeben habe.

»*Sì, sì,* das sind wir«, sagte Herr Pronto und fragte, ob ich Deutsche sei. Das höre er sofort am Akzent, meinte er. »Ich mag die Deutschen, weil aus Deutschland die besten Dompteure der Welt kommen.«

»Dompteure? Wofür?«

»Für Tiger, Löwen, Elefanten, praktisch alle Tiere. Das liegt an der deutschen Sprache, wissen Sie? Die ist so markant, da traut sich kein Tiger mehr, auch nur einen Mucks von sich zu geben.«

»Äh …«

»Wissen Sie, ein kluger Mensch hat dazu einmal Folgendes gesagt: ›Spanisch ist die Sprache, um mit Gott zu sprechen, Französisch die, um mit den Männern zu sprechen, Italienisch die, um mit den Frauen zu sprechen, und Deutsch die, um mit seinem Pferd zu reden.‹ Ab wann brauchen Sie das Zimmer denn?«, wechselte er abrupt das Thema.

»Ab Mitte März, würde das gehen?«, beeilte ich mich, seinem Gedankensprung zu folgen.

»Gerne, wenn Sie das Zimmer nehmen möchten, machen wir das so. Es gilt die gesprochene Abmachung. Ich vertraue Ihnen da, die Deutschen sind ja so korrekt, *va bene*?«

Wir besprachen noch ein paar Details über meine Anreise, die Adresse und Lage des Palazzos, in dem Herr Pronto, der sich Aldo Grandi nannte, wohnte und wie ich am besten hinkam.

»Übrigens«, fügte er am Ende unseres Gespräches nicht ohne Stolz hinzu, »bei uns im Haus gibt es einen Club, der in ganz Italien bekannt ist: das *Markez*. Wenn Sie da reinwollen, müssen Sie sich schwarz anziehen. So als wollten die sich dort alle selber zu Grabe tragen, hahaha.«

Wir lachten amüsiert über unseren schwarzen Humor und verabschiedeten uns voneinander. Ich war glücklich und freute mich.

Mailand wartete auf mich.

Inzwischen bin ich am Ende der Straße angekommen, in der ich wohne. Ich biege rechts in einen kleinen Hinterhof ein und gehe auf den flachen, schäbigen Vorbau des zweistöckigen Gebäudes zu. Unter der funzeligen Außenlampe ist das Gesicht eines Zirkusclowns in Öl verewigt und darunter steht in geschwungenen Buchstaben der Name der Bewohner: »Grandi«. Ich betätige die Türklingel darunter.

»Pronto?«, bellt es blechern durch die Gegensprechanlage. Aldos Stimme, die mir schon jetzt altbekannt und vertraut geworden ist.

»Ich bin's!«

Der Türöffner summt und gibt den Weg frei in ein enges, finsteres Treppenhaus mit ausgetretenen Steinstufen.

Ich klettere die Stufen hoch, drücke oben die nur angelehnte Tür auf und stehe direkt im Wohnzimmer der Familie Aldo Grandi.

Hündin Poppy, eine rotbraune, wuschelige Mischung aus Cockerspaniel und Pudel, begrüßt mich fröhlich bellend. Im Kamin in der Ecke prasselt ein Feuer, alle Lampen und Kerzen im Zimmer brennen. Der Raum um uns herum droht vor antiken Kommoden, Bücher- und Schallplattenregalen sowie einem alten Grammofon regelrecht zu bersten. Ein Metallbett voller Zierkissen aus aller Herren Länder dient als Sofa, der Couchtisch davor ist eine Komposition aus einer riesigen umgedrehten Baumwurzel mit einem runden arabischen Teetablett darauf. Die Wände sind dicht an dicht mit Bildern behängt, alles Zirkusmotive. Es ist ein traumhafter, unwirklicher Ort. Seit dem ersten Tag liebe ich es, hierher »nach Hause« zu kommen.

»Hallo?«, rufe ich in die Wohnung hinein.

»Ciao, bella!« Aldo tritt aus der Küche, aus der bereits der Geruch von gebratenem Knoblauch und Chili weht.

Wie immer hat er sich eine längst erloschene Pfeife in den Mundwinkel geklemmt, auf deren Stiel er herumkaut, wenn er am anderen Ende der Wohnung in seinem Atelier steht und an seinen farbenfrohen Bildern arbeitet. Er trägt entsprechend bunte, mit glitzernden Perlen bestickte Puschen, die er auf irgendeinem orientalischen Markt günstig geschossen haben mag. Im krassen Gegensatz dazu steht sein brauner, aus englischem Wolltuch gefertigter Blazer mit dem seidenen Einstecktuch in der Brusttasche. Draußen auf der Straße könnte man den armen Aldo vielleicht für eine entlaufene Witzfigur halten, hier in dieser Wohnung jedoch nimmt er sich aus wie ein König aus dem Morgenland.

Freundlich mustert er mich durch die kleine Nickelbrille auf seiner Nase. »Na, wie war dein Tag?«, fragt er.

»Leider nicht so erfolgreich«, seufze ich, werfe Jacke und Tasche kurzerhand in den alten Puppenkinderwagen, der neben der Tür steht, und folge Aldo in die Küche. »Ich habe nur Löcher gesehen, die man mir als Wohnraum andrehen wollte«, beschwere ich mich und rolle die Augen zur Decke, von der Dutzende Kupferpfannen, Töpfe und ein alter, vergessener Schinken baumeln.

Objektiv betrachtet ist diese Wohnung hier kaum besser als das, was ich mir in den letzten Tagen angesehen habe.

Der Unterschied ist nur, dass dieses Haus vor *spirito,* vor Geist, geradezu sprüht, während die anderen Behausungen, die ich besichtigt habe, eher die Atmosphäre mittelalterlicher Kerker ausstrahlten.

»*Tesorino,* Schätzchen, mir tut es schrecklich leid, dass du nicht bei uns bleiben willst. Grazia und ich hätten nie gedacht, dass unser Gast hier kein Auge zutun kann. Weißt du, wir haben uns nach all den Jahren an die Musik gewöhnt. Wir *hören* sie gar nicht mehr.«

»Ihr Glücklichen!«, seufze ich und mache mich über einen Teller Bandnudeln in Öl her, den Aldo vor mich hingestellt hat. »Du glaubst gar nicht, wie gerne ich bei euch bleiben würde, aber ich muss sagen, die Discomusik habt ihr unterschätzt. Noch so ein Wochenende wie das letzte und ich bin reif für die Klapsmühle.«

»Was machst du heute Abend?«, fragt Aldo – einer seiner mittlerweile gewohnten Gedankensprünge.

»Schlafen?«, witzele ich. *»Last night before Markez-Take-off.«*

»No«, protestiert Aldo, »eine *bella tedesca* kann doch nicht an einem Donnerstagabend einfach so ins Bett gehen!«

»Sondern?« Erwartungsvoll kaue ich an meinen Nudeln.

»Wir gehen in den Zirkus. Meine Freunde Fantini sind in der Stadt. Wir kennen uns seit dreißig Jahren. Die haben keinen einzigen Löwen im Käfig, den ich nicht schon mal auf Leinwand verewigt hätte. Ich stelle dich all meinen Freunden vor.«

Das klingt nach Abenteuer, Zuckerwatte und Popcorn. Wie viele Jahre war ich wohl schon nicht mehr im Zirkus? Fünfundzwanzig? Zwanzig? Ich kann mich nicht erinnern.

»Ich komme mit«, antworte ich daher. »Natürlich.«

Während ich im Bad stehe, um mich notdürftig mit ein paar Pinselstrichen für den Zirkusbesuch aufzuhübschen, stimmt Poppy erneut ihr Freudengeheul an: Grazia kommt nach Hause.

»Oh«, höre ich sie sagen, als sie in die Küche schlurft, »was für ein Tag.«

Eine Flasche wird lautstark entkorkt.

Als ich ins Wohnzimmer komme, liegt sie auf dem Sofa, ein Proseccoglas auf ihrem gut bestückten Bauch abgestellt.

»Heute«, fängt sie ungefragt an, »war Anna Libotte bei mir in der Boutique. Meinen ganzen Laden haben sie deshalb umstellt und durchsucht. Erst kam eine Limousine mit Blaulicht vorgefahren, und dann kam sie. Aber sie hat nur reduzierte Ware der letzten Saison gekauft«, fügt sie pikiert hinzu.

»Sie haben deinen Laden umstellt?«, hake ich nach. »Wer ist diese Frau?«

»Anna Libotte ist unsere *donna con le palle* – eine Frau mit Eiern«, erklärt mir Aldo und macht eine unmissverständliche Geste, welche Eier er meint. »Sie ist Staatsanwältin in Mailand und hat als eine von wenigen genügend Mumm, um gegen alles zu kämpfen, was auch nur nach Mafia *riecht*. Die kriegt keiner rum.«

»Aber ein ruhiges Leben hat sie nicht mehr, die Arme.« Grazia leert ihr Glas in einem Zug. »Selbst wenn die Frau sich nur zwei Pullis und einen neuen Rock kaufen will, wird sie mit vier Bodyguards und Blaulicht durch die Stadt gefahren. Hoffentlich hat sie jemanden, der ihr das Klopapier besorgt.«

Was für ein schillerndes Volk mein Vermieterehepaar kennt. Aldo geht in der Zirkuswelt ein und aus und Grazia mit ihrem Modesalon ist so etwas wie die Komplizin der bekanntesten italienischen Anti-Mafia-Kämpferin. Ich bin tief beeindruckt. Und dann wohnen wir auch noch über dem legendärsten Club der Stadt. Wir sind sozusagen berühmt.

»*E allora, tesoro,* also, mein Schatz, was machst du heute Abend?«, wechselt Grazia das Thema.

»Ich gehe mit Aldo in den Zirkus.«

»*Eh,* hat er endlich wieder ein Opfer gefunden, das ihn begleitet? Ich hoffe, es gefällt dir genauso gut wie uns«, spottet sie.

»Ganz sicher«, beeilt sich Aldo zu sagen und nimmt seine Schlüssel vom Brett neben der Tür. »*Sei pronta?* Bist du fertig? *Andiamo?* Gehen wir?«

Unten vor dem Haus schiebt er das verrostete Garagentor auf und holpert mit seinem alten Fiat auf den Gehweg. Zusammen fahren wir an den Stadtrand, lassen den Flughafen hinter uns und schon bald tauchen die bunten Lichter eines riesigen Zirkusgeländes vor uns auf.

An der Einfahrt steht ein Junge im Teenageralter in einem bunt gestreiften Hemd und winkt die anfahrenden Autos in die Richtung, wo er noch freie Parkplätze vermutet.

»*Salve,* Antonio«, Aldo kurbelt das Seitenfenster herunter, »*come stai?* Wie geht's?«

»Aldo!«, schreit Antonio begeistert und schiebt den Kopf durchs offene Fenster, um meinen Vermieter rechts und links auf die Wange zu küssen. »Fahrt direkt durch bis zum Zelt, da haben wir drei Parkplätze für Ehrengäste.«

Aldo tuckert mit seinem Fiat an den Hunderten von parkenden Autos vorbei und kommt wenige Meter vor dem Haupteingang auf einem der Ehrenparkplätze zum Stehen. Wir steigen aus.

»*Ehh!*«, ruft eine verärgerte Stimme aus dem Off und ein

dicklicher, kleiner Mann kommt hektisch auf uns zugelaufen. »Hier können sie nicht par… Ah, Aldooo!«, jubelt er dann los. »Wie schön, dich hier zu sehen. *Benvenuto!* Wen hast du uns denn da mitgebracht?« Er deutet auf mich. »Ich bin Antonio Fantini senior«, stellt er sich, ohne eine Antwort abzuwarten, vor, reicht mir seine speckige, kleine Hand und legt mir die andere auf die Schulter. Dabei muss er sich auf die Zehenspitzen stellen, da ich ihn mit meinen einen Meter siebzig ein ganzes Stück überrage.

Wir folgen Antonio senior ins Vorzelt.

»Pass auf, ich stelle dir meine Familie vor.« Antonio legt mir eine Hand auf den Rücken und schiebt mich in Richtung Bartresen, wo eine hübsche, junge Frau gerade Riesenlollis an eine Großfamilie mit vier Kindern verkauft. »Chiara«, er pfeift, »schau mal, wer hier ist.«

»Ah«, Chiara legt die Riesenlollis auf dem Tresen ab und läuft an der verdutzten Großfamilie vorbei auf Aldo zu.

»Ciao, cara«, begrüßt er sie väterlich und küsst ihr zärtlich beide Wangen. »Chiara«, stellt er sie mir dann vor, »ist mein allerliebstes Modell. Sie ist einfach die Größte. Außerdem ist sie die beste Seiltänzerin, die ich in meinem Leben gesehen habe. Und ich habe schon viele gesehen«, fügt er altklug hinzu.

»Antonio hier ist mein Mann«, informiert mich Chiara, »und da drüben am Kartenschalter ist meine Schwester Maura. Mein Schwager schminkt sich gerade, er ist unser Clown, weißt du? Und da hinten kommt gerade meine Mutter. *Maammaaa!*«

Eine pummelige, kleine Frau wuselt aus einem Seitenzelt und stürmt auf Aldo zu. Die beiden begrüßen sich begeistert.

»Du siehst«, erklärt Aldo, »wir sind alle eine große Familie. Wirst du in einen Zirkus hineingeboren, verlässt du ihn nie. Wirst du einmal in die Mitte der Artisten aufgenommen, hast du Freunde fürs Leben gefunden. Nur der Dompteur hier«, flüstert er geheimnisvoll, während er mich am Arm in Richtung Vorstellungszelt zieht, »ist ein Deutscher. Die besten Dompteure sind Deutsche. Wusstest du das?«

»Ja, das weiß ich.«

»Echt?«, fragt er enttäuscht. »Woher?«

»Na, ich bin Deutsche«, erkläre ich augenzwinkernd, »da muss ich das doch wissen.«

Wir suchen uns zwei Plätze in der ersten Reihe gleich neben der Kapelle. Kurz darauf ertönt ein Gong und gleich danach noch einer. Die Vorstellung beginnt.

Maura Fantini, die eben noch Eintrittskarten entwertet hat, kommt in einem knappen rotgoldenen Kostüm auf einem schwarzen Pferd hereingeritten. Sie vollführt derart atemberaubende Turnübungen auf dem Rücken des galoppierenden Tieres, dass mir angst und bange wird, sie könnte im hohen Bogen in die Zuschauermenge fallen, wenn das Pferd bockt.

Abgelöst wird Maura von einer dreiköpfigen Elefantenherde, die geduldig auf kleinen Eimern Männchen macht, von verschiedenen Clowns, die die Kinder in der Zuschauermenge zum Kreischen bringen, und schließlich vom (deutschen) Dompteur, der seine Tiger durch brennende Reifen springen lässt. Die Show ist wunderschön. Ich sitze gebannt auf meinem Klappstuhl, schiebe Popcorn in mich herein, schlürfe an meiner Cola und fühle mich in meine Kindheit zurückversetzt.

Plötzlich wird der Raum abgedunkelt und die Musik verstummt. Es ist mucksmäuschenstill im Zelt.

Dann dreht sich der Lichtkegel eines Scheinwerfers suchend im Saal und verharrt an der Decke, wo eine zierliche Gestalt ganz in Weiß gekleidet auf einem Seil steht. Es ist

Chiara. Die schlanken Arme seitlich ausgestreckt, hebt sie ein Bein und schlägt ein Rad auf dem Seil. Ein erschrockenes Raunen geht durch die Menge. Sie kommt mit beiden Füßen zum Stehen und springt auf ein tuchartiges Seil zu, das neben ihr von der Zeltdecke gelassen wird. Nach ein paar kunstvollen Akrobatien stürzt sie sich, das Tuch mehrfach um Körper, Arme und Beine geschlungen, im freien Fall vom Seil. Ich halte den Atem an. Chiara hält nur wenige Zentimeter über dem Boden inne, das Tuch ist nun nur noch um einen Oberschenkel gewickelt.

Es ist ein traumhafter Tanz zwischen Risiko und Perfektion, den sie da zeigt, und es kommt mir fast unwirklich vor, hier zu sitzen und ihr dabei zuzusehen.

Während Chiara da vorne knapp über dem Boden schwebt und nun beginnt, sich an ihren Tüchern wieder hochzuwickeln, kneift Aldo mir sanft den Unterarm und beugt sich zu mir herüber.

»Guck mal, Nina, so wie die musst du das hier in Mailand machen. Immer wenn du auf die Nase zu fallen drohst, rappelst du dich kurz über dem Boden wieder hoch. So läuft das bei uns Italienern und du wirst das auch schaffen.«

Das klingt vielversprechend und irgendwie weiß ich schon jetzt, was er damit meint.

3.

Als ich am nächsten Morgen vor dem Herd stehe und der altmodischen *caffettiera* dabei zusehe, wie sie schaumige Tropfen Espresso in meine kleine weiße Tasse spuckt, klingelt mein Handy.

»*Pronto?*« Was das angeht, bin ich schon ganz Italienerin.

»Ciao, Nina, hier ist Renato. Wie geht's?«

Wir tauschen die üblichen Danke-gut-und-dir-Danke-mir-auch-Floskeln aus, die in diesem Land wahrscheinlich selbst vor dem Aussprechen von Kündigungen oder Kriegserklärungen nicht fehlen dürfen, bevor Renato auf den Grund seines Anrufs zu sprechen kommt.

»*Senti*, hör mal, ich glaube, ich habe ganz gute Neuigkeiten für dich. Ich habe meine Hausmeisterin nach ihrem Physiotherapeuten und dessen Gästezimmer gefragt und ihr erzählt, dass ich vielleicht jemanden hätte, der ihm erneut das Badezimmer unter Wasser setzen könnte.«

»Super, und?«

»Sie hat ihn gleich angerufen, um sich zu erkundigen. Das Zimmer wird nächste Woche Samstag frei. Es soll vierhundert Euro im Monat kosten und du könntest es dir sofort angucken, wenn du möchtest. Ich habe seine Telefonnummer für dich notiert.«

Ich denke kurz nach. Vierhundert Euro zahle ich in Hamburg für meine zwar kleine, aber immerhin eigene Wohnung, die nun leer steht. Nun gut, so sind die Preise hier nun mal. Blöd für mich ist jedoch vor allem, dass ich noch eine Woche zu warten hätte. Selbst wenn ich mit diesem Krankengymnasten übereinkäme, durch sein Bad zu turnen, würde dies bedeuten, dass ich mich noch einige Nächte mit Discomusik beschallen lassen muss und vor allem völlig übernächtigt in der Agentur aufschlagen werde. Aber: Habe ich eine Wahl?

»Das ist ja prima!«, beeile ich mich daher zu sagen. »Wie lautet die Nummer?«, frage ich und greife hastig nach einem Bleistiftstummel, der in einer Schale neben mir inmitten von alten Korken, Haarnadeln und zwei ranzigen Muskatnüssen vor sich hin dümpelt.

Renato diktiert mir eine zehnstellige Telefonnummer. »Am besten rufst du gleich an. Kann sein, dass er heute Nachmittag übers Wochenende in die Berge zum Klettern fährt. Ein Handy hat er nicht.«

»Okay, mache ich sofort, danke.«

Stille.

»Tjaaaa«, Renato zögert, »dann könnten wir doch vielleicht zusammen Mittag essen und du erzählst mir, wie's war. Was meinst du?«

»Gerne, können wir machen«, freue ich mich.

»So gegen eins?«

»Ein Uhr passt. Wo?«

»Isst du tierische Fette?«

»Äh … wie bitte?« Habe ich richtig gehört?

»Isst du Fleisch oder Produkte, die von Tieren stammen?«, wiederholt Renato stoisch.

»Meinst du *Butter* und *Käse* und so? Ja, natürlich …« Ich schlafe auch nachts und wasche mich mit Wasser und Seife, füge ich in Gedanken hinzu. Will der mich veralbern?

»Ach sooo«, antwortet er gedehnt. »Hmm. Weißt du, sonst hätte ich nämlich ein sehr gutes veganes Bistro in der Nähe des Castellos vorgeschlagen, alles Bio. Aber wenn du

Tier brauchst …« Er betont das Wort »Tier«, als hätte ich nach einem Schlag Kokain auf Brot verlangt.

»*No, no,* ist schon gut, wir können da gerne hingehen. Einen Salat werden die ja wohl für mich haben«, beeile ich mich zu sagen, bemüht, diese ungewöhnliche Diskussion zu beenden. Ich bin ein Monster. Ich esse Tiere.

»Prima«, Renato wirkt zufrieden, »dann treffen wir uns also um eins.« Er beschreibt mir den Weg zum Treffpunkt, wo er mich abholen will. »*Quindi a dopo.* Dann bis später.«

»*Ciao,* Renato, *grazie.*«

Ich nehme meine Espressotasse vom Herd, lehne mich an die Fensterbank und greife nach der Milchkanne auf der Spüle, um meinen *caffè* zu entschärfen.

»Tierische Fette, tststsss«, denke ich, genehmige mir einen Extraschuss Milch und schütte das nun leider eiskalte Gebräu hinunter. Dann setze mich an den Küchentisch, um den japanergeschädigten Krankengymnasten anzurufen.

Beim dritten Klingeln nimmt jemand ab.

»Colussi?«, fragt eine dynamische Männerstimme am anderen Ende der Leitung.

Huch!

Das Fehlen des anonymen *Pronto* bei offener Namensnennung bringt mich und meine vorab zurechtgelegten Worte völlig durcheinander. Stotternd stelle ich mich vor, wobei mir jetzt erst auffällt, dass ich noch nicht mal den Namen von Renatos Hausmeisterin kenne.

Aber Herr Colussi reagiert prompt. »Ah, du bist sicher die Deutsche, die auf Zimmersuche ist? *Guarda,* schau, du kannst es dir gerne ansehen, aber es ist erst ab Ende nächster Woche frei.«

Das wusste ich ja schon. »Wann könnte ich denn vorbeikommen?«

»Hm, heute Nachmittag fahre ich in die Berge. Wie wär's mit … sofort?«

Gute Idee. Erstens habe ich gerade Zeit und zweitens Eile. Ich notiere mir Adresse, Metrostation (juhu, eine U-Bahn in der Nähe, was für ein Glück) und schalte mein Handy aus.

Die Straße, die Signor Colussi mir genannt hat, liegt im nördlichen Mailand in der Nähe des Hauptbahnhofs. Von der Metrostation aus laufe ich nicht weit bis zu einem moderneren Gebäude, vielleicht aus den Sechzigerjahren. In der Lobby fegt ein philippinisch anmutender junger Mann, der hier den Portier zu geben scheint, die Marmorstufen. Ich nehme den Aufzug, fahre in den ersten Stock und betätige den eisernen Türklopfer. Die Tür geht auf und vor mir steht ein älterer Herr mit grauen Haaren und sportlicher Figur. Er trägt ein rosa Poloshirt und Jeans und ist barfuß.

»Bist du Nina?«, begrüßt er mich freundlich. »Komm rein. Ich bin Giorgio Colussi.«

Krass, der Krankengymnast mit der jungen Telefonstimme muss weit über fünfzig, wenn nicht sogar über sechzig sein. Ich kann meinen erstaunten Blick kaum verbergen.

Giorgio zeigt mir Bad und Flur und öffnet dann die Tür zu einem Zimmer gegenüber der Küche. »Es ist zwar noch bewohnt, aber wir dürfen trotzdem kurz reingehen«, informiert er mich. »Mein Untermieter ist heute schon früh aus dem Haus gegangen.«

Wir stehen in einem quadratischen Raum mit hohen Decken, möbliert mit einem riesigen, alten Kleiderschrank, einem mit Schnitzereien verzierten Bett, einer Kommode und einem kleinen Sekretär in der Ecke. Die großen Fenster gehen auf einen kleinen Balkon zum Innenhof hinaus, der sich unter der Last unzähliger Terrakottatöpfe mit rankendem Grün darin zu biegen schient.

Keine Frage: Das hier ist mein Zimmer.

Hier oder nirgendwo.

»Darf ich hier einziehen?«, frage ich.

»Ich bitte darum«, sagt Signor Colussi und grinst mich fröhlich an.

Renato wird staunen, denke ich beschwingt und mache mich auf den Weg zu unserem Treffpunkt.

Ich erkenne Renato schon von Weitem. Er lehnt an einer Laterne und liest in einer von den Tageszeitungen, die an jeder U-Bahnstation gratis ausliegen. Wie gestern trägt er wieder ein Leinenhemd, heute jedoch in Dunkelblau, und hat die Ärmel so weit hochgekrempelt, dass man seine muskulösen Arme erahnen kann.

Als ich vor ihm stehe, beugt er sich zu mir herunter zum Austausch der üblichen Wangenküsschen. Er riecht nach einer Mischung aus Zitrone, Lavendel und noch irgendwas, das ich nicht benennen kann. Alles in allem: Er sieht verführerisch aus und riecht auch so.

»Es hat geklappt«, lenke ich mich von meinen betörten Gedanken des ersten Eindrucks ab, »ich ziehe demnächst beim Therapeuten deiner Hausmeisterin ein.«

»Darauf stoßen wir an.«

Renato bugsiert mich über die Straßenkreuzung, dann gehen wir ein paarmal rechts und links durch die Stadt, bis ich die Orientierung verloren habe, und machen vor einem modernen Restaurant aus viel Glas und hellem Holz halt.

»Hier ist es: das *Veggio*. Alles rein biologisch!«, sagt Renato und klingt so stolz dabei, als wäre es sein Lokal.

»Na, was für ein Glück«, spotte ich und denke mir unterdessen, was für ein sexy Kerl er doch eigentlich ist. Wenn nur dieses Ökogedöns nicht wäre.

Wir suchen uns einen Tisch und bestellen Nudeln mit Pesto für mich und Risotto mit Radicchio und Tofu für Renato. Tofu! Nun bedient mein Gegenüber wirklich alle Klischees. Ich schiele unauffällig unter den Tisch und stelle erleichtert fest, dass er immerhin Lederschuhe trägt. Leder vom toten Tier, daran besteht kein Zweifel. Wären mir Trekkingsandalen oder ähnliche No-gos aufgefallen, hätte ich mich augenblicklich durch den Hinterausgang oder gar aus dem Klofenster davonstehlen müssen.

Der Kellner stellt zwei Gläser, gefüllt mit einem rötlich sprudelnden Gebräu, vor uns ab. Renato reicht mir ein Glas.

»Auf dich und deine neue Unterkunft. Und auf Mailand und darauf, dass wir uns kennengelernt haben!«

Wir prosten uns zu, ich nippe an dem Getränk. Es erinnert mich an Kindersekt, den es früher auf Geburtstagspartys im Anschluss ans Topfschlagen gab.

»Was ist das?«, will ich wissen.

»Das ist alkoholfreier Prosecco mit Cranberrysirup«, erklärt mir Renato in geradezu belehrendem Ton. »Oder trinkst du etwa *Alkohol?*«, fragt er bestürzt.

»Manchmal, eher selten«, lüge ich und überschlage kurz, wie viel an Lebenserwartung ich wohl in den letzten einunddreißig Jahren durch übertriebenen Konsum von Cocktails und Rotwein eingebüßt habe.

»Das ist gut, ich nämlich auch nicht«, Renato scheint aufzuatmen, »denn es stört zu stark den Energiefluss.«

»Welchen Energiefluss?«, möchte ich vorsichtig wissen. Offenbar habe ich auf den unkontrollierten Spontanpartys der Agentur nicht nur meine Lebenserwartung, sondern auch meine Energie dezimiert.

»Den Pranafluss zwischen den Chakren«, erklärt Renato so selbstverständlich, als würde er mir die Bushaltestellen von hier bis zum Domplatz aufzählen.

»Ach, das Sakral-Chakra«, stammele ich schwach, nachdem Renato mir ausführlich die tief in den Lenden verankerten Energiezentren erklärt hat. Worum geht es hier gerade? Um Sex oder um Buddhismus? Oder um beides?

Zum Glück bringt der Kellner in diesem Moment das Essen und unterbricht mich in meinen verwirrten Überlegungen. Ich hatte ganz vergessen, wie viel Hunger ich habe, und mache mich gierig über meine Vollkornnudeln her. Sie schmecken vorzüglich.

»Erzähl mir von deinem Job«, bemühe ich mich um neutrales Gesprächsterrain. »Wie ist das Leben so als Schmuckdesigner?«

»Wie jede normale Arbeit auch. Ich entwerfe Schmuck und Skulpturen und fertige sie dann an.«

»Gießt du das Metall selbst?«, frage ich. Im Geiste sehe ich Renato mit Schutzhelm und schweißnasser, gestählter Brust auf glühende Stahlstücke einhämmern und bin irritierenderweise gleich schon wieder beim Sakral-Chakra.

»Nein«, erwidert er ganz unschuldig. »Die Rohlinge lasse ich anfertigen. Bei einer Werkstatt hier ganz in der Nähe. Ich muss übrigens gleich noch eine Charge Ringe abholen. Komm doch mit, wenn du Lust hast. Dann kann ich dir auch mein Atelier zeigen.«

Und danach die Briefmarkensammlung?

Nein, stopp. Ganz so genau möchte ich es heute dann doch nicht wissen, dazu habe ich selbst genug um die Ohren. Ich muss mich um meinen Umzug kümmern und ein paar dringende E-Mails schreiben. Außerdem sollte ich den Rest des Tages nutzen, um ein paar Stunden zu schlafen, bevor heute Nacht wieder die Megaparty *unter* meinem Bett steigt. Da kann ich mir die vage Option auf eine Party *auf* dem Bett nicht erlauben.

»Tut mir leid, aber heute kann ich nicht. Ein andermal gerne«, lehne ich daher ab und lasse den Blick zum mentalen Abschied über seine schönen gepflegten Künstlerhände streifen.

Renato gibt sich verständnisvoll. »Schade«, sagt er, »ganz wie du willst.«

Um ihn nicht erneut zu enttäuschen, bestelle ich den Kaffee nach dem Essen ganz undeutsch frei von tierischer Kuhmilch. Und koffeinfrei.

4.

An einem nebligen Montagmorgen mache ich mich an meinem ersten Arbeitstag in Mailand auf den Weg in die Agentur. Ich rumpele mit der Straßenbahn quer durch die Stadt und muss aufpassen, mich dabei nicht in den Schlaf wiegen zu lassen. Ich fühle mich, als hätte ich die Tram bis hierher eigenhändig *geschoben.*

Mein Wochenende war in den Nächten weitestgehend schlaffrei. Vergangene Nacht hat es das *Markez* mit seinen Gästen besonders gut gemeint und den DJ bis in die Morgenstunden spielen lassen. Als ich irgendwann gegen vier Uhr früh aufgestanden bin, um mir etwas zu trinken zu holen, musste ich zurück in meinem Zimmer entsetzt feststellen, dass Poppy direkt vor meinem Bett eine Pfütze gelassen hatte. Die laute Musik war dem Hund wohl so sehr auf die Blase geschlagen, dass ich zu allem Übel nun noch mitten in der Nacht mein Zimmer putzen durfte.

Für meine Müdigkeit gibt es daher keinen Ausdruck, während ich die todschicke Empfangshalle aus schwarzem Marmor, Glas und Stahl betrete und dabei versuche, in meinen hippen Peeptoes und dem engen Rock einen gelungenen Auftritt hinzulegen.

Hinter dem gläsernen Empfangstresen sitzt eine dieser stets gelangweilt wirkenden Schönheiten mit langen schwarzen Haaren, dickem Lidstrich und grellrot lackierten Nägeln. Gerade lässt sie mit Seufzerstimme über Lautsprecher einen Kollegen ausrufen, der bitte *dringend* einen seiner Kunden anrufen möchte. Und das am Montagmorgen um halb zehn, noch vor dem ersten Kaffee. Der Kollege wird sich freuen.

»Guten Morgen, ich bin Nina Sommer«, stelle ich mich vor, »Marta Bocellli erwartet mich.«

Marta Bocellis Erwartungen halten sich offenbar in Grenzen: Sie ist nicht erreichbar. Daher bemüht die Empfangsdame mit einem erschöpften Augenaufschlag erneut den Agenturlautsprecher. Ich befürchte, Marta wird *not amused* darüber sein, meinetwegen aus ihrem Montagmorgen-und-wie-war-dein-Wochenende-Plausch gerissen zu werden, den sie sicherlich gerade in irgendeiner Büroecke abhält.

Zehn Minuten, die ich auf dem Lobbysofa verbracht und in denen ich meine zukünftigen Kollegen beim Eintrudeln beobachtet habe, später erscheint Marta, eine schlanke Mittvierzigerin, in der Halle und begrüßt mich förmlich. Sie bringt mich in den zweiten Stock, um mich bei meinem zukünftigen Team abzuliefern.

»*Ecco,* da wären wir.« Wir entern ein Büro am Ende des Ganges mit zwei sich gegenüberstehenden Schreibtischen, an denen ein Mann und eine Frau sitzen, in eine offenbar wilde Diskussion vertieft.

»Hier, ich bringe euch eure neue deutsche Kollegin Nina Sommer«, platzt Marta grußlos dazwischen. »Sie hat noch keinen Rechner bei euch. Da müsstest du«, wendet sie sich mir zu, »dich bitte selbst drum kümmern. Simona kann dir sagen, an wen du dich wenden musst. Dann also«, sie zuckt unmotiviert mit den Schultern, »einen guten Start hier bei uns.« Sagt's und verlässt schnurstracks den Raum.

Vielen Dank auch.

»*Allora benvenuta,* Nina. Ich bin Stefano Rochetti, Planning Director hier bei AdOne Milano«, stellt sich mir mein äußerst entspannt wirkender zukünftiger Vorgesetzter halb liegend aus seinem Lehnstuhl vor. Er hat die Füße, die in edlen Budapestern stecken, auf dem Schreibtisch abgelegt und wie jeder Italiener, der etwas auf sich hält, die Initialen seines Namens auf sein weißes Hemd sticken lassen. Er hat kurze, dunkle Locken und ein freundliches, markantes Gesicht. Nun streckt er die Hand aus, ohne sich auch nur einen Zentimeter zu rühren, sodass ich auf ihn zugehen und mich leicht über seine Beine beugen muss, um seinen Handschlag zu erwidern.

»Das hier«, fährt er seine Vorstellungsrunde fort und deutet auf seine Kollegin, die mich neugierig mustert, »ist meine Assistentin Simona Murano.«

Simona, eine zu klein geratene, pummelige Brünette, hievt sich aus ihrem Sessel und reicht mir die Hand. »*Piacere.* Angenehm«, begrüßt sie mich, »herzlich willkommen. Ich freue mich, nicht mehr mit Stefano allein zu sein!«

»Simona ist eine ganz harte Nuss«, klärt mich Stefano gelassen auf, dem meine leichte Gesichtsentgleisung nicht entgangen ist. »Sie arbeitet nur, wenn sie Lust hat, und kritisiert mich, wo immer sie geht und steht. Daher bin ich froh, nun eine *Deutsche* im Team zu haben.« Das Wort »Deutsche« spricht er aus, als bezeichnete es eine Mischung aus Kampfhund und Militärgeneral.

»Wie ›sie arbeitet nur, wenn sie Lust hat‹?«, faucht Simona ihn erzürnt an. »Erst wenn du dich mal organisieren würdest, wäre es mir *möglich,* in Ruhe zu arbeiten. *Du* bist es doch, der mich ständig stört!«

»S'mona«, startet Stefano einen Beschwichtigungsversuch, »das hat doch nichts mit meiner Organisation zu tun, wenn du …«

»Bitte? Natürlich hat es das!«, widerspricht Simona und übergießt ihren Chef mit einem wütenden Redeschwall, der entsprechend aufgebracht reagiert.

Mein Italienisch versagt bei diesem Wortgefecht kläglich. Ich kann gerade mal heraushören, dass Stefano versucht, Simona klarzumachen, dass sie nun mal *seine segretaria* sei und er sie daher ab und an ansprechen *müsse.*

Während meine neuen Kollegen verbal aufeinander eindreschen, schaue ich mich in dem Raum um. Neben dem Doppeltischgespann der beiden Kampfhähne steht an der Wand ein kleinerer Schreibtisch, der in einem normalen Büro für das Abstellen des Druckers reserviert wäre. Da eine offenbar gastfreundliche Seele jedoch einen Block, drei Bleistifte und einen noch eingeschweißten Radiergummi sorgsam nebeneinander angeordnet darauf abgelegt hat, scheint dies der Schreibtisch der »neuen Deutschen« zu sein und das hier drapierte Material meine Grundausstattung für einen optimalen Arbeitsstart.

»*Va bene*, na gut«, lässt Simona entnervt von ihrem Chef ab und wendet sich wieder mir zu, »dann wollen wir mal einen Computer für dich organisieren.«

Danke. Weihnachten kommt auch immer wieder überraschend.

Ich nicke schweigend.

Fünf Stunden, drei Kaffeepausen und zwei Schimpfattacken meiner beiden Kollegen später bin ich tatsächlich online und sitze an meinem Katzentisch mit eigenem Rechner. Ich habe mich bereits mit allen Kollegen auf dem Gang bekannt gemacht und sogar schon eine Übersicht über die Werbeplanung für Napolone sowie einen Kick-off-Termin für ein Meeting am Mittwoch abgreifen können.

Jedes Mal, wenn Stefano den Raum verlässt, kommen Simona und ich ins Plaudern. Sie stammt aus Palermo und arbeitet seit vier Jahren für AdOne. Für den Erfolg des

Etatgewinns von Napolone hat sie nur ein müdes Grinsen übrig.

»Den Etat haben wir bekommen, weil in den Chefetagen irgendwer mit irgendwem, sagen wir mal freundlich, *verschwägert* ist. Du glaubst doch nicht im Ernst, dass wir da ernsthaft *gepitcht* haben. Sonst stünden wir jetzt wohl kaum ohne Kampagnenideen und damit praktisch nackt da.« Sie mustert mich ruhig.

»Verstehe …«, sage ich nur gedehnt. Gerade beginne ich mühsam zu begreifen, weshalb ich hier bin: um bei null anzufangen.

Ich denke nach.

Bisher dachte ich, meine Aufgabe in Mailand bestehe vor allem darin, die Italien-Entwürfe meinem Team in Hamburg zuspielen zu müssen. Stattdessen kapiere ich nun langsam, warum wir in Hamburg in den letzten Wochen keine Ideen oder Ähnliches zu sehen bekommen hatten: Es *gibt* schlichtweg nichts zu zeigen. Mein Team und ich brauchten ewig, um in Mailand überhaupt die zuständigen Kollegen für unser neues Großprojekt auszumachen, geschweige denn sie für eine Telefonkonferenz zu gewinnen. Dazu kamen die Probleme mit der Sprache. Schließlich telefonierten wir mit einigen Mailänder Kollegen auf Englisch, konnten jedoch das ihrige kaum als solches erkennen.

Zwar habe ich früher jahrelang Italienisch in der Schule gehabt und bin mit den Daten, die uns die Italiener zögerlich mailten, halbwegs zurechtgekommen, doch hat das unsere Arbeit nicht vorangebracht. So sind die Wochen ins Land gegangen, ohne dass irgendetwas geschah.

Nie hätte ich jedoch gedacht, dass der Grund für die Mailänder Verschwiegenheit einfach nur Untätigkeit war.

Jetzt bin ich platt.

»Das heißt«, hake ich nach, »wir sollen in den nächsten Monaten eine komplett neue Kampagne *live* stellen und es gibt noch *nichts?*«

»Es gibt noch *gar* nichts«, korrigiert mich Simona. »Was glaubst du denn, warum unsere Geschäftsführung freiwillig zugestimmt hat, uns eine Kollegin aus Deutschland ins Nest zu setzen?«

Ins Nest zu setzen.

Mich Kuckucksei.

Danke für die Blumen.

Schlagartig wird mir klar, weshalb man mich hier überhaupt aufgenommen hat. Nicht um sich von mir ein bisschen auf die Finger gucken zu lassen, sondern damit ich das Team von null an unterstütze und dann den Kram nach Hamburg trage. Auf mich wartet hier wohl eher die undankbare Schweinchen-in-der-Mitte-Position als die attraktive Managementfunktion, die ich mir erträumt hatte.

Unterdessen zieht Simona die Augenbrauen hoch und schaut mich erneut vielsagend an. »Weißt du, selbst unsere Geschäftsführung hat inzwischen kapiert, dass die Arbeit kaum mehr zu schaffen ist. Die brauchen nun Manpower ohne Ende, um das Ding überhaupt noch stemmen zu können. Aber eins sage ich dir: ohne mich. Ich mache da nicht mit. Immer das gleiche Chaos mit denen. Sollen sie doch sehen, wie sie klarkommen«, informiert sie mich abschließend über ihren persönlich geplanten Zero-Beitrag zur Projektarbeit.

Ich schaue aus dem Fenster und überschlage im Geiste die Wochen bis zum Starttermin der Kampagne, für dessen Umsetzung man mich hierhergeschickt hat. Auch wenn ich enge Timings durchaus gewöhnt bin: Dieser Zeitplan erscheint mir geradezu himmelschreiend knapp.

»Na, das kann ja heiter werden«, brumme ich zurück.

»Da ist sie ja, guten Abend«, begrüßt mich Aldo, als ich abends um halb acht die Wohnungstür ins Schloss und meine Tasche mit einem erschöpften Seufzer auf den Boden fallen lasse. »Und? Wie ist es dir an deinem ersten Arbeitstag ergangen?« Er sitzt in der Küche und liest Zeitung. Vor ihm steht ein großes Glas Rotwein.

»*Benissimo,* alles gut«, sage ich. Erst jetzt wird mir klar, wie wohl ich mich den ganzen Tag in der neuen Agentur gefühlt habe. Nach der Vorgeschichte mit Marta und Co. hatte ich das gar nicht erwartet.

»Ich habe einen äußerst entspannten Chef und sitze mit einer netten Kollegin im Büro«, erzähle ich, gieße mir ebenfalls einen Rotwein ein und setze mich zu ihm an den runden Küchentisch.

»Prima«, stellt Aldo fest, »dann hattest du ja heute einen erfolgreichen Tag. Dein Verehrer hat auch schon angerufen.«

»Mein Verehrer?«

»Ja, der Typ, der nur Grünzeug isst. Ich soll dir ausrichten, du möchtest ihn zurückrufen. Er fragt, ob du Lust hast, mit ihm heute Abend essen zu gehen. Eine Handvoll Gras oder so«, fügt er leicht höhnisch hinzu.

Ich muss grinsen. Obwohl ich noch nicht lange in Mailand bin, sind unsere abendlichen Resümee-Sitzungen am Küchentisch schon jetzt zu einer kleinen Tradition geworden. So ist Aldo stets en détail informiert, was ich tue, und macht sich seinen Reim darauf. Auf Renato offensichtlich keinen guten.

»Warst du denn freundlich zu ihm?«, erkundige ich mich besorgt.

»Ja, ich habe ihn sogar gefragt, ob er nicht zu uns zum Essen vorbeikommen will, da wir am Wochenende ein Lamm geschächtet haben.« Er funkelt mich über den Rand seiner Lesebrille an wie ein kleiner Junge, der sich über einen Klingelstreich freut.

»Aldo!« Ich versuche, entrüstet zu klingen.

»Geh und ruf ihn an.« Er deutet in Richtung des Telefontischs im Wohnzimmer. »Kannst ihm ja sagen, ich hätte mich gebessert und das Lamm doch wieder laufen lassen.«

Ich wühle Renatos Nummer aus den Tiefen meiner Handtasche und greife nach dem Telefon.

Beim zweiten Klingeln ist Renato dran. *»Pronto?«*

»Ciao, Renato. Wie geht es dir?«

»Gut, danke. Ich habe vorhin schon mal bei euch angerufen, aber da warst du noch nicht zu Hause.«

»Ja, ich weiß, Aldo hat es mir ausgerichtet.«

»Sag mal, sind deine Vermieter Juden? Er hat mir erzählt, dass er nur koscheres Lamm isst oder so ähnlich.«

»Ja, so ähnlich. Aber du wolltest wissen, ob wir heute Abend zusammen essen gehen«, beeile ich mich, vom Geschwätz meines Vermieters abzulenken.

»Ja, ich kenne eine gute Pizzeria, die machen glutenfreie Pizza. Hast du Lust?«

Was zur Hölle ist Gluten? Neben tierischen Fetten entdecke ich hier ständig neue Feinde und Gefahren in meinem täglich Brot.

»Okay«, stimme ich zu, »wenn die Glutenfreiheit den Chakren guttut, dann komme ich mit.«

»Schön, mach das mal«, lacht Renato.

Mir rauscht erneut eine Pranawelle durch den Bauch. Unterhalten wir uns hier gerade eindeutig zweideutig oder bin ich bloß übernächtigt?

Eine Stunde später betrete ich die aseptisch ganz in Weiß gehaltenen Räume einer Pizzeria mit riesengroßen, kugelförmigen Deckenlampen und flachen weißen Tischen, vor denen anstelle von Stühlen nur Sitzkissen aus weißem Kunstleder liegen.

Renato erwartet mich bereits, lässig auf eines der Polster gegossen, im hinteren Teil des Lokals. Seine Haltung kenne ich aus der Müllermilch-Werbung. Ich muss zugeben, sein Body steht dem Typen aus dem Spot in rein gar nichts nach.

»*Ciao, bella*«, er erhebt sich leicht für die obligatorisch hingehauchten *baci* auf jede Wange.

Ich lasse mich auf eines der Kissen an dem Tischchen sinken und scanne die bereitliegende Speisekarte. Meine Lieblingspizza Capricciosa gibt es hier schon mal. Sogar mit Ei und Schinken.

Eine junge kakaobraune Kellnerin im bauchfreien Top und mit wallenden Haaren stellt zwei Gläser Prosecco vor uns ab. Ich schaue Renato fragend an, aber er hebt den Daumen.

»Du hast echten Alkohol bestellt?«, frage ich verwundert.

»Heute machen wir eine Ausnahme.« Mit feierlicher Geste erhebt er sein Glas. »Wir trinken auf deinen ersten Arbeitstag und auf meinen Riesenerfolg heute: Ich werde nämlich auf der *Arte e Oro* hier in Mailand ausstellen.«

»Das ist ja großartig, herzlichen Glückwunsch«, gratuliere ich ihm. »Was ist das denn für eine Ausstellung?«

»Die *Arte e Oro*, Kunst und Gold«, erklärt Renato, »ist die Ausstellung eines wichtigen Kunst- und Designvereins in der Stadt. Da kommen haufenweise gutsituierte Besucher vorbei, bei denen man sich einen Namen machen kann. Die Standgebühren sind zwar horrend, aber es ist super schwierig, überhaupt dort reinzukommen.«

Ich bin beeindruckt.

»Ich habe mich nun schon zum fünften Mal beworben«,

fährt er fort, »und dieses Jahr hat es endlich geklappt«, freut er sich, setzt sein Glas an die Lippen und leert es mit einem Zug. So sind sie, die Abstinenten – wehe, wenn sie loslassen.

Ich tue es ihm gleich und stelle das leere Glas auf den Tisch zurück. »Was hast du denn dieses Mal anders gemacht, dass sie dich genommen haben?«, will ich wissen.

»Ich werde neben meinem Schmuck auch einige Skulpturen ausstellen«, erklärt er mir. »›*La Donna Ciccio̸na* – Die Mollige‹ nennt sich meine Kollektion dieses Jahr: Frauenskulpturen und Schmuck für Frauen – eine wunderbare Kombination. Und: Es hat funktioniert. Ich bin drin!« Renato gibt der Kellnerin erfolgsbeseelt einen Wink und ordert zwei weitere Gläser Prosecco.

»Du musst *unbedingt* zu mir in die Werkstatt kommen«, wendet er sich dann wieder mir zu. »Ich *muss* dir meine Stücke zeigen.«

Inzwischen leicht beduselt, liege ich fast auf meinem Sitzkissen und habe den Kopf auf meinem aufgestützten Arm abgelegt. Der Prosecco auf leeren Magen tut seine Wirkung sofort.

»Hm, heute nicht, es ist schon spät, ich bin müde«, lehne ich ab. »Aber wenn wir uns das nächste Mal sehen, zeigst du mir deine *donne,* okay?«, frage ich und schaue ihn verklärt an.

»Ich freue mich schon drauf«, haucht er zurück und rutscht auf seinem Kissen ein Stück weiter vor.

Ich rieche die Mischung aus Lavendel und Zitrone, die immer näher kommt, und im nächsten Moment schmecke ich den Prosecco auf Renatos Lippen.

5.

Dummerweise bin ich am nächsten Morgen nicht viel ausgeschlafener als am Tag zuvor. Außerdem habe ich Flugzeuge im Bauch. Ist es das, was ich mir unter einer Romanze mit einem rassigen Südländer erträumt habe? Einen in Leinen verpackten Ökokünstler? Bin ich überhaupt verliebt in ihn oder einfach nur fasziniert davon, wie *anders* er ist? Ehrlich gesagt: Ich weiß es nicht.

Ich nippe an einem Cappuccino, den ich mir, in einen Plastikbecher abgefüllt, von der Bar an der Ecke mitgebracht habe, und verschanze mich hinter dem Monitor an meinem Schreibtisch. Es ist gerade erst neun Uhr, die beiden Streithähne aus meinem Büro sind noch nicht da, und ich beobachte, wie ein blendend aussehender Kollege nach dem anderen an meiner Tür vorbeihechtet.

Gerade marschiert eine junge Frau in einem dunkelblauen Bleistiftrock und lila Bluse mit Wasserfallkragen vorbei, schaut in meine Richtung und bleibt stehen.

»Bist du die neue Deutsche?«, fragt sie freundlich und kommt auf mich zu. »Herzlich willkommen, ich bin Lidia Massini, die Account Managerin für Napolone. Gestern war ich nicht in der Agentur, als du hier angefangen hast.«

»*Piacere,* ich bin Nina Sommer.«

»Gut«, sie mustert mich aufmerksam. »Wir werden eng zusammenarbeiten, es gibt einiges zu tun bei dem Projekt. Gerade im Planning-Bereich ist noch nicht viel passiert. Und ohne den fertigen Case von euch kann ich die Kreation nicht einbriefen«, skizziert sie mir im Werbefachjargon den Stand der Dinge, was in etwa bedeutet: Wo es kein Fundament gibt, da kann ich kein Haus bauen.

Ich mustere Lidia unauffällig. Die Kollegin ist mir auf Anhieb sympathisch, auch wenn ich sie nicht richtig einschätzen kann. Sie scheint mir eine dieser Töchter aus gutem Hause zu sein, die es mit viel Fleiß und Disziplin zu etwas bringen wollen. Ich bin beeindruckt, wie wach die Gute schon so früh am Morgen ist. Und obendrein so dynamisch und elegant, während ich noch halb schlafend und außerdem unter einem fiesen Bad-Hair-Day leidend an meinem Pult herumlungere.

Außerdem funkelt, wie ich neidisch feststelle, an ihrer linken Hand ein mit Steinen verzierter Ehering. Damit wäre sie privat zumindest schon mal angekommen.

»Hast du Lust, heute mit mir mittagessen zu gehen?«, fährt sie fort. »Dann könnten wir über die next steps reden. Ich sitze ansonsten nämlich den ganzen Tag in Meetings.«

Zwar sind mir meine Mittagspausen ungefähr so heilig wie dem Papst der Sonntag, jedoch sollte ich das nicht schon am zweiten Arbeitstag durchblicken lassen.

»Ja, gerne«, gebe ich mich daher erfreut und füge noch ein viel zu verfügbares »Wann passt es dir denn?« hinzu.

Lidia bestellt mich für ein Uhr und rauscht beschwingt davon.

Ich schlürfe weiter meinen Cappuccino und klicke mich durch die paar Seiten der dürftigen PowerPoint-Präsentation über Napolone, die ein unbekannter Autor mit unbekanntem Datum zusammengestückelt hat. Inhaltlich gibt sie kaum mehr her, als dass die Italiener im Allgemeinen gerne Espresso trinken und Neapel im Besonderen eine »pulsierende Metropole voller Lebensfreude« ist. Da hat ja mal jemand ganze Arbeit geleistet und sogar eins und eins zusammenzählen können. Wirklich beeindruckend.

»Buon giorno.« Simona kommt hereingewackelt, schleudert Jacke und Tasche neben ihren Schreibtisch auf den Boden und hievt sich mit ihren kurzen Beinen seufzend auf den Drehstuhl davor.

»Oh, was habe ich heute Lust zu arbeiten«, schimpft sie los. »Ein Königreich, um im Bett zu bleiben.« Angewidert drückt sie auf den Startknopf ihres Rechners, um ihn hochzufahren. »Uah! Welche *stronzi* haben denn diesmal wieder versucht, mir auf den Geist zu gehen?«, fragt sie dann, ihrem Telefonapparat zugewandt, und klickt sich dabei hektisch durch die Liste der entgangenen Anrufe. Dabei versieht sie unbekannte Telefonnummern mit entrüstetem Stöhnen, bekannte hingegen mit verschiedenen Kraftausdrücken – alle aus der Welt der Stoffwechselendprodukte oder gar der primären Geschlechtsorgane.

Auf der einen Seite bin ich amüsiert, auf der anderen überfordert mich dieses Gezicke am frühen Morgen. Daher stelle ich ihr die beliebteste aller italienischen Fragen: »Simona, gehen wir einen Kaffee trinken?«

Puh, wenn das so weitergeht, habe ich bald eine Koffeinleber, falls es so etwas überhaupt gibt.

»Das ist der erste sinnvolle Satz, den ich heute gehört habe!«, schnauzt Simona unterdessen zustimmend zurück und wühlt in ihrer Tasche. »Allerdings habe ich mein Portemonnaie zu Hause vergessen. Könntest du heute zahlen?«

Eine Viertelstunde später haben wir uns bei *Da Francesca* bereits jeder eine Esslöffelportion Espresso hinter die Binde gekippt und unsere Tassen zurück auf den Tresen gestellt. Doch Simona macht keinerlei Anstalten, zurück ins Büro zu gehen. Sie stützt sich mit den Ellenbogen auf dem Bartresen ab, über den sie kaum hinübergucken kann, und zeigt sich in entspannter Plauderlaune.

»Und«, fragt sie, »was hast du heute so vor?«

»Ich gehe mit Lidia Mittag essen«, informiere ich sie, »sozusagen als Kick-off-Meeting für unsere Arbeit an Napolone.«

»Hohoho, *la* Lidia!«, lästert Simona. »Hast du *la principessa* inzwischen kennengelernt? Wie findest du sie?«

»Nett, denke ich.« Ich zögere. Normalerweise bin ich jederzeit für Kollegentratsch zu haben, aber als Neue in der Agentur sollte ich wohl doch eher noch stillschweigen. »Wieso, was denkst du über sie?«, will ich daher erst mal von Simona wissen.

»Wir nennen sie hier Prinzessin, weil sie so elfengleich ist. Dabei ist sie echt fair und macht zudem einen guten Job. Sie kommt aus Sizilien, genau wie ich. Aber während ich aus einem armen Dorf stamme, ist Lidia aus einem reichen Haus der *nobili* in Palermo. Kein Wunder, dass man sie auf Napolone angesetzt hat. Wer in Palermo Geld hat, der versteht auch, wie in Neapel der Hase läuft.«

»Und Stefano?«, wage ich mich neugierig vor, während ich vorsichtig um mich blicke, um zu prüfen, ob nicht noch andere Kollegen in der Bar herumlungern.

»Stefano ist absolut in Ordnung«, brummt Simona gutmütig. »Wir streiten zwar fast jeden Tag, aber ich könnte mir keinen besseren Chef vorstellen. Weißt du«, sie beugt sich nun vertrauensselig zu mir herüber, sodass ich mich bücken muss, um ihr Flüstern abzufangen, »der macht sich hier auch nicht tot. Er hat inzwischen einen gewissen Status erreicht, kommt jeden Morgen um zehn ins Büro, telefoniert mit allen Leuten, die er wichtig findet, und hängt den Rest des Tages in irgendwelchen Meetings herum.«

»Aber wie hat er denn diesen *gewissen Status* erreicht?«, flüstere ich zurück.

»Och, er hat eben schon ein paar große Kampagnen in

Italien auf die Spur gebracht, die sehr erfolgreich gelaufen sind. Zum Beispiel die hier: ›Crema Gelato – Das gönn ich mir.‹ Kennst du die?«

»Klar, die ist auch bei uns in Deutschland gelaufen. Die stammt vom Stefano?«, staune ich.

»Hm, siehst du«, Simona nickt. »Heute besteht sein Geheimnis darin, dass er sich rarmacht. So denken die Leute, er würde arbeiten. Tut er aber nicht«, fügt sie fauchend hinzu. »Also, warum sollte ich mir dann für AdOne ein Bein ausreißen?« Trotzig verschränkt sie ihre kurzen Arme vor der Brust und schaut mich auffordernd an.

»Ah … äh … ich verstehe.«

Ich verstehe gerade tatsächlich: Mein Team besteht aus vier Leuten. Zwei davon verweigern die Arbeit und eine – das bin ich – hat keine Ahnung. Was für ein Start für die Entwicklung einer Großkampagne.

Ich tue das einzig Richtige in Situationen dieser Art. Ich winke die Barista Francesca heran und bestelle noch zwei Espressi.

Pünktlich um eins holt Lidia mich in meinem Büro zur Mittagspause ab. Wir schlendern ein paar Querstraßen weiter zu einem kleinen, gemütlichen Bistro mit niedrigen Decken und schummerigem Licht. Wir ergattern das letzte freie Tischchen gleich neben der Eingangstür, an das wir zu zweit gerade eben auf zwei Holzschemeln hockend Platz finden. Der Kellner bringt uns Focaccia und eine Platte gemischten Salat.

»Und? Erzähl mal«, startet Lidia das Gespräch, »wie findest du Milano?«

Ich fasse kurz zusammen, wie es mir hier ergeht, lasse aber das *Markez* weg, da ich davon ausgehe, dass ihr der Name der Disco sowieso nichts sagen wird. Bestimmt ist der einzige Laden, in dem Lidia in Mailand Musik hört, die Scala. Von der Loge aus.

»Warum ziehst du nach zwei Wochen schon wieder um?«, will sie wissen und zieht ihre hübsche Stirn in Falten.

»Mir gefällt es besser dort, wo ich jetzt hinziehe«, erkläre ich nur knapp. »Und du«, will ich wissen, »wo wohnst du eigentlich?«

»Ich lebe mit meinem Mann in seiner Wohnung am Naviglio, die er geerbt hat.«

»Ach, nette Ecke«, bringe ich Foccaccia kauend hervor. Gratis in einen der schönsten Ecken Mailands unterzukommen, das würde ich mir auch gefallen lassen. »Kommt dein Mann aus Mailand?«

»Nein, wir sind beide aus Palermo«, beginnt sie zu erzählen. Ich höre interessiert zu. »Ich bin vor drei Jahren meinem Mann gefolgt, der von der Banco di Sicilia hierher versetzt wurde. Wir haben vor einem halben Jahr geheiratet. Moment«, sie greift nach ihrer Geldbörse, »ich habe ein Foto.«

Halb gerührt über die vertraute Geste, halb neidisch nehme ich ein Polaroid entgegen, das sie mir über den Tisch reicht. Es zeigt die strahlende Lidia in einem schulterfreien Brautkleid mit ausladendem Rock neben einem Bild von Mann im maßgeschneiderten Anzug mit kantigem Gesicht, dunklen, kurzen Haaren und tiefbraunen Augen.

»Wie schön«, seufze ich und gebe ihr das Foto zurück.

»Und du? Hast du einen *fidanzato*? Einen Freund?«, will sie neugierig wissen.

Habe ich einen? Nach einem Proseccokuss in einer glutenfreien Pizzeria? »Ich … denke nicht«, antworte ich zögernd.

»Wie? Du weißt es nicht?« Lidia ist sichtlich perplex.

Klar, in solchen Angelegenheiten sind die Fronten in Sizilien definitiv um einiges klarer abgesteckt als im Rest von Europa.

»Nein«, beeile ich mich zu sagen, »ich weiß es noch nicht genau.«

»Verstehe«, erwidert sie neugierig und versteht sichtlich nicht.

»Was ich hingegen noch nicht ganz kapiert habe«, starte ich, lehne mich zurück und verschränke die Hände hinter dem Kopf, »ist unsere Arbeit für Napolone. Was sind denn die nächsten Schritte? Gibt es schon ein Kundenbriefing? Wie sieht das Timing aus?«

Prima Aufschlag von mir, finde ich. Damit mache ich erstens meinen verschlafenen Auftritt von heute früh wieder wett und lenke zweitens von meiner derzeit unklaren Männersituation ab.

Lidia beeilt sich, das Hochzeitsfoto wieder in ihrer Tasche zu verstauen, und richtet sich auf. »Es gibt praktisch nichts. Keine Zielgruppenanalyse, kein echtes Briefing, keine Zahlen«, zählt sie auf. »Daher bin ich sehr froh, dass du gekommen bist, um bei Napolone mitzumachen. Ich glaube, zusammen können wir den Karren in den nächsten Wochen noch aus dem Dreck ziehen.«

Ich nicke wichtig. Für *interventi* – Aktionen – dieser Art bin ich genau die Richtige. Die Sache verspricht mir Spaß zu machen.

6.

Die Woche vergeht wie im Flug. Lidia und ich stürzen uns in gemeinsamer Mission in die Arbeit für Napolone. Ich lese mich in zig Studien über den italienischen Kaffeemarkt ein, erstelle Zielgruppenprofile und mache mich über die Unmengen an Kaffeemarken schlau, die von den Alpen bis weit hinter die Stiefelspitze um die italienischen Kaffeetrinker buhlen. Dabei arbeite ich meist bis spätabends und höre Renato nur ab und an am Telefon.

Die Zusammenarbeit mit Lidia läuft gut und wir kommen schrittweise voran. Beide versuchen wir hyperprofessionell und immer ein Stück weit besser zu sein als die andere. Trotz allem ist unser Verhältnis freundlich, und wir spielen uns die Bälle perfekt zu.

Lidia ist zuvorkommend, präzise und schnell, in manchen Situationen allerdings sizilianisch verschlossen und äußerst hierarchiebedacht, was mich manchmal nervt. So ist sie geradezu devot, wenn wir unsere Zwischenergebnisse Stefano und ihrer direkten Vorgesetzten Maria Galli präsentieren.

»Wo ist denn der holistische Ansatz in eurer Kampagnenplanung?«, will Stefano bei einer unserer Besprechungen am Freitagnachmittag wissen und lümmelt sich in einen der geräumigen Lehnstühle unseres Konferenzraumes.

»Holi… was?«, frage ich zurück. Schon wie er seine Bemerkung formuliert, ärgert mich.

Stefano lehnt sich zurück, presst die Lippen aufeinander und schaut mich auffordernd an. »Ho-lis-tisch. Wisst ihr in

Germania etwa nicht, was das ist? Lidia«, wendet er sich halb mitleidig meiner Kollegin zu, »erklärst du es ihr?«

»Ein holistischer Ansatz bedeutet ganzheitliche Dreihundertsechzig-Grad-Kommunikation.« Meine Kollegin schlägt einen Tonfall an, als ginge es darum, mich darüber aufzuklären, dass Kinder nicht von Störchen gebracht werden. »Dabei geht es darum, eine Kampagne als Ganzes zu betrachten und nicht nur als Addition ihrer Einzelteile. Damit geht dieser Ansatz strategisch deutlich weiter als integrierte Kommunikation«, betet sie herunter.

Toll gemacht, Prinzessin! Setzen, danke. In Momenten wie diesen habe ich nicht schlecht Lust, sie ganzheitlich zu würgen.

»Wollt ihr mich veralbern?«, frage ich ungläubig. So einen Quatsch habe ich ja noch nie gehört, geschweige denn, dass ich diesen gequirlten Blödsinn verstanden hätte. Darüber hinaus bin ich sicher, dass Stefano auch nur so *tut,* als wüsste er, worum es geht. Altkluge Fragen zu stellen ist schließlich eine super Methode, um zu verstecken, dass man nichts weiß.

»Was würde dir denn dazu konkret vorschweben, Stefano?«, versuche ich ihn daher aus der Reserve zu locken und schaue ihn auffordernd an.

Stefano stockt.

Bingo! Ihm ist deutlich anzusehen, dass er mit dieser Frage nicht gerechnet hat. Für einen Moment gerät er ins Schleudern, fängt sich dann aber leider schnell wieder. »He, ihr seid hier die Experten auf dem Kaffeemarkt. Wir haben euch schließlich eine ganze Woche Zeit gegeben, damit ihr euch dazu etwas überlegt. Ihr beiden enttäuscht mich.«

Zwei zu eins für ihn, die Taktiererei ist beendet, denke ich wütend, während Lidia hektische rote Flecken am Hals bekommt. Bestimmt wird sie jetzt das Wochenende durcharbeiten, um nachzubessern, und ihren schönen Ehemann am ausgestreckten Arm verhungern lassen.

»Nun denn«, ergreift Maria Galli, die sich bisher dezent, aber dafür besonders gutaussehend im Hintergrund gehalten hat, das Wort. »Ich denke, was ihr bisher erarbeitet habt, ist schon mal eine gute Basis, auf der ihr weitermachen könnt. Stellt uns das überarbeitete Konzept doch kommende Woche vor. Sagen wir«, sie blättert wichtig in ihrem Filofax, »Dienstag früh um zehn? Lidia, schickst du bitte eine Terminanfrage rum?« Ohne eine Antwort abzuwarten, beginnt Maria ihre wenigen Sachen zusammenzupacken.

»Entschuldigung, Maria«, spreche ich sie zum ersten Mal direkt an.

»Ja, was gibt's?«, erwidert sie abwesend und schaut auf ihre kleine goldene Uhr am Handgelenk.

»Ich bräuchte bitte noch die Budgetplanung von dir«, erinnere ich sie hektisch, verunsichert über ihre offensichtliche Ungeduld.

Maria wirkt leicht ungehalten und schüttelt fast unmerklich den Kopf. »Wozu das denn?«

»*Beh*…«, ich suche nach Worten, »ich muss doch … ich meine, Lidia und ich müssen doch wissen, wie ihr das Projekt kalkuliert habt und wie viele Stunden für welchen Arbeitsschritt eingeplant sind.« Hilfesuchend schaue ich zu Lidia hinüber.

Sie signalisiert Zustimmung.

»Okay«, lenkt Maria mit einem Seufzer ein, »ich schicke sie euch.« Als hätte ich sie darum gebeten, mir das Lesen beizubringen. Dann lässt sie die Lasche ihrer Krokoledertasche zuschnappen und haucht uns allen ein *»Buon weekend«* zu. Damit ist sie auch schon zur Tür hinaus.

»*Eh, si.*« Stefano deutet in Richtung der Tür, durch die Maria entschwunden ist, »die erste Gelegenheit dieses Jahr, endlich wieder ans Meer zu fahren. Ich will heute auch früher los, um nicht mit halb Mailand im Stau zu stehen«, informiert er uns leutselig, klappt seine Mappe zu und verabschiedet sich ebenfalls ins Wochenende.

Lidia und ich bleiben alleine zurück. Für einen Moment liegt eine gespannte Atmosphäre in der Luft. Meine Kollegin macht sich dienstbeflissen ein paar Notizen und schaut mich dann mit ihrem üblichen Back-to-Business-Blick an.

»*Quindi,* also, wollen wir uns am Wochenende noch mal zusammensetzen, wenn wir den beiden schon Dienstag die Überarbeitung vorstellen sollen?«

»Nee, ich ziehe am Wochenende um. Geht leider nicht.« Dass ich nur zwei Koffer von A nach B zu tragen haben, behalte ich wohlweislich für mich. Aber das Spiel mache ich so nicht mit: Erst passiert wochenlang gar nichts und dann das Gehabe dieser beiden Strandhopper, für die ich nicht bereit bin, mein Wochenende zu opfern.

»Verstehe«, gibt Lidia geradezu ergeben zurück, »dann komme ich eben alleine rein und sehe, was ich tun kann.«

Manchmal sind die Übergänge zwischen Karrierefrau und Arbeitsbiene eben fließend.

Samstag spätnachmittags sitze ich zum letzten Mal in Aldos grünem Fiesta auf dem Weg zu meiner neuen Bleibe. Der Abschied von den Grandis war herzzerreißend. Grazia hat ein paar Tränen verdrückt und selbst Poppy ist mit eingezogenem Schwanz um mein Gepäck herumgeschlichen, das ich vor der Wohnungstür aufgebaut hatte. Nach dem finalen Abschiedskonzert des *Markez* in der letzten Nacht fällt mir der Abschied hingegen nicht ganz so schwer, wobei mir die urige Atmosphäre unseres halb zerfallenen

Palazzos und die Herzlichkeit meiner Gastgeber sicherlich fehlen werden.

Aldo biegt von der Hauptstraße in die Gasse ein, in der sich mein neues Zuhause befindet. Vor der Nummer 64, einem grauen klotzigen Bau mit wuchtigen Säulen aus der Ära Mussolinis, hält er an.

»*Eccoci qua.* Da wären wir.« Er hält in zweiter Reihe neben dem Parkstreifen, lehnt sich in seinem Sitz zurück und schaut mich mit dem gleichen Blick an, mit dem Poppy mich vorher verabschiedet hat. »Ich komme nicht mehr mit hoch, oder?«

Der Gedanke, dass sich meine beiden Vermieter kennenlernen könnten, kommt mir absurderweise fast ein wenig so vor, als würde mich ein Exfreund bei meinem neuen Partner abliefern.

»Nein, nein«, lehne ich ab und lächele ihn an, während er mit tiefen Falten auf der Stirn dasitzt und mich mustert, als würde ich aufbrechen, um in den Krieg zu ziehen.

»*Grazie per tutto,* Aldo, danke für alles.« Ich lege ihm die Hand auf den Arm.

»*Grazie a te.* Danke dir. Nun geht die Reise weiter für dich, nicht wahr? Das Leben ist wie ein Wanderzirkus. Und nicht vergessen – immer schön aufrappeln, wenn du mal auf die Nase fällst.«

Er zwinkert mir zu und wir steigen beide aus, um das Gepäck aus dem Kofferraum zu laden. Ich hänge mir meine Reisetasche um, nehme die beiden Rollkoffer und zockele zur Eingangstür. Als ich mich umdrehe, um Aldo zu winken, hat er schon den Motor angelassen.

Oben angekommen, öffnet Giorgio mir die Tür.

»*Benvenuta a casa mia,* willkommen in meiner Wohnung«, begrüßt er mich überschwänglich freundlich und nimmt mir meine Tasche ab. »Komm herein und fühl dich wie zu Hause.« Für sein undefinierbares Alter sieht er wie schon beim letzten Mal blendend aus. Heute trägt er eine schwarze Hose, ein weißes, enges Hemd und elegante schwarze Schuhe.

»*Eh,* ich gehe heute aus«, pariert er meinen bewundernden Blick. »Tanzen.«

»Du tanzt?«

»Klar, womit sonst kann man eine Frau richtig glücklich machen?«, sagt er und zwinkert mir zu.

Ich muss lachen und beeile mich, die Koffer in mein Zimmer zu schleifen.

»*Senti, bella*«, ruft er mir hinterher, »pack in Ruhe aus und komm an. Danach lade ich dich auf einen *aperitivo* bei Luca ein.«

»Danke, gerne«, antworte ich.

Der Raum ist noch schöner, als ich ihn in Erinnerung hatte. Das Bett ist frisch bezogen und Giorgio hat mir sogar eine Blume auf den Schreibtisch gestellt. Zwar ein Alpenveilchen, die ich ungefähr so schlimm finde wie Geranien, aber die Geste ist rührend. Ich fühle mich sofort wohl und fange an, meine wenigen Siebensachen in den riesigen Kleiderschrank mit der großen Spiegeltür zu räumen und mich häuslich einzurichten.

Eine halbe Stunde später betreten Giorgio und ich Lucas Bar, eine dieser gleißend hellen, kahlen Lokale, wie sie in Italien an jeder Ecke zu finden sind. Die Dinger lassen mich immer wieder staunen, wo das Design geblieben ist, das die Italiener angeblich gepachtet haben. Hinter dem überladenen Kassentisch voller Ständer für abgepackte Pralinen, Kaugummis und Rubbellosen sitzt eine ältere Dame, die Giorgio begrüßt wie einen guten Freund.

»*Caro,* mein Lieber«, ruft sie erfreut, »wie geht's dir?«

»Gut. Was macht dein Rücken?«, will er im Gegenzug wissen.

»Schau«, sie reckt den Hals, »ich kann den Kopf schon wieder ganz nach rechts drehen. Deinen magischen Händen sei Dank.«

»Das ist Eleonora, eine meiner Patientinnen«, informiert mich Giorgio. »Eleonora, darf ich dir meine neue Mitbewohnerin vorstellen? Nina aus Deutschland.«

»Ah, *piacere*«, sie streckt die Hand über den Tresen. »Na, Giorgio, da hast du dir aber eine ausgesucht, das arme Mädchen.« Sie lacht und wendet sich mir zu. »Hüte dich ja vor Giorgio. Er ist ein ganz Schlimmer.«

»Hör nicht auf meine Mutter«, ertönt eine Stimme und aus dem Hinterzimmer kommt ein junger Mann von Mitte dreißig mit halblangen, gewellten Haaren, einem Dreitagebart und einer schwarzen Sonnenbrille auf dem Kopf gewankt. Vor sich balanciert er zwei Stiegen mit H-Milch, die er hinter dem Tresen gegenüber der Kasse verstaut. »Giorgio ist der größte Gentleman, den ich kenne. Ein echter *cavaliere*.«

»Das ist Luca«, stellt Giorgio mich ihm vor. »In Lucas Bar bekommst du den besten *caffè*, den es gibt.«

»In *Lucas Bar*!«, höhnt Luca ironisch, »In *mammas* Bar wohl eher. Das wäre zu schön, wenn ich hier tun und lassen könnte, was ich will. Aber hier kommandiert noch immer *la padrona,* die Chefin«, fügt er mit einer Mischung aus Humor und Resignation hinzu.

»*Si, tesoro mio,* ja mein Schatz, ich hab dich auch lieb«, ertönt die prompte Antwort von der Kasse.

Luca grinst. »Was darf ich euch anbieten?«

»*Due sprizz*«, ordert Giorgio.

Während Luca zwei hohe Gläser mit Eis, Campari und Prosecco füllt, mustert er mich über den Tresen hinweg.

»*Allora,* was führt dich nach Mailand?«, fragt er. »Doch nicht etwa die Sehnsucht nach einem veralteten Masseur, der mit frustrierten Frauen in den Wechseljahren Foxtrott tanzen geht?«

»Danke, Luca, du bist zu nett.« Giorgio greift in ein Schälchen mit blassen Chips und schiebt sich eine Handvoll davon auf einmal in den Mund.

»So gut kenne ich Giorgio noch nicht«, sage ich und muss kichern. »Ich bin wegen der Arbeit hier.«

»Klar, was soll man in Mailand auch anderes machen als arbeiten?«, motzt Luca. »Bei dem Wetter und dem Smog. Wenn man wirklich *leben* will, gibt es bestimmt bessere Ecken als Mailand.«

»Armer Kerl«, schieße ich amüsiert zurück, »du musst also jeden Tag in einer Stadt, die du nicht magst, in der Bar deiner Mutter wie Prinz Charles darauf warten, endlich das Zepter übernehmen zu dürfen?«

»*Brava, hai capito al volo.* Sehr gut, du hast die Lage hier gleich erfasst.« Er wirft einen triumphierenden Blick in Richtung Kasse, während er zwei Gläser *sprizz* vor Giorgio und mir abstellt.

An der Kasse zählt *la padrona* indessen Geldscheine, rollt lakonisch mit den Augen und hat offensichtlich beschlossen, so zu tun, als habe sie nichts gehört.

»Prost, Nina. Auf dich und deine Zeit in Italien. Herzlich willkommen.« Giorgio erhebt sein Glas.

»Das wünsche ich dir auch.« Luca, der beide Unterarme auf dem Tresen abgelegt hat, stützt den Kopf auf. »Ich freue mich, wenn du uns nun öfter besuchen kommst«, sagt er und zwinkert mir verschwörerisch zu.

7.

Sonntagmorgen klingelt mein Handy. Renato will wissen, ob ich gut »gelandet« sei, wie er es nennt. Wir verabreden uns für den Spätnachmittag auf einen Tee in einem Café in der Nähe der Piazza Duomo. Das sei günstig für ihn, meint Renato, weil das auf dem Rückweg von seiner sonntäglichen Yogameditation zu ihm nach Hause liege. Ich überhöre die Yogameditation und sage zu.

Es wird langsam dämmrig, als ich kurz vor fünf aus dem U-Bahntunnel auf den Domplatz trete und in Richtung Porta Ticinese zu unserem Treffpunkt spaziere.

Im Café angekommen, suche ich mir einen Platz an der vollverglasten Fensterfront und bestelle mir einen Darjeeling. Ich sehe Renato schon von Weitem, ganz in Weiß gekleidet und mit einer roten Yogamatte unterm Arm, die Straße entlangschweben. Er betritt das Café und freut sich sichtlich, mich zu sehen.

»*Ciao bella, come stai?*« Er kommt auf mich zu, beugt sich zu mir herunter und küsst mich.

Ich erwidere seinen Kuss und merke, wie ich rot werde. Das Herz klopft mir bis zum Hals. Ich weiß nicht so recht, wo wir stehen. Sind wir jetzt *zusammen*? Küssen wir uns nun ganz selbstverständlich und gehen Hand in Hand durch die Straßen? Ich bin verwirrt. Vor allem weil ich gar nicht so recht weiß, was ich eigentlich will.

»Wie war's beim Yoga?«, versuche ich daher nonchalant ein unverfängliches Gespräch zu eröffnen.

»Sehr meditativ. Da solltest du auch mal hingehen, das wäre sicher was für dich.« Renato übersieht meinen pikierten Blick und schaut auf das Teekännchen vor mir. »Welchen Tee hast du bestellt?«

»Darjeeling, Second Flush. Sehr lecker«, informiere ich ihn.

»*Schwarztee* mit Milch?« Missbilligend zieht er die Augenbrauen hoch und winkt nach der Bedienung, »Ich hätte gerne einen Zitronengrastee mit Bio-Ingwer.« Er dreht sich wieder zu mir um, ohne weiter über den traurigen Zwischenfall in meiner Tasse zu sprechen. »Wie läuft's im Job?«, will er hingegen wissen.

»Och«, weiche ich aus, »alles im Fluss. Und bei dir?«

»Hervorragend«, Renatos Miene hellt sich auf, »ich bin derzeit unglaublich kreativ. Das liegt bestimmt daran, dass ich dich kennengelernt habe«, schmeichelt er mir. »Ich habe heute zwei neue Frauenskulpturen fertiggestellt, die ich mit auf die Ausstellung nehmen werde. Die eine zeigt eine Art Ausdruckstanz, die andere steht im Trikonasana – einer Yogaposition.«

»Klingt gut. Sind die aus Metall?«

»Aus sämtlichen Materialien, in allen Größen. *Sono bellissime!* Sie sind wunderschön! Wolltest du dir meine Arbeiten nicht sowieso mal anschauen?«

Eine gute Stunde später steige ich mit Renato die knarrenden Stufen zu seiner Dachgeschosswohnung hinauf. Die Wohnungstür führt durch einen kleinen Flur in eine geräumige Wohnküche mit viel Holz, bunten Balistoffen, einem Futonsofa und einem überfüllten Bücherregal aus glücklich gewachsenem Fichtenholz.

»Komm rein, fühl dich wie zu Hause.« Renato legt seine Tasche auf einem offensichtlich selbst gewerkelten Holztresen ab. »Aber bitte zieh die Schuhe aus«, fügt er erschrocken hinzu, den Blick auf mich gerichtet, da ich eben im Begriff war, seinen fliegenden Teppich zu betreten.

Schnell schlüpfe ich aus meinen pinkfarbenen Ballerinas und stelle sie ordnungsgemäß an der Wohnungstür ab.

»Da oben«, geht die Hausführung nahtlos weiter, »habe ich mein Atelier.« Renato zeigt auf eine leiterartige Treppe.

Ich lasse ihm den Vortritt, damit sein Gesicht nicht buchstäblich an meinem Hintern klebt, und hangele mich in das niedrige, helle Dachgeschoss hoch. Auf einem Holztisch in der Mitte des Raumes sowie überall auf dem Boden stehen in Reih und ohne Glied aufgereiht die Figuren, von denen Renato mir vorgeschwärmt hat. Entgeistert starre ich auf ein Rudel fetter, nackter Matronen aus Bronze, Holz, Terrakotta, Gips und anderem undefinierbarem Gestein in Handstand-, Schneidersitz- oder Purzelbaumpose. Einige andere liegen wiederum auf dem Rücken und besorgen es sich mit dicken Tonfingern zwischen ihren stämmigen Schenkeln selbst.

»Oh.« Ich schlucke betroffen beim Anblick dieser XXL-Parade und suche nach einer adäquaten Reaktion, die mich nicht als vollkommen verklemmten Kunstmuffel dastehen lässt.

»Gefallen sie dir?« Renato ist begeistert und voll in seinem Element. »Schau mal, die hier ist aus purem Gold.« Er reicht mir eine winzige Wuchtbrumme, die sich nun breitbeinig in meiner Handfläche rekelt.

»Na ja, sie sind recht … äh … dick.« Da spricht die Kennerin. Würde ich mich ähnlich eloquent über einen Kreationsentwurf in der Agentur auslassen, würde ich zu Recht mindestens zur Empfangsdame degradiert werden.

»Dick?«, wiederholt Renato empört. »Die sind nicht einfach dick. Meine Modelle sind warm, mütterlich und dennoch weiblich. Sie sind der Ursprung allen Lebens. Und dabei total bodenständig«, erklärt er mir völlig verzaubert und rückt auf einem Regalbrett eine Tänzerin aus Wachs zurecht, die sich in einer Rückwärtsbeuge am Ellenbogen kratzt.

»Und das hier ist die Schmuckkollektion dazu.« Er greift nach einem Tablett mit Samtbezug auf der Werkbank.

Vor mir liegen mehrere Schmuckstücke, die größtenteils so aussehen wie Renatos kleine Skulpturfreundinnen zwischen den Beinen. Ich starre auf lippenartige Gebilde, vermutlich Ringe, vulvaförmige Kettenanhänger und Broschen wie sahnebaiserartige Häufchen, die jedoch eher aus der eigenen Stillzeit als vom Besuch beim Bäcker abgeleitet sind. Ein kräftiger Tritt vors Schienbein hätte mich wohl kaum mehr irritieren können.

»Tja, die Intention deiner Kreationen ist damit ja recht eindeutig«, stammele ich entgeistert, gewinne dann aber Land. »Was für eine Fleischeslust für jemanden, der nur Gemüse isst.« Herausfordernd und nicht ohne Triumph blicke ich ihn an.

»Wo du recht hast, da hast du recht.« Renato schaut mich durchdringend an und zieht mich mit beiden Händen zu sich heran. »Und worauf ich gerade besonders Lust habe«, fährt er mit gesenkter Stimme fort, »steht genau vor mir.«

Dann küsst er mich stürmisch. Ich bin so überrascht und fasziniert, dass ich mich dabei ertappe, wie ich mitmache. Oder korrekter ausgedrückt: Ich schmelze spontan dahin, wie das Terrakotta aus Renatos Töpferwerkstatt. Wir küssen uns heftig und sinken unter die Werkbank, während Renato aufgeregt an meiner Bluse nestelt und sie mir schließlich über den Kopf streift. Atemlos rutschen wir wild knutschend an Lehm- und Gipskrümeln vorbei über den Fliesenboden des Ateliers meines veganen Künstlers.

Ich fühle Renatos Rippen in meinen Händen und seine Hände auf meinem Busen. Sein Körper liegt halb auf meinem, während ich mich langsam auf seinem Rücken tiefer taste.

Plötzlich stoße ich mit dem Schädel gegen etwas, das auf dem Boden steht. Ich drehe den Kopf und sehe mich Auge in Auge mit einer hölzernen Dickmadam, die mit beiden Händen ihre beiden gigantischen Brüste zu fassen versucht und sie dem Betrachter zusammen mit einem lasziv geformten Kussmund entgegenreckt. Oder anders ausgedrückt: Körbchengröße A, am Boden liegend, trifft im Kampf auf Körbchengröße Doppel F. Für meine eben noch wachsende Erregung ist das wie ein Schlag mit dem Hammer auf den Kopf. Was mache ich hier eigentlich?

Ich lasse Renato los.

»Ich kann nicht.«

»Oh, das fühlt sich aber anders an.« Mein italienischer Liebhaber arbeitet sich atemlos unter meinem Rock meinen Oberschenkel hoch.

»Nein, ich kann wirklich nicht.« Ich richte mich auf, schiebe seine Hand weg und greife nach meiner Bluse, die auf einem Haufen zusammengefegter Holz- und Metallspäne gelandet ist. Ich blicke Renato entschuldigend an, während ich mir das verstaubte Oberteil überstreife.

»Sorry, ich …«

Himmel, was werden die Sägespäne jucken, aber darauf kann ich jetzt keine Rücksicht nehmen.

»Was ist denn los?« Seine Stimmlage liegt irgendwo zwischen erschrocken und verärgert.

»Ich weiß es nicht. Es ist … *eh,* ich bin einfach nicht *dein* Typ.«

»Ähm, doch … Kann ich das nicht eher beurteilen als du?«

»Diese Figuren hier … Keine Ahnung«, murmele ich, während ich mich unter der Werkbank hervorschiebe und wie eine alte Frau im Vollbrand am Treppengeländer hochziehe. »Es tut mir leid, Renato. Es tut mir wirklich leid, aber ich möchte jetzt nach Hause. Ich melde mich bei dir«, rufe ich ihm halb über die Schulter zu und haste die kleine Treppe hinab durch den mit Balitüchern behängten Flur. Ich springe förmlich in meine Schuhe, hechte zur Tür hinaus und lasse Renato mit seiner Holzfreundin und deren steinernen Schwestern auf dem Fußboden seines Ateliers zurück.

»*Eccola*. Da ist sie ja«, ruft Giorgio fröhlich, als ich eine knappe halbe Stunde später seine Wohnung betrete und die Tür hinter mir mit einem lauten Seufzer zuschlage. Er kommt in den Flur, wie immer barfuß, in Jeans und T-Shirt, und freut sich sichtlich, mich zu sehen. »Da ist ja meine hübsche Mitbewohnerin *tedesca*, von der niemand weiß, wo sie so lange war.« Er lächelt mich verschmitzt an, stutzt und mustert mich dann erschrocken von oben bis unten. »Ein bisschen mitgenommen siehst du aus, meine Liebe. Geht es dir gut?«

Shit, mein greiser jugendlicher Vermieter muss nicht gleich am ersten Tag nach meinem Einzug einen solchen Eindruck von mir bekommen. Einen falschen dazu. Ich schaue an mir herunter: Über meine Bluse brauche ich nicht zu sprechen, aber auch die schwarze Strumpfhose und der Jeansrock sehen aus, als hätte ein Tischler damit sein Tagwerk poliert. Zum Glück weiß ich nichts Genaues darüber, wie es um meine Haare bestellt ist. Aber ich vermute das Schlimmste.

»Jaja, alles bestens, danke«, beeile ich mich zu sagen und steuere an ihm vorbei in Richtung Badezimmer. Shit!

»Wenn du dich ranhältst, kannst du mit mir zu Abend essen. Du siehst nicht so aus, als hättest du schon was zwischen die Zähne bekommen«, ruft Giorgio mir leicht spöttisch hinterher.

Ich verzichte darauf, mich noch mal umzudrehen, und schließe mich im Badezimmer ein. Dort zerre ich mir die verstaubten Klamotten vom Leib und steige unter die Dusche, wohlweislich ohne vorher in einen Spiegel zu gucken. Giorgios Reaktion sollte mir als Info reichen.

Frisch geduscht und gekleidet finde ich mich knapp zehn Minuten später in der Küche ein. Giorgio steht am Herd und rührt emsig in einem riesigen Topf.

»Hm, das riecht hervorragend. Was gibt's denn?«

»Risotto alla milanese, speziell für dich.« Giorgio nimmt ein Tütchen mit Safranfäden von einem Bord über dem Herd und streut das teure Zeug großzügig in den Topf.

»Was ist das?«

»Risotto? Das ist ein norditalienisches Reisgericht mit Parmesan und Safran. Und mit Butter natürlich. Olivenöl kommt traditionell aus Süditalien, wo die Leute sich früher keine Butter leisten konnten. Aber hier in Mailand kocht man traditionell mit Butter«, fügt er selbstzufrieden hinzu. Dann rührt er eine ganze Weile schweigend weiter.

»So ein Risotto ist wie ein Geliebter, du musst dich stets darum kümmern.« Giorgio dreht sich wieder zu mir um und wirft mir einen vielsagenden Blick zu. »Er will immer umsorgt werden, sonst brennt er dir an und das war's dann. Also immer schön rühren, rühren, rühren. Aber das kannst du ja bestimmt«, prustet er los.

Vor Lachen muss er den Kochlöffel beiseitelegen, um sich über seinen eigenen Witz den Bauch halten zu können. Sein Humor ist ansteckend. Ich zwinge mich jedoch, nicht darauf zu reagieren, um seinen frivolen Vermutungen über mich und meine eventuellen Liebhaber jeglichen Boden zu entziehen. Stattdessen nehme ich Teller und Besteck aus dem Schrank und fange an, den Tisch zu decken.

»Leg bitte ein drittes Gedeck auf, es kommt noch Besuch«, befiehlt mir mein kochender Vermieter.

»Wieso?«, frage ich naiv.

»Eine Freundin kommt gleich zum Essen vorbei«, erklärt Giorgio.

»Eine Freundin? Störe ich euch denn dann nicht in eurer Zweisamkeit?«

»Nö«, entgegnet er gedehnt. »Sie ist eine Bekannte aus dem Tanzclub und fragt mich immer, ob wir zusammen essen gehen. Gestern bin ich um eine Verabredung mit ihr nicht mehr herumgekommen. Daher habe ich sie eingeladen.«

»Damit du mit ihr um deinen Küchentisch samt deiner deutschen Untermieterin sitzen und Reis essen kannst?« Ich bin sicher, selbst eine italienische Tanzpartnerin in den besten Jahren erwartet da etwas mehr.

»Risotto, nicht Reis. Risotto alla milanese!«, bellt Giorgio beleidigt. »Und ja: Ich will nicht so viel Tamtam darum machen, sonst denkt sie noch …«

»Ah, ich verstehe. Du willst nicht ihr Risotto werden.« Offensichtlich unterscheidet Giorgio zwischen Frauen, die in seiner Küche essen müssen, und jenen, die es bis ins Esszimmer schaffen.

Was hat es wohl zu bedeuten, wenn man als Frau bis in die Schmuckwerkstatt gelangt?

Zehn Minuten später klingelt es an der Tür. Ich höre, wie Giorgio im Flur eine Frau begrüßt, die üblichen Floskeln austauscht und dann mit ihr zu mir in die Küche kommt, wo ich gerade dazu abgestellt bin, Parmesan in eine Schüssel zu reiben. Mein Vermieter stellt uns einander vor. Unsere Besucherin heißt Elvira und ist eine dieser typischen eleganten Italienerinnen Anfang fünfzig, die morgens schon mit akkurat frisiertem Bob aus dem Bett zu steigen scheinen, der selbstverständlich bis abends perfekt hält. Elvira blickt sich sichtlich irritiert in unserer einfachen Küche mit dem quadratischen Resopaltisch und der darüber baumelnden Energiesparlampe um.

»Aaah«, sagt sie tapfer, »wir essen in der Küche. Wie heimelig.« Sie späht auf den Tisch und ich kann sehen, wie ihr Hirn mühsam bis drei zu zählen beginnt.

»Du isst mit uns?«, wendet sie sich mir zu und zieht fast unmerklich, dafür aber umso subtiler die Stirn in Falten.

Ich nicke eingeschüchtert. Das Ganze ist mir genauso unangenehm, wie ich es erwartet habe. Hätte mich in Renatos Atelier nicht einfach der berühmte Erdboden verschlucken können? Das hätte mir heute gleich zwei peinliche Situationen erspart.

»Jaha«, versucht Giorgio die bedrückte Stille der Frauen im Raum aufzulockern. »Ich wollte dir gerne meine neue Mitbewohnerin vorstellen. Und die Arme muss ja auch was essen«, fügt er fast entschuldigend hinzu und reibt geschäftig die Hände aneinander.

»Giorgio«, Elvira stellt ihr Handtäschchen auf dem Tisch ab, setzt einen strengen Blick auf und stemmt beide Hände in die Hüften, »was soll das hier?«

Mir wird heiß und kalt. Schwer konzentriert reibe ich weiter meinen Käse. Wie konnte ich bloß hier hineingeraten?

»Eh ...«

»Giorgio, ich brauche dir sicher nicht erneut zu sagen,

dass wir dringend reden müssen. Und du weißt ganz genau, dass wir das heute Abend tun wollten.«

»Von meiner Seite aus gibt es gar nichts zu besprechen.«

Giorgio schaut unschuldig mit seinen dunklen Knopfaugen in die Runde. Er hält uns fragend die Handflächen entgegen, wie jemand, der zeigen möchte, dass er nichts zu verbergen hat. Ich bin mir sicher, dass er diesen Blick schon sein Leben lang übt und damit seit Jahrzehnten Frauen zur Weißglut bringt.

So auch heute.

»Es gibt nichts zu besprechen? Nach allem, was war, sagst du mir *so etwas*?« Elvira ist laut geworden und wirkt darüber selbst erschrocken. Sie schluckt und ringt um ihre Contenance.

»Also«, Giorgio starrt auf die Tischplatte und zieht wie ein ratloser Schuljunge die Schultern hoch, »von *meiner Seite* aus nicht.«

»*Ho capito*. Ich habe verstanden«, sagt Elvira in die kurze Stille hinein. Sie hebt den Kopf und hält sich nun noch gerader, als sie es ohnehin schon getan hat. »Dann mach's gut, Giorgio. *Addio*.«

Sie dreht auf dem Absatz um, marschiert mit schnellem, geradem Gang in Richtung Flur und greift nach ihrem Mantel. Noch während sie ihn sich überstreift, umfasst sie die Klinke der Wohnungstür. Giorgio steht wie ein trotziger, versteinerter Junge da und schaut mich schuldbewusst an, als hätte er einen Bonbonladen geplündert. Als ich peinlich berührt seinem Blick ausweiche, bemerke ich Elviras Tasche, die sie auf dem Tisch zurückgelassen hat. Ich nehme sie und laufe ihr nach.

»Elvira!«, rufe ich und reiche ihr die Tasche durch die halb geschlossene Tür, »*mi dispiace*. Es tut mir leid.« Warum muss ich mich jetzt schon zum zweiten Mal an diesem Abend für eine verschmähte Liebschaft entschuldigen? Mit der Sache hier habe ich nun wirklich nichts zu tun.

Elvira nimmt die Tasche wortlos entgegen. Sie hat Tränen in den Augen und zieht die Tür von außen leise ran. Ein stilvoller Abgang.

Mit den Händen in den Hosentaschen schleiche ich in die Küche zurück, wo Giorgio gerade Essen auf zwei Teller füllt. Bevor er sich setzt, nimmt er das dritte Gedeck vom Tisch und stellt es leise auf einem Sideboard ab. Ich setze mich wortlos und fange an, den Risotto zu kauen. Er schmeckt wunderbar, doch mir ist der Appetit vergangen. Wir schweigen eine Weile.

»*Però,* aber …« Giorgio schlägt mit den Fingern auf die Tischkante. »Jetzt mach du mir hier bitte kein Theater wegen dieser Sache. Ich muss mich dafür nicht vor dir rechtfertigen«, schimpft er.

Ich zucke zusammen wie ein aufgeschreckter Hase. Jetzt bloß keinen Fehler machen und die Klappe halten. Ich schiebe mir eine weitere Gabel Reis in den Mund und schweige.

Giorgio lässt die Gabel auf den Teller fallen und stützt den Kopf auf den Unterarmen auf. »Ich bin jetzt achtundsechzig Jahre alt. Ich habe zwei erwachsene Töchter und eine Ehefrau, die zum Glück endlich *alle* aus dem Haus sind. Ich kann tun und lassen, was ich will«, meckert er los.

»Und?«

»Das mit Elvira tut mir leid, aber wenn sich diese Frauen immer zu viel versprechen, kann *ich* doch nichts dafür! Das ist kein Grund, mich wochenlang mit irgendwelchen Gesprächen zu belästigen«, verteidigt er sich nun doch. Er lehnt sich auf seinem Küchenstuhl zurück und dreht wieder die Handflächen zur Decke. »Ich möchte mein Leben gerne leben, wie ich will. Ich musste lange genug auf alle anderen Rücksicht nehmen.« Er nimmt seine Gabel wieder auf und schiebt sich demonstrativ hungrig seinen Risotto in den Mund.

»*Sì, certo,* klar«, ich stochere in meinem Reis herum, »aber was soll ich dazu sagen? Nennen wir es: unterschiedliche Erwartungshaltungen?«

»Ja!« Giorgio ist angetan und zeigt mit seiner Gabel auf mich. »Ge-nau-so ist es: unterschiedliche Erwartungshaltungen. Nicht mehr und nicht weniger.«

Unser Hausfrieden ist wiederhergestellt. Mein Seelenfrieden dagegen nicht. Wie oft war ich schon die Elvira im Spiel der Erwartungen. Heute Nachmittag nicht. Aber besser hat sich das auch nicht angefühlt.

Denn eines ist klar: Es geht nicht darum, dass ich nicht Renatos Typ bin. Er ist nicht meiner.

8.

Mit schlechtem Gewissen, dafür aber umso gespannter stiefele ich Montagmorgen in die Agentur. Mal sehen, welchen holistischen Schliff Lidia unserem Konzept am Wochenende verpasst hat. Mit einem Plastikbecher Cappuccino von der Straßenecke bewaffnet, betrete ich mein Büro in der Erwartung, mein Monitor könnte mit Lidias Post-its gepflastert und mein Tisch mit ihren Ausdrucken und Präsentationen übersät sein.

Aber nein, nichts sieht danach aus, als hätte sie mir irgendwelche Unterlagen hinterlassen. Ich fahre den Rechner hoch und öffne das Postfach. Keine Mail von Lidia.

Oh nein, jetzt schneidet sie mich, durchfährt es mich erschrocken. »Sie ist bestimmt sauer, weil sie alles alleine machen musste, und bootet mich nun aus.« Mist! Ich darf mich hier in Mailand auf keinen Fall abservieren lassen. Dafür haben mich meine Hamburger Chefs nicht hergeschickt. Ich lehne mich in meinem Stuhl zurück und grübele über meine Lage nach, in die ich mich selbst hineinmanövriert habe.

Da kommt Simona missgelaunt zur Tür hereingewackelt, wirft ihre Tasche quer über den Schreibtisch und schaut mich grimmig an. Ich schaue grimmig zurück. Montagmorgen eben.

»Caffè?«, fragt sie nur.

»Gute Idee«, brumme ich zurück und werfe meinen leeren Cappuccinobecher in den Müll. Ich brauche gleich noch einen nach diesem Schock am frühen Morgen.

Wie Pat und Patachon marschieren wir durch die Lobby, durch die ich erst vor zehn Minuten gekommen bin.

»Nina«, ruft mir die Empfangsdame Lisa nach, »Lidia hat gerade angerufen. Sie ist krank und kann heute nicht kommen.«

»Was hat sie denn?«, will ich wissen.

»Das hat sie nicht gesagt.« Lisa zuckt entschuldigend die Schultern.

»Wollte sie nicht am Wochenende reinkommen?«, fragt mich Simona, während wir über die Treppenstufen vor dem Gebäude in Richtung Bar laufen.

»Ja, keine Ahnung, ob sie was gemacht hat. Viel wichtiger ist, dass wir beide heute gemeinsam weiterarbeiten wollten«, erwidere ich aufgeregt. »Wahrscheinlich hat sie doch der Mut verlassen und nun verkriecht sie sich lieber zu Hause.«

»Na, na, na«, beruhigt mich Simona und tätschelt mir den Arm. Mit Leuten, die schlechter Laune sind, kann sie sonderbarerweise gut umgehen. »Vielleicht ist sie ja *wirklich* krank.«

Das könnte durchaus sein. Aber was nun? Schon morgen wollen Maria und Stefano den Zwischenstand sehen. Die Präsentation vor dem Kunden ist nächsten Montag, das heißt, wir müssen diese Woche fertig werden und Lidia ist nicht dabei? Das versprechen anstrengende Tage für mich zu werden.

Ich werfe Simona einen besorgten Blick zu.

In der Bar lehnt Kollege Stefano am Tresen und tut so, als lese er in der *Il Sole 24ore*. Ich weiß bereits, dass er sich sonst eigentlich nur für Sportjournale interessiert, auf der Straße jedoch vorzugsweise eine Finanzzeitung lässig unter dem Arm trägt. Er mustert uns ungleiches Paar grinsend.

»*Buon giorno*, die Damen.« Er faltet langsam die Zeitung zusammen und steckt sie mit dem Titel nach oben in seine Jackentasche. »*E allora?* Was habt ihr geschafft in den letzten Tagen?«

»Lidia ist krank«, weiche ich aus, »daher muss ich sehen, wie ich den Job alleine stemmen kann.«

»Ah, okay«, Stefano gibt sich kumpelhaft, »wenn ich dir helfen kann, gib mir einfach Bescheid.«

Ja genau, denke ich verärgert. Um mir dann von ihm anhören zu müssen, dass Ganze sei gefälligst meine Aufgabe.

»Gerne, danke«, gebe ich hingegen artig zurück, während Simona hinter Stefanos Rücken eine Fratze schneidet.

»Ich begebe mich dann mal in die Höhle des Löwen«, seufzt Stefano aufgesetzt und legt ein paar Euro auf den Tresen. Wir geben uns mitleidig. »Und«, fügt er hinzu, »euer Kaffee geht auf mich.«

Später im Büro breite ich alle Unterlagen vor mir aus, die Lidia und ich bisher erarbeitet haben. Letztlich muss ich nichts weiter tun, als daraus eine Präsentation für den Termin mit meinen Kollegen morgen zu basteln. Und da Menschen bekanntlich nicht gerne lesen, beschließe ich, mit vielen Bildern, Anglizismen und leicht verständlichen Überschriften zu arbeiten.

Voller Elan stürze ich mich in die Arbeit und der Tag vergeht wie im Flug. Ich arbeite hochkonzentriert, stelle die Konkurrenzmarken im Markt vor und skizziere, welche von mir erdachte Lücke Napolone füllen könnte. Zwar recht deutsch gedacht, aber trotzdem ganz plausibel, wie ich finde, fokussiere ich als Zielgruppe die jungen, temperamentvollen Italiener, die sich mit ihrer Espressowahl einen Hauch Süditalien, Sonne und Lebensfreude in ihre

Kaffeetasse holen wollen. Ich versuche gar nicht erst, Napolone neben die anderen Premiumkaffeemarken zu pressen, sondern positioniere ihn als ehrlichen, modernen, süditalienischen Kaffee im mittleren bis unteren Preissegment.

Danach bitte ich meine Kollegin Rossella aus der Grafikabteilung, mir ein paar Fotos herauszusuchen, auf denen Menschen unserer Zielgruppe zu sehen sind, um das Ganze auch bildlich darstellen zu können.

Rossella ist eine von diesen typischen jungen Süditalienern, die nur der Arbeit wegen nach Mailand gekommen sind. In dieser unwirtlichen Karrierestadt haben sie dann ihr Leben lang Heimweh, können aber mangels eines funktionierenden Arbeitsmarktes im Stiefelsüden praktisch nie zurück. Daher freut sie sich über meine Bitte, Stimmungsfotos von ihrer Heimat herauszusuchen, versteht ohne viele Worte, was ich für meine Arbeit brauche, und macht sich sofort selig an die Arbeit.

Am Abend klicke ich zufrieden durch die rund zwanzig Charts meiner Napolone-Strategie. Nun fehlt nur noch ein kluger Schlusssatz, etwas, das allen im Gedächtnis bleibt, die *Brand Essence*, wie es in der Werbesprache so schön heißt. Aber mir fällt nichts Brauchbares mehr ein, meine Batterien sind leer. Ich tippe »Was hier steht, ist Blindtext« auf die letzte Seite und beschließe, mir darüber bei einem Glas Wein zu Hause Gedanken zu machen. Anschließend ordne ich noch ein paar Unterlagen auf meinem Schreibtisch, schreibe Maria eine Mail mit der erneuten Bitte um die Budgetkalkulation und verlasse dann fast pünktlich zum Feierabend geradezu beschwingt die Agentur.

Anstelle des kurzen Fußwegs von der Metrostation bis zur Haustür mache ich heute einen kleinen Umweg um den

Block, um an der – laut Giorgio – besten Pasticceria der Stadt ein mit Ricottacreme gefülltes sizilianisches Hörnchen zu ergattern. Das habe ich mir heute verdient. Kauend und mit puderzuckerverschmiertem Mund bummele ich die Gasse an den kleinen Geschäften in der Nachbarschaft entlang und bewundere die überwältigende Auslage eines Lädchens für Bonbonnieren und kitschige Schächtelchen, die ein jeder Italiener seinen Gästen bei Familienfeiern aller Art mit nach Hause gibt.

An der Straßenecke komme ich an Lucas Bar – oder vielmehr der seiner *mamma* – vorbei. Kurzentschlossen trete ich ein. Im grellen Licht der Energiespar-Leuchtstoffröhre und der noch grelleren Musik italienischen San-Remo-Geplärres steht Luca hinter der Bar und sortiert Tassen und Gläser in ein Spülmaschinengitter. In der Bar sind noch drei Gäste und ein Hund anwesend. An der Theke steht eine aufgetakelte Mittsechzigerin im lila Seidenkleid mit einem kleinen weißen Pudel, der bettelnd vor ihr auf dem Boden hockt. Pudel und Frauchen tragen die gleiche aufgebauschte Frisur und haben beide eine ähnlich spitze Nase.

Daneben lümmeln zwei Männer im Anzug, die offensichtlich bei einem Bier den Arbeitstag Revue passieren lassen. Lucas Mutter ist nicht zu sehen, der Platz hinter der Kasse ist nicht besetzt.

Luca winkt mir zu, als er mich erkennt.

»Ah, da ist ja Giorgios deutsche Patientin.« Er reicht mir über den Tresen die Hand. »Wie geht's?«

Ich bestelle einen Prosecco und erzähle ein bisschen von meinem Tag.

»Wie? Kaffeewerbung machst du?« Er runzelt missbilligend die Brauen. »Wozu denn das? Trinken wir in Italien denn nicht schon genug davon?«

»Doch, aber nun sollt ihr alle einen ganz bestimmten Kaffee trinken, der aus Neapel kommt. Dafür werde ich gerade bezahlt.«

»Aus Neapel.« Luca atmet tief ein und aus, als ginge es darum, einem frechen Kind die Leviten zu lesen. »Aus Neapel kommt nicht allzu viel Gutes für uns Italiener. Weißt du«, fährt er fort, »hier oben im Norden erarbeiten wir das Geld, das Rom dann für den Süden ausgibt. Wir Mailänder sind daher auf Neapel und Co. nicht sonderlich gut zu sprechen.«

»Weil ihr neidisch auf uns seid!«, mischt sich plötzlich die Dame mit der Pudelfrisur in unser Gespräch ein. »Weil ihr schnöden Mailänder neidisch seid auf unser gutes Wetter, das Meer und das leckere Essen.«

»Sie kommen aus Neapel?«, frage ich belustigt.

Luca verzieht erschrocken das Gesicht. Was für ein Fauxpas. Wenn *mamma* wüsste, dass er wahrscheinlich gerade eine Stammkundin für immer verprellt hat …

»Ja, ich bin Neapolitanerin und ich bin stolz darauf«, brüstet sich die Dame, von Lucas Bemerkung offenbar völlig unbeeindruckt. »Sehen Sie«, sie beugt sich zu mir herüber und fährt in einem etwas gedämpfteren Ton fort, »wir Neapolitaner tanzen auf dem Vulkan. Wir leben tagein, tagaus mit der Gefahr, dass uns der Vesuv um die Ohren fliegt wie damals dem Volk von Pompeji. Wir haben es im Blut, das Risiko zu nehmen, wie es kommt. Und das Ergebnis: Wir leben im Heute. Wir sind nicht so verplant wie die Norditaliener, die ihr Leben lang an ihre Steuern, Versicherungen und Hypotheken denken. Wir Neapolitaner regeln alles in der Gegenwart. Alles.« Sie nippt an ihrem Weißwein. »*Capito?* Verstanden?«, hakt sie nach und senkt drohend den Kopf.

»*Si si, capito*«, sage ich schnell und überlege. So prägnant hat das Phänomen Neapel bisher noch niemand zusammengefasst.

Wir beide hängen ein wenig unseren Gedanken nach. Nur Lucas Geklapper mit dem Geschirr sowie das leise Gemurmel der beiden Geschäftsmänner hinter uns erfüllen den Raum.

»Wie würden Sie denn«, fange ich langsam wieder an, »das typische Lebensgefühl Neapels beschreiben?«

»*Eh be,* das typische Lebensgefühl Neapels? Puh …« Die Pudeldame bläst Luft durch beide Wangen und verzieht nachdenklich das Gesicht. »Wie sind wir?«, fragt sie sich laut. »Hm, *allora,* wir sind stürmisch, spontan. Leidenschaftlich … Wir machen das Beste aus jeder Situation und scheren uns nicht um das, was morgen kommt. Und wir sind geheimnisvoll.« Sie senkt den Kopf und überprüft offensichtlich im Stillen, ob sie nichts vergessen hat. »*Sì, ecco!* So sind wir. Genau so.«

»Signora«, sage ich dankbar und sehe mich ihre Worte bereits in meine Präsentation eintippen, »darf ich Sie auf einen zweiten Weißwein einladen?«

»Somit führen all diese Erkenntnisse und Bilder, die wir hier gesehen haben, zu nur einer möglichen *Brand Essence …*«, beende ich am folgenden Morgen mit wichtiger Miene meinen Vortrag vor Maria und Stefano und klicke auf die nächste Folie meiner Präsentation.

»Napolone – das ist ein leidenschaftliches, spontanes und geheimnisvolles Lebensgefühl. Mit Napolone machst du das Beste aus dem Moment.«

Ich klicke auf die letzte Folie, auf der *»Grazie«* steht, und lasse mich betont langsam auf den Drehstuhl am Kopfende des Konferenztisches nieder. Pokerface. Wenn die beiden jetzt die kleinste Unsicherheit bei mir bemerken, werden sie sich auf mich stürzen. Da darf man sich nichts vormachen: Das ist im Job genau wie im Tierreich.

»Hmm.« Stefano lehnt sich in seinem Sessel zurück und klopft alle zehn Fingerkuppen gegeneinander. Er zieht die Stirn in Falten und denkt nach.

Maria stützt beide Unterarme auf die Tischplatte und lehnt sich vor, als gäbe es an der Wand, an die der Beamer das schlichte Wort »*Grazie*« reflektiert, noch weitere strategische Aufschlüsse zu sehen.

»Ich find's gut«, sagt Stefano dann. »Gut recherchiert, plausibel, verständlich, realistisch. Genau das, was der Kunde will. Prima, Nina«, lobt er mich.

Vor Erleichterung muss ich mich beherrschen, um nicht aufzujuchzen.

Maria schaut Stefano kritisch an. »Ja«, meldet sie sich dann zu Wort, »im Großen und Ganzen kann ich auch damit leben.«

Sie kann damit leben.

Das ist ja schön.

»An einigen Stellen hätte ich mir die Ausführungen zwar etwas fundierter gewünscht«, fährt Maria unterdessen fort, »aber für den ersten Wurf …«

Sie diktiert mir ungerührt ein paar Änderungswünsche von der Relevanz eines in China umfallenden Sackes Reis und schaut dann ungeduldig auf ihre Armbanduhr. Da sie vor ihrem Business Lunch noch einen Friseurtermin hat, besprechen wir eilig einige weitere Details und die Form, wie wir die Strategie dem Kunden vorstellen wollen. Da Lidia weiterhin krank zu Hause ist, werden Stefano und ich kommende Woche nach Neapel fahren, um dem Kunden zu erklären, wie wir seinen Kaffee zum Renner machen wollen.

Maria erhebt sich. »Ach ja«, sagt sie dann und zieht ein

Blatt Papier aus ihrer Mappe. »Nina, hier ist die Kalkulation, die du haben wolltest.« Gönnerhaft wirft sie mir den Zettel zu wie einem Obdachlosen einen Groschen.

Ich überfliege eine eng beschriebene Tabelle mit zig Zahlen, Zeilen und Zellen. Kaum verständlich für mich, vor allem nicht in dieser Schriftgröße, aber das schaue ich mir ein andermal in Ruhe an. Artig bedanke ich mich.

Dann rauscht Maria aus dem Raum. Stefano folgt ihr auf dem Fuße. Ich packe meine Sachen zusammen und notiere mir die nächsten To-dos. Im Großen und Ganzen bin ich hochzufrieden: Mein erster Kundentermin in Italien steht fest, auf den ich mich richtig freue. Was für ein Tag!

Der Rest der Woche vergeht wie im Flug. Ich feile hier und da an meiner eigentlich fertigen Präsentation, drucke und ringele Handouts und beklebe zusammen mit Rossella ein paar Pappen mit ihren Mood-Fotos. Mir ist es wichtig, beim Kunden mit einem großen Koffer aufzuschlagen und nicht nur mit einem schnöden USB-Stick in der Hosentasche. Das macht mehr Eindruck.

Von Renato höre ich nichts und traue mich irgendwie auch nicht so recht, ihn anzurufen. Im Gegenteil, wenn ich an unser Intermezzo auf dem Werkstattboden denke, ist mir gar nicht wohl.

9.

Am Montag früh um neun warte ich, mit meinen Pappen und Mappen bewaffnet, vor dem Check-in-Schalter am Mailänder Flughafen Linate auf Stefano. In einer Stunde soll unsere Maschine nach Neapel starten.

Doch Stefano kommt nicht. Und sein Handy ist ausgeschaltet. Nervös rufe ich in der Agentur an, um nach seiner Privatnummer zu fragen, doch auch diesmal meldet sich nach einigem Klingeln nur die Mailbox.

Komisch.

Ich beschließe, mir noch einen Kaffee und ein Cornetto zu holen und es danach erneut zu versuchen.

Gegen halb zehn, ich bin inzwischen auf dem Weg zum Gate, ist Stefano immer noch unerreichbar. Er wird den Flieger nicht erwischen, so viel steht fest. Ich rufe wieder in der Agentur an und lasse mich, wenn auch ungern, zu Maria durchstellen.

»*Pronto?*«, seufzt ihre Stimme am anderen Ende der Leitung.

»Maria, hier ist Nina«, seufze ich zurück. »Stefano ist nicht am Flughafen aufgekreuzt. In dreißig Minuten hebt die Maschine ab. Was soll ich jetzt tun – alleine fliegen oder den Kundentermin absagen?«

Maria japst hörbar nach Luft. »Da kannst du auf gar keinen Fall alleine hin!«, höre ich sie sagen, als wäre ich eine achtzehnjährige Berufsanfängerin. »Und auf gar keinen Fall können wir den Termin so kurzfristig absagen«, fährt sie fort. Maria ist so aufgebracht, wie ich sie bisher noch nicht gehört habe. »Hör zu, Nina, steig in den Flieger. Ich versuche herauszufinden, wo Stefano ist, und spreche mit der Geschäftsführung. Ruf mich sofort an, wenn du in Neapel gelandet bist. Ciao«, befiehlt sie und legt auf.

Ich schalte mein Telefon aus.

Boarding Time. Wie jedes Mal in meinem Berufsleben fliege ich Holzklasse und wie jedes Mal ärgere ich mich, mich vollbepackt an den erhabenen Herrschaften in den ersten Reihen vorbeidrängeln zu müssen, die bereits mit einem Glas Prosecco am Morgen und ihrer Lektüre entspannt in ihren Sesseln ruhen. Als hätte das Schicksal mir ein besonderes Schnippchen schlagen wollen, sitze ich just in der Reihe, vor der ein kurzer, röckchenhafter Vorhang prangt, der den Pöbel unter den Passagieren in Form einer deutlichen Geste von den wirklichen Umsatzbringern der Airline trennen soll. Sobald die Stewardess ihr *»Boarding completed«* durch die Lautsprecher gehaucht hat, zieht ihre Kollegin den Vorhang energisch zu. Mein Sichthorizont endet nun nach knapp dreißig Zentimetern.

Als sich die Maschine in eine starke Linkskurve legt, um Richtung Süden abzudrehen, habe ich den Vorhang bald im Gesicht hängen und rieche darüber hinaus den Duft frischer Croissants, die in den Reihen vor mir schon verteilt werden, während ich hier hinten noch auf ein schlichtes Glas Wasser hoffe.

Etwas über eine Stunde später landen wir in Capodichino. Der Flieger parkt mitten auf dem Rollfeld und schon nach zehn Minuten fahren zwei Busse vor, um die Passagiere zu befreien. Ich quetsche mich in den überfüllten Bus, so gut das mit meiner Handtasche und dem großen Koffer mit den Präsentationspappen eben geht, und lasse mich zum Terminal schaukeln.

Dort betrete ich eine sonnige, moderne Halle mit viel

Glas und glänzenden, hellen Steinfliesen. Es herrscht eine geschäftige Atmosphäre. Wartende Passagiere, vor allem Männer in Anzügen, laufen gestikulierend mit ihren Handys am Ohr auf und ab, ein paar Touristen genießen an der Bar ihren letzten italienischen Espresso und eine Putzkolonne zieht mit ihren mit Scheuermitteln, Schrubbern und Toilettenpapier beladenen Wägelchen vorbei. Die Klimaanlage kann nicht verbergen, wie viel sommerlicher die Temperaturen in Neapel im Vergleich zu Mailand sind.

Ich setze mich auf eine Bank und schalte mein Handy an. Drei Nachrichten vermeldet meine Mailbox: Der erste Anruf kommt von Stefano, der mit hoffnungslos verkaterter Stimme irgendetwas von »Flug verpasst« und »zu viel *vino* gestern« faselt und diese Information mit diversen Kraftausdrücken garniert. Dann ein Anruf von Maria, die immer noch nicht weiß, wo Stefano geblieben ist. Dann noch ein Anruf von Maria aus dem Taxi auf dem Weg zum Flughafen. Sie will die nächste Maschine nach Neapel nehmen und nachkommen.

Marta, unsere liebenswürdige Sekretärin, sei bereits darauf angesetzt, beim Kunden irgendwas zu drehen, damit wir das Meeting um zwei Stunden nach hinten verschieben können. Sie klingt recht optimistisch. Ich kann mir indessen etwas Besseres vorstellen, als ausgerechnet mit Maria den Termin absolvieren zu müssen, bin aber froh, dass wer anders die Kohlen für mich aus dem Feuer holt. Dass eine Agentur schlichtweg einen Kundentermin verpennt, habe ich noch nie erlebt. Und was Marta dazu dem Kunden erklärt, würde ich auch gerne wissen.

Als ich vor das Flughafengebäude trete, bietet sich mir ein Chaos, wie ich es noch nicht gesehen habe: Es ist drückend heiß, die Luft steht geradezu im Smog. In vier bis fünf Reihen kriechen Heerscharen kleiner, verbeulter Autos auf einer Straße, die ursprünglich für zwei Spuren gedacht war, im Schritttempo voran und kommentieren jeden erkämpften Meter mit einem fröhlich jubelnden Hupkonzert.

Ich winke nach einem Taxi, steige in einen alten, muffigen Fiat und bitte den Fahrer, mich ins Stadtzentrum zu fahren. Dort will ich mich ein wenig umschauen, während ich auf weitere Anweisungen von Maria warte. Ohne zu blinken, gibt mein Fahrer Gas und reiht sich in das Rudel der Autos ein. Wir kommen in dem Getümmel überraschend gut voran, denn trotz allem Chaos fließt der Verkehr. Immer wieder brüllen die Fahrer aus ihren offenen Autofenstern und streiten um die Vorfahrt, ein Auto hinter uns schrammt so dicht an uns vorbei, dass die Stoßstange knirscht. Mein Taxifahrer beschimpft den Drängler aufs Heftigste durchs offene Beifahrerfenster, aber keiner der beiden sieht einen Grund anzuhalten, um den Schaden näher zu begutachten.

Nach einer Dreiviertelstunde komme ich durchgeschüttelt und fix und fertig vor dem Hauptbahnhof von Neapel an. Ich bezahle und marschiere, mit meiner Handtasche und dem Pappenkoffer für die Präsentation beladen, in Richtung Hafen.

Nur wenige Meter weiter finde ich mich in einer düsteren Gasse auf einer Art Wochenmarkt wieder, der mir fast den Atem verschlägt: So weit das Auge reicht, haben Händler ihre Waren in Kisten treppenartig von den Hauswänden bis zur Straßenmitte aufgebaut. Dazwischen bleibt eigentlich kaum Platz, um hindurchzukommen, und dennoch drängeln sich aus beiden Richtungen *motorini* mit einer Geschwindigkeit durch die Gasse, dass ich mit meinem Gepäck gerade noch zur Seite springen kann. Die Auspuffe der Motorroller sind auf der gleichen Höhe wie die jeweils letzten Kisten der Marktauslage, sodass die

Abgase bequem über Fisch, Fleisch, Obst und Gemüse hochwabern können, um sich dann an den Hauswänden und in der oben aus den Fenstern aufgehängten Wäsche zu verflüchtigen.

Ich lasse mich treiben wie Alice im Wunderland und bekomme den Mund nicht mehr zu. Hinter einem Stand sitzt eine überaus beleibte Matrone im Hausfrauenkittel und nimmt bedächtig Fische aus, deren Eingeweide sie einigen unter den Marktkisten wartenden wilden Katzen zuwirft. Ein Stück weiter hängen mehrere bereits zerlegte Hasen in der prallen Sonne und warten auf mutige Käufer mit resistenten Mägen.

An einer vollgemüllten Straßenecke biege ich nach rechts ab, um den Markt zu verlassen, und komme auf eine kleine überraschend romantische, sonnige Piazza, gesäumt von dreistöckigen, urigen Wohnhäusern mit netten kleinen Schmuck- und Antiquitätengeschäften. Hier setze ich mich an einen Tisch vor einer verschlafenen Bar und bestelle einen Espresso. Ich bekomme tatsächlich meinen ersten echten Napolone-Espresso vorgesetzt.

Ach ja, Napolone! Himmel, ich hätte fast vergessen, weshalb ich hier bin. Neugierig nippe ich an dem Tässchen und gurgele, wie ich es bei Sommeliers gesehen habe. Napolone schmeckt kräftiger als andere Espressi, die ich kenne. Irgendwie rauer. Wie konnten wir eigentlich eine Kaffeepräsentation vorbereiten, ohne das Gebräu jemals vorher getrunken zu haben? Wie peinlich!

Um mein Versäumnis wettzumachen, bestelle ich mir noch einen caffè und beobachte das Treiben auf der Piazza. Zwei Carabinieri in ihren schicken rot-schwarzen Uniformen schlendern anmutig vorbei. Ein kleiner, geduckter Mann mit Schnurrbart schleppt drei Kisten prallrote Tomaten in eine Trattoria gegenüber. Eine sehr schlicht gekleidete Frau in Schlappen schiebt ein dunkelhaariges Baby vor sich her, das in seiner viel zu großen, wackeligen Karre durchgeschüttelt wird wie ein Schluck Wasser in der Kurve.

Mit einem Mal verlässt mich die Entschlossenheit, mit der ich mir die Werbestrategie für den Espresso aus Neapel vorgestellt habe. Das, was ich hier auf den Pappen mit mir herumtrage, ist eine ganz andere Welt als das, was ich hier vorfinde.

In diesem Moment tutet mein Handy. Eine SMS von Maria.

»Bin gerade gelandet und nehme gleich ein Taxi. In einer Stunde beim Kunden.«

Ich simse ein knappes »Okay« zurück und bestelle mir noch einen Kaffee. So euphorisch ich war, zu diesem Termin fahren zu dürfen, umso unwohler ist mir jetzt, als Deutsche, zusammen mit einer Schickimicki-Mailänderin den Bossen von Napolone ihr Kaffeegeschäft zu erklären.

Nach meiner Kaffeepause schlendere ich über eine stark befahrene Einkaufsstraße Neapels in Richtung des Napolone-Hauptsitzes. Schnell finde ich heraus, wie der Straßenverkehr hier geregelt ist: Die Autos fahren an, sobald die Ampel auf Rot schaltet. Bei grünem Licht hingegen kommt der Verkehr komplett zum Erliegen. Das bedeutet für die Fußgänger, dass sie die Straßen einfach irgendwann überqueren, wenn ihnen gerade danach ist.

Dabei setzt ein jeder sich kontinuierlich dem Spagat des Aufpassens und Ignorierens aus. Schaut man allzu auffällig nach rechts und links, gilt man als defensiv und die Autofahrer geben Gas. Bei großem Pech steht man dann einige endlose Minuten inmitten des wirbelnden Verkehrs auf der Straße. Ignoriert man den Verkehr hingegen zu stark, läuft man Gefahr, von einem telefonierenden, rauchenden und Frauen hinterherschauenden, nicht multitaskingfähigen Fahrer überrollt zu werden. Eine hoffnungslose Situation. Jedenfalls für mich. Nach dem Überqueren einer Straße bin ich jedes Mal so voller Angst, dass ich mich zum Atemholen hinsetzen und mir die nasskalten, zitternden Finger an der Hose abwischen muss.

An einer Kreuzung in der Nähe des Doms trifft es mich erneut: Ich muss über die Straße. Unentschlossen lungere ich am Bordstein herum und beobachte angespannt einige Rot-Grün-Ampelphasen in der Hoffnung, einen tieferen Einblick darüber zu erhalten, wie ich hier am besten ans andere Ufer gelangen könnte. Eine Schülergruppe rumpelt an mir vorbei und wuselt wie Ameisen auf die Kreuzung. Ich starre gebannt auf die kleinen Jungen in ihren blauen Schuluniformhemden und den Ranzen auf dem Rücken, die unbeeindruckt zwischen den quietschenden und hupenden Autos geradezu hindurchdiffundieren, als wäre dies das Normalste der Welt.

Plötzlich hupt es direkt neben mir. Ich schreie vor Schreck auf und bekomme einen Schlag auf den Rücken. Etwas zieht an mir und die Wucht wirft mich zu Boden. Als ich mich wieder aufrichte, sehe ich zwei Kerle auf einem Motorroller im kunstvollen Slalom zwischen den endlosen Autokolonnen davonbrausen.

»Mein Koffer!«, brülle ich auf Deutsch und springe auf, »Halt! Die haben meinen Koffer!«

Hektisch schaue ich mich um. Die Passanten rechts und links von mir blicken mich teilnahmslos an und gehen unbeirrt weiter. Niemand bleibt stehen, niemand scheint meinen Überfall und Sturz auf dem Bürgersteig gesehen zu haben, geschweige denn davon beeindruckt zu sein. Ich lehne mich an einen Straßenpfeiler und hole tief Luft. Meine Kleidung ist von oben bis unten mit Staub bedeckt. Ich kann nicht mal versuchen, ihn mir notdürftig abzuklopfen, weil meine Hände noch viel schmutziger sind und ich alles nur schlimmer machen würde.

Daher schleppe ich mich in die nächstgelegene Bar, wo ich mir in einem ungeputzten WC die Hände wasche und mir eine Cola bestelle. Ich zittere am ganzen Körper und atme flach. Ich bin gerade überfallen worden. Am helllichten Tag auf offener Straße. Ich kann es nicht glauben.

Gott sei Dank, durchfährt es mich, dass ich meine Handtasche noch habe. In der ist alles, wirklich alles drin, was ich dringend brauche. Nur meine sorgfältig geringelte Präsentation und die liebevoll geklebten Pappen sind nun auf dem Weg ins Hauptquartier von Räuber Hotzenplotz. Die beiden Diebe werden sich schön ärgern, wenn sie sehen, welch nutzlosen Fang sie mit meinem Koffer gemacht haben. Ich hingegen stehe nun doch mit nur einem schnöden USB-Stick in der Hosentasche vor einem der wichtigsten Kundentermine meines Lebens.

10.

Eine Viertelstunde später stemme ich mich gegen die gläserne Eingangstür mit den goldenen Rahmen und Griffen und betrete eine luxuriöse, mit Marmor und edlem Holz verkleidete Lobby. Gleich neben der Tür ist eine antike Kaffeeröstmaschine ausgestellt – ganz so, als wolle Napolone dem beeindruckten Besucher gleich zeigen, dass man hier im Hause noch weiß, wo man ursprünglich herkommt, und sich stets auf die Wurzeln des Unternehmens besinnt: Kaffeebohnen rösten.

Maria wartet bereits auf mich. Sie wirkt wie immer wie aus dem Ei gepellt in ihrem beigen Kostüm und mit ihren langen Beinen, die in sichtlich teuren Stiefeln mit Stilettoabsätzen stecken. Entsprechend entsetzt mustert sie mich von Kopf bis Fuß. »Wie siehst du denn aus?«, begrüßt sie mich.

In der Tat mache ich den Eindruck, als käme ich direkt von einer Schlacht. Durch den Sturz haben Hose und Bluse dunkle Schmutzflecken, die ich im WC der Bar nur notdürftig auswaschen konnte. Meine Haare haben nicht mehr den Hauch einer Frisur und ich spüre, wie mir das Makeup über das erhitzte Gesicht läuft.

»Gibt es hier irgendwo ein Bad?«, frage ich statt einer Antwort zurück und verzichte darauf, ihr von meinem Erlebnis zu berichten. Menschliche Nebensächlichkeiten interessieren Maria vermutlich sowieso nicht.

Die Rezeptionistin führt mich in einen Toilettenraum, in dem ich meine Haare halbwegs herrichte und mein Make-up erneure. Wieder einmal bin ich Gott dankbar, dass die Räuber mir meine Handtasche gelassen haben. Dann haste ich zu der ungeduldig auf und ab gehenden Maria zurück.

»Man erwartet uns bereits«, ruft sie mir zu und eilt die Treppenstufen hoch. Auf halbem Weg dreht sie sich zu mir um. »Habt ihr denn keine Handouts und Pappen vorbereitet?«

»Die liegen bei Stefano«, lüge ich. Ich habe keine Kraft, mit ihr zu diskutieren.

Marias ganzer Körper ist angespannt, ungläubig beugt sie den Kopf vor. »Wir haben bei diesem extrem wichtigen Kundentermin keine Pappen dabei?«, zischt sie mir mit aufeinandergepressten Zähnen zu.

Ich fahre mir mit beiden Händen durchs Gesicht und über die Ohren und hoffe schwer, dass sich die energetisierenden Akupunkturpunkte gleich bemerkbar machen, die hier verortet sein sollen. Ich bin auf einmal so erschöpft, dass ich nicht einmal mehr sprechen mag.

»Das ist eine Katastrophe!«, zischt Maria aufgebracht, ohne meine Antwort abzuwarten. »Was haben wir denn ...«

Weiter kommt sie nicht, denn direkt neben uns wird eine Glastür aufgerissen. Ein Herr, schätzungsweise über siebzig, mit streng zurückgekämmtem, grau meliertem Haar im perfekt sitzenden dunklen Anzug tritt in den Flur.

»Ah, die Damen von AdOne. Conti ist mein Name. Willkommen in meinem Kaffeereich«, begrüßt er uns. »*Piacere*. Angenehm.« Er drückt erst Marias, dann meine Hand.

Ich wusste nicht, dass wir auf den Inhaber des Unternehmens persönlich treffen würden. Eine Präsentation, bei der eine Kundenberaterin unter mysteriösen Umständen erkrankt ist, der Chefstratege verkatert im Bett liegt und die Entwürfe geklaut irgendwo in Neapels dunklen Ecken im Umlauf sind. Ich würde am liebsten auf dem Absatz kehrtmachen und mich nach Hause in mein achthundert Kilometer entferntes Bett verkriechen.

»Und das hier«, fährt Signor Conti unterdessen fort und deutet auf einen freundlich aussehenden jungen Mann mit dunklen, leicht gewellten Haaren in einem ebenfalls hocheleganten grauen Anzug, »ist mein Sohn Sergio Conti junior, der die Geschäfte schon bald komplett übernehmen wird. Unser Vertriebsleiter wird jeden Moment dazukommen. Wir mussten heute alle unsere Termine schieben, da Ihr Kollege erkrankt ist. Was hat er denn?«, will er wissen und schaut Maria fragend an.

»Eine heftige Grippe«, beeilt sie sich zu sagen und setzt sich auf den Stuhl, den Conti junior für sie zurechtrückt. »Ich möchte mich auch im Namen der Geschäftsführung von AdOne nochmals für die Verschiebung entschuldigen und Ihnen danken, dass Sie unser Treffen trotzdem möglich machen konnten«, betet sie brav herunter.

»Jaja, die Montagmorgengrippe ist tückisch.« Conti senior hält sich mit Höflichkeiten nicht lange auf, lässt sich langsam auf dem Stuhl mit der längsten Rückenlehne am Kopfe des Tisches nieder und grinst uns herausfordernd an. »Diese haben manche meiner Mitarbeiter auch schon ab und an gehabt. Aber nicht allzu lange und danach auch nie wieder.«

Während ich noch überlege, was ich auf diese peinliche Bemerkung antworten könnte, wird die Tür hinter mir aufgerissen und der fehlende Kollege betritt zusammen mit einer jungen Frau den Raum.

Ich halte unwillkürlich den Atem an.

»Das ist Paolo Rossi, unser Vertriebsleiter, mit seiner Assistentin«, stellt Conti senior die blendende Erscheinung und deren namenlose Begleitung vor, die nun durch den Raum wandelt und mir die Hand hinhält.

»Paolo Rossi, *piacere*«, wiederholt er seinen Namen mit einer dunklen, warmen Stimme, die mir einen Schauer über den Rücken jagt. Damit könnte er bei gewissen Telefon-Hotlines bestimmt viel Geld verdienen.

»Nina Sommer, angenehm«, stottere ich und schaue in sein markantes Gesicht mit dunklen, durchdringenden Augen, die er leicht zusammenzieht, während er mich kurz mit einem fast spöttischen Lächeln mustert.

Keine Frage, sein Effekt auf Frauen ist ihm bekannt. Auch Maria richtet sich neben mir auf, reicht dem Beau die Hand und quiekt ihm mit viel zu hoher Stimme ihren Namen und ihre – natürlich – gehobene Agenturposition entgegen.

»*Bene, bene,* dann sind wir ja nun komplett, meine Damen und Herren«, meldet sich nun Conti junior ungeduldig zu Wort. »Dann lassen Sie uns nicht noch mehr Zeit verlieren, *va bene*?« Er dreht sich fragend seinem Vater zu, der zustimmend nickt.

»Wir haben Sie«, fährt Conti junior fort und wendet sich nun Maria und mir zu, »heute zu uns eingeladen, um uns von Ihnen die Strategie Ihrer Agentur zu einer nationalen und später internationalen Werbeausrichtung für unser zwar sehr erfolgreiches, aber noch sehr lokales Produkt Napolone zeigen zu lassen. Wir glauben, dass es für die Zukunft unseres Unternehmens entscheidend ist, unseren Kaffee über Neapels und Kalabriens Grenzen hinaus zu verkaufen.«

»Sie erlauben, meine Damen«, mischt sich Conti senior trotzig ein, »mein *Sohn* hält dies für entscheidend. Meiner Meinung nach sind wir in den rund sechzig Jahren unserer Firmengeschichte immer sehr gut so gefahren.«

»Ja, *papà,* das stimmt.« Sein Sohn unterdrückt ein Seufzen – wie oft werden die beiden diese Diskussion wohl schon geführt haben und seit wann? »Aber wenn wir weiter wachsen möchten, und *ich* möchte das«, fügt er hinzu, »dann müssen wir unseren Radius erweitern. Wenn du gestattest, würde ich damit gerne das Wort den beiden Damen überlassen.«

Conti senior lehnt sich mit dem schmollenden Gesichtsausdruck vorzugsweise älterer, erfahrener Herren in seinem Stuhl zurück und verschränkt die Arme.

Maria schaut mich hilfesuchend und herausfordernd zugleich an. Sie hat sich seit Dienstag nicht mehr um die Präsentation gekümmert und ist mir sichtlich ausgeliefert. Ihr bleibt nur die Hoffnung, dass ich weiß, was ich hier tue.

»Danke, Signori Conti«, ich ziehe den (schnöden) USB-Stick aus meiner Tasche, »wir sind tief in die Analyse des italienischen Kaffeemarktes eingestiegen und möchten Ihnen unsere Überlegungen dazu gerne anhand unserer Präsentation darstellen. Ich schaue mich suchend im Raum um. »Wo bitte steht Ihr Beamer?«

Betroffene Gesichter.

»So etwas haben wir nicht«, sagt Conti junior.

»Was ist ein Beamer?«, fragt Conti senior.

Ich höre Maria neben mir leise stöhnen, während ich die Kofferdiebe verfluche und ihnen einen baldigen, elenden Tod an den Hals wünsche.

Während Conti junior seinem Vater leise die technischen Erfindungen der Neunzigerjahre näherbringt, wieselt die namenlose Assistentin dienstbeflissen los, um wenigstens einen Laptop aufzutreiben, der zu allem Überfluss die neueste Version von PowerPoint erkennen muss, in der ich meine Ideen niedergeschrieben habe.

»Hast du etwa kein Pdf von der Präsentation abgespeichert?«, fragt mich Maria unterdessen leise und wirft mir einen missbilligenden Blick zu. »Das sind doch Basics!«

Damit hat sie dummerweise recht.

Der schöne Paolo betrachtet das Geschehen unterdessen entspannt von seinem Platz aus. Die Arme hat er gemütlich vor der Brust verschränkt und wirkt völlig gelassen. Er ist geradezu unverschämt gutaussehend, stelle ich fest. Als er bemerkt, dass ich ihn beobachte, zwinkert er mir zu. Ich merke, wie ich rot werde, und spüre erneut Marias düpierten Blick von der Seite.

Ich fühle mich wie in einem schlechten Film.

Wenige Minuten später erscheint die flinke Assistentin mit einem Laptop unterm Arm in der Tür und winkt dazu fröhlich mit sechs Sätzen meiner ausgedruckten Präsentation als Schwarz-Weiß-Kopie. Wenn ich an meine edel ausgedruckten und gebundenen Versionen im Räuber-Hotzenplotz-Quartier denke, dreht sich mir glatt der Magen um.

Die Präsentation oder das, was unter den gegebenen Umständen möglich ist, kann beginnen. Die Conti-Seite sitzt dicht an dicht um den Monitor des Laptops gedrängt, während Maria und ich die Schwarz-Weiß-Kopien vor uns ausbreiten. Ich beginne meinen Vortrag und führe meine Zuhörer von Blatt zu Blatt. Schon nach wenigen Seiten fällt mir auf, dass der schöne Paolo gar nicht mitblättert. Stattdessen hält er den Stapel Seiten in beiden Händen und fixiert mich ungeniert. Maria schaut aufmerksam von einem zum anderen, was nicht gerade zu meiner Entspannung beiträgt.

»Wir wollen daher in unserer Bildsprache lebenslustige Genießer zeigen, meist in geselligen Gruppen, aber auch mal alleine, wie die Beispiele auf dem nächsten Chart belegen«, fahre ich nervös fort. Dabei beobachte ich aus den Augenwinkeln, wie Maria sich mit grimmiger Miene durch ihre Ausdrucke wühlt und dabei versucht, bei einem schwarzen Menschen auf schwarzem Grund Lebenslust und Kaffeegenuss zu erkennen. Paolo beobachtet sie ebenfalls und lächelt mir amüsiert zu.

»*Si.*« Conti senior wirkt zufrieden. »Das ist gut. Das ist unsere Kundschaft.«

Paolo Rossi beugt sich vor. »Verzeihen Sie, Signore, aber ich muss dazu leider korrigierend sagen: Die Menschen, die auf den Bildern gezeigt werden, *hätten* wir gerne als Kundschaft, verehrter Signor Conti.« Er dreht sich zu seinem Chef um, dem er gerade ins Wort gefallen ist. »Unser Großhändler«, fährt er unbeirrt fort, »beliefert teilweise ganz schön düstere Spelunken mit unseren Produkten. In solchen Bars sitzen Herrschaften herum, die vielfach deutlich älter und dabei oftmals auch … sagen wir, weniger *lebenslustig* sind, als Signorina Sommer es uns hier darstellt.«

»Ja, aber diese Klientel sollten wir besser nicht zeigen«, beeile ich mich zu sagen. »Wir müssen authentische Menschengruppen darstellen, zu denen ein jeder gehören möchte, und vor allem die sonnigen Aspekte Ihrer Kultur und der Menschen hier zeigen. Besonders wenn Sie über die Region Neapel hinaus verkaufen wollen.«

»Richtig ist das aber nicht, wenn wir etwas zeigen, was wir gar nicht sind«, muffelt Conti senior störrisch.

»Aber darum geht es doch gar nicht, *papà*!« Sein Sohn legt seine Hand auf seinen Unterarm. »Wir müssen zeigen, was wir sein *wollen*.«

»*Esatto*, genau, Signor Conti«, springe ich dem Junior bei, »wir müssen ein *Image* aufbauen. Darum geht es hier an erster Stelle. Schließlich wollen wir den italienischen Traum verkaufen.«

»Italienischer Traum!«, meckert Conti senior, »Signorina, wir verkaufen keine Träume, sondern Kaffee und das seit über sechzig Jahren!«

»Und in Zukunft beides«, schlichtet Paolo gleichmütig den Disput. »Apropos Kaffee«, er dreht sich zu seiner Assistentin um, die bisher stumm der Diskussion beigesessen und fleißig mitgeschrieben hat, »ich hätte gerne einen. Wie sieht's mit Ihnen aus?«, fragt er in die Runde.

Nachdem alle ihre Sonderwünsche (*doppio, macchiato, stretto* oder sonst wie) geäußert haben, verschwindet die arme Dame ohne Namen aus dem Raum. Die Haltung zum Thema »Frauen und Beruf« entspricht hier offenbar noch der von vor fünfzig Jahren, nur dass es damals noch keine Kopierer, sondern lediglich Kaffeekocher gab.

»*Dunque,* also«, Maria rappelt sich in ihrem Sessel auf, »was sind nun die nächsten Schritte? Wie wollen wir fortfahren?«, meldet sie ihren ersten Gesprächsbeitrag des Tages an, intelligenterweise, ohne erkannt zu haben, dass ich mit meinen Ausführungen noch längst nicht durch war.

Clever wie ein Tetrapack, die Gute, ärgere ich mich über sie.

»*Beh*«, Conti junior denkt einen Moment nach, »ich würde Ihre Überlegungen gerne noch einmal in Ruhe überdenken und mit den beiden Herren hier zusammen mit unserem Großhändler Pienzo diskutieren.« Er macht seinem Vater und dem schönen Paolo ein Zeichen. »Danach rufe ich Sie an, um zu besprechen, was als Nächstes folgt.«

Die Assistentin betritt den Raum mit einem Tablett, verteilt kleine weiße Tassen mit Napolone-Aufdruck und setzt sich sofort wieder an ihren Platz vor den Notizblock. Nicht einmal einen eigenen Kaffee hat sie sich zugestanden.

Ich überlege anzumerken, dass ich gut ein Viertel meiner Folien noch gar nicht vorgestellt habe – darunter meine *Brand Essence,* die ich für das Herzstück meiner Arbeit halte –, beschließe aber, die gesellige Kaffeerunde nicht weiter mit strategischen Nebensächlichkeiten zu behelligen.

Maria macht eine ihrer typischsten Handbewegungen und schaut auf ihre kleine goldene Armbanduhr.

»Signora, sind Sie in Eile?«, fragt Conti senior freundlich, dem offenbar nichts entgeht.

»Ja, *mi dispiace tanto,* es tut mir sehr leid, Signori.« Maria lächelt in die Runde. Ich muss meinen Flieger erwischen, da ich heute Abend in Mailand noch weitere Termine habe«, säuselt sie in ihrer üblichen Liebenswürdigkeit.

Wieder ärgere ich mich. Maria hat offenbar den teuren Businessflug gebucht, der mir nicht gestattet wurde. Und das sicherlich nur, um heute Abend ihre Freundinnen im Nagelstudio treffen zu können. Ich dagegen muss bis spätabends in dieser Chaosstadt ausharren, um auf die Maschine zu warten, in der es noch freie Economy-Plätze gab.

»Und Sie bleiben noch ein wenig in Neapel?«, wendet sich Conti junior nun freundlich an mich.

»Ja, ich fliege erst heute Abend zurück«, sage ich und bemühe mich um einen neutralen Ton.

»Dürften wir Sie dann«, der Junior wechselt einen kurzen Blick mit Paolo, »zu einem späten Mittagessen einladen? Wir haben wahrscheinlich alle noch nichts gegessen heute, oder?«

Aus den Augenwinkeln sehe ich, dass Maria sich neidisch auf die Unterlippe beißt, während ich begeistert einwillige.

11.

Kurz darauf schlendere ich zwischen zwei attraktiven Männern durch die Gassen Neapels. Beide tragen dunkle Sonnenbrillen und sehen in ihren schicken Anzügen aus wie Bodyguards. Die Herren sind bester Laune und gesprächig und selbst der ruhige Paolo gibt sich als launiger Vertriebler, den ich verstohlen beobachte. Ich fühle mich wunderbar. Meine Erschöpfung von heute Mittag ist wie weggeblasen.

In einer urigen Trattoria in einer kleinen Seitenstraße der Altstadt setzen wir uns an einen Tisch draußen vor dem Lokal. Wir sind die einzigen Gäste und ich vermute, dass man uns zur besten Siestazeit nur bewirtet, weil man die Contis hier kennt.

»Lorenzo«, ruft Conti junior ins Lokal, »einen Falanghina, *per favore.*«

Lorenzo erscheint postwendend mit einer entkorkten Flasche Weißwein sowie drei Gläsern und schenkt uns ein.

»Was wollt ihr essen?«, fragt der Kellner schnörkellos.

»Ich möchte das, was ich immer nehme«, gibt Conti seine Bestellung auf.

»Ich auch«, lautet die ebenso präzise Angabe von Paolo.

Da es keine Speisekarten gibt und ich mich nicht blind der Bestellung zweier Männer anschließen will, bestelle ich einfach, worauf ich Appetit habe. Auf alle geäußerten Wünsche reagiert Lorenzo mit stoischer Gelassenheit und verschwindet wortlos im Inneren des Lokals.

»Auf eine gute Zusammenarbeit!« Conti hebt sein Glas.

»Ich freue mich schon auf unsere Werbeoffensive für Napolone!«

Wir lassen die Gläser klingen und nehmen jeder einen großzügigen Schluck Weißwein.

Paolo trinkt und wendet sich mir zu. »Weißt du«, duzt er mich vertrauensvoll, »die Entscheidung, mit Napolone landesweit oder vielleicht sogar international zu expandieren, hat bei uns im Unternehmen und auch in der Branche großen Trubel ausgelöst.«

»Sie haben sicherlich bemerkt, wie skeptisch mein Vater dem gegenübersteht«, fällt Conti ein, der mich weiter siezt. »Es ist nicht leicht für ihn, sich nun langsam zurückzuziehen und Paolo und mir den Staffelstab zu übergeben. Auch wenn er uns eigentlich voll und ganz vertraut.«

»Sergio und ich arbeiten schon seit zwanzig Jahren zusammen für seinen Vater«, erzählt Paolo. »Ich habe als Botenjunge im Unternehmen angefangen und mich dann über die Jahre nach oben gearbeitet.«

»Paolo und ich haben uns angefreundet und heimlich in der Poststelle geraucht. Mein Vater hat mich ständig, schon in der Schulzeit, in die Firma zitiert, damit ich am Geschehen teilhabe und das Geschäft kennenlerne. Das war für ihn das Wichtigste.«

»Ja«, fährt Paolo fort, »so sind wir fast wie Brüder miteinander groß geworden.«

»Paolo ist heute mein wichtigster Partner im Unternehmen, neben meinem Vater natürlich«, beeilt sich Conti hinzuzufügen. »Wir besprechen alle Entscheidungen miteinander, *vero*, Paolo? Stimmt's?«

»*Certo, è vero!* Na klar!«

Die beiden Männer schauen sich geradezu liebevoll an, nachdem sie sich ihre tiefe Männerfreundschaft versichert haben, weshalb ich lächeln muss.

Zum Glück kommen in diesem Moment die Antipasti. Für mich gibt es eine Auswahl an gegrilltem Gemüse mit Büffelmozzarella. Conti hat einen Teller mit Kutteln vor sich stehen, Kuhmagenhäppchen, um das Kind beim Namen zu nennen, während Paolo einen großen Teller Muscheln in Tomatensoße bekommt. Beides nicht gerade meine Favoriten. Gut, dass ich mir etwas Eigenes bestellt habe.

»Dann mal guten Appetit Ihnen beiden und danke für die Einladung. Ich habe wirklich irren Hunger«, lasse ich meine Begleiter wissen und stecke mir eine Gabel mit eingelegten Artischocken in den Mund. Sie schmecken hervorragend.

»Aber«, fange ich an, während ich kaue, »wenn Conti senior nicht völlig hinter der Expansionsidee steht, wie wollen Sie diese dann durchführen?«

»Mein Vater ist jetzt dreiundsiebzig«, fängt Sergio Conti wild gestikulierend an und schnappt nach Luft wegen einer zu heißen Kuttel. »Er will sich allmählich zur Ruhe setzen. Wir kämpfen diesen Kampf nun schon seit einigen Jahren. Das ist auch der Grund, weshalb er immer noch nicht mit der Arbeit aufgehört hat. Er macht sich Sorgen, dass ich das Unternehmen, das er schon von seinem Vater übernommen hat, in dritter Generation zugrunde richte.«

»Es ist eine harte Zeit für unseren *capo,* den Chef«, wirft Paolo ein. »Er weiß, dass seine Kräfte es bald nicht mehr zulassen, die Geschäfte zu führen, und er sie wohl oder übel seinem Sohn übergeben *muss.*«

»Ist das Risiko denn wirklich *so* groß? Den Vertrieb und die Werbung schrittweise auszubauen, bedeutet für ein solides Unternehmen wie Napolone sicher keine allzu große Gefahr, oder etwa doch?«, versuche ich das Problem zu verstehen.

»Aus unseren jetzigen Gewässern auszubrechen und

weiter hinauszuschwimmen bedeutet auch, dass wir uns neue Geschäftspartner suchen müssen«, beginnt Paolo zu erklären. »Das finden nicht alle gut, die den Markt unter sich aufgeteilt haben. Wir sind hier in Neapel, wenn du verstehst, was ich meine.«

»Noch nicht ganz …«

»Na ja, das sind Details, die hier nichts zur Sache tun«, wiegelt Conti ungewohnt brüsk ab. Offenbar ist ihm sein Busenfreund dieses Mal etwas zu weit gegangen. »Ich möchte aber noch mal betonen, dass mir die AdOne-Präsentation heute sehr gut gefallen hat. Sie geht in die Richtung, die ich mir vorgestellt habe.«

»Ja«, beeilt sich Paolo ihm beizupflichten, »die werden wir morgen im Detail besprechen.«

»Zur Darstellung der Präsentation noch mal«, setze ich erneut an.

»Ja, es tut mir leid, dass wir technisch nicht entsprechend ausgestattet sind«, unterbricht mich Conti.

»Nein, das meine ich gar nicht. Im Gegenteil, darauf sind wir normalerweise vorbereitet«, stammele ich. »Ich hatte einen Koffer mit Pappen und Mappen dabei, damit Sie sich die Unterlagen in Ruhe anschauen können. Es ist nur so – der Koffer ist mir auf dem Weg zu Ihnen geklaut worden.« Ich fand, das musste ich noch klarstellen.

»Wie, der Koffer ist Ihnen *geklaut* worden?« Conti sieht mich ungläubig an.

»Ich bin auf dem Weg hierher überfallen worden.«

»Du bist was?« Paolo wirkt erschrocken.

»Ja, auf der Straße. Ich habe einen Schlag bekommen, bin hingefallen und habe den Koffer mit den Mappen nur noch von hinten gesehen.«

Conti schlägt beide Hände vors Gesicht. »Ja«, stöhnt er, »auch das ist Napoli.«

»Und ich habe mich schon gewundert, warum die junge Dame aus Mailand in einer schmutzigen Hose zu uns kommt«, witzelt Paolo. »Was jetzt nicht heißen soll, dass dies eine Schönheit wie dich entstellen könnte«, beeilt er sich charmant hinzuzufügen.

Ich werde rot und blicke Paolo eine Sekunde zu lang verdattert an. Sergio schaut aufmerksam von Paolo zu mir und wieder zurück.

»Nun ja, das war mein erster Kontakt mit den Neapolitanern.« Ich reiße mich zusammen und betreibe weiter Smalltalk. »Zwei Taschendiebe.«

»Aber dafür hast du dich bei unserem Termin gut geschlagen. Mit uns Neapolitanern, meine ich.« Paolo grinst und wischt mit einem Stück Brot die Soßenreste von seinem Teller.

»Hmm, vielen Dank«, pariere ich wie ein artiges Mädchen und verfolge wie paralysiert, wie er an seinem Wein nippt und sich dann mit der Zungenspitze kurz über die Oberlippe fährt.

Oh Gott, ich bin betrunken.

Entweder vom Wein oder von diesem Kerl hier.

Zu allem Übel kommt Lorenzo erneut an unseren Tisch, stellt ungefragt eine zweite Flasche Wein vor uns ab und leert die wenigen verbleibenden Tropfen der ersten Flasche in mein Glas. Puh, ich habe schon zwei Wein auf praktisch nüchternen Magen intus und merke, dass sich die Dinge um mich herum anfangen zu drehen. Die leeren Vorspeisenteller werden abgeräumt und sofort darauf erscheint Lorenzo mit unserer Pasta. Ich versuche mich aufs Essen zu konzentrieren.

Ich habe Penne mit Zucchini und Schwertfisch gewählt, Paolo Spaghetti mit einer weiteren Ration Muscheln und Conti macht sich über einen Teller Carbonara her. Nach der zweiten Gabel bin ich bereits satt, esse aber tapfer weiter.

Zu meiner Erleichterung kommt wieder eine angeregte Unterhaltung in Gang. Wir diskutieren über das Leben in Neapel, Mailand und Hamburg, über das Essen und das Wetter. Das Übliche eben, aber durchaus nett und interessant.

Nach der Pasta beschließen wir einstimmig, den »Hauptgang« wegzulassen und gleich zum *caffè* überzugehen. Dieser wird in den mir inzwischen gut bekannten kleinen Tassen mit Napolone-Aufdruck serviert.

Conti stürzt seinen Espresso herunter und schaut auf die Uhr. Es ist mittlerweile kurz nach vier. »Ich muss los«, sagt er.

»Klar, die Arbeit ruft«, gebe ich mich professionell. Ich habe meine Kunden nun schon lange genug aufgehalten.

»Nein, ich muss nach Hause«, gibt Conti zurück. »Unser Sohn ist krank und ich habe meiner Frau versprochen, heute früher nach Hause zu kommen.«

»Oh, hoffentlich nichts Ernstes?«, erkundige ich mich höflich.

»Nein, das Übliche, was Kinder so bekommen, aber wir haben eine Höllennacht hinter uns, wenn Sie verstehen, was ich meine.« Er zwinkert mir zu.

»Wann geht dein Flug?«, will Paolo wissen.

»Um kurz nach acht.«

»Erst um acht?« Conti ist erstaunt. »Signorina, nach allem, was Ihnen hier heute passiert ist, können wir Sie auf keinen Fall alleine durch die Stadt laufen lassen.« Er schaut Paolo auffordernd an.

»Es wäre mir eine Ehre, dir in den verbleibenden Stunden auch die schönen Ecken unserer Stadt zu zeigen«, reagiert er prompt.

Dabei sitzt das schönste Stück der Stadt doch schon direkt vor mir.

Nachdem Conti die Rechnung für uns alle bezahlt und sich von mir verabschiedet hat, brechen Paolo und ich zu Fuß ins historische Stadtzentrum Richtung Universität auf. Das Viertel ist zwar ähnlich heruntergekommen wie jene, die ich schon gesehen habe, aber es hat zugegebenermaßen einen ganz besonderen Charme. Paolo zeigt mir zahlreiche Kirchen und Plätze und hat zu jedem Ort eine Anekdote parat.

»Aber jetzt«, sagt er schließlich, »zeige ich dir Neapel von seiner allerschönsten Seite: von oben.«

Er winkt ein Taxi heran und lässt uns in Richtung Westen fahren. Schon wenige Straßen weiter fühle ich mich, als hätten wir die Stadt gewechselt. Die Straßen werden breiter, die Häuserfronten gepflegt und prunkvoll. Wir kommen an einem langgestreckten, hübschen Park vorbei, biegen nach links ab und dann geht es bergauf. Endlich kann ich das Meer sehen, das sich im Dämmerlicht zu unserer Linken erstreckt.

Kurz darauf kommen wir an einem Lokal mit großer Aussichtsplattform an. Östlich von uns liegt die Stadt, die sich förmlich an den Halbkreis des Küstenbogens zu drängeln scheint. Im Hafen gehen die ersten Lichter an. Es weht ein milder Wind.

»Dort hinten wurde ich geboren.« Paolo deutet in Richtung der Hügel, irgendwo im Norden.

»Ist es schön dort?«, will ich wissen.

»Nein, abgesehen von dem Ort hier oben ist Neapel fast nirgendwo richtig schön.« Er blickt etwas wehmütig in die Ferne. »Neapolitaner zu sein ist nicht einfach, wenn du jemand bist, der nicht wegschauen möchte, verstehst du?«

»Hm, so ungefähr. Ihr seid in der ganzen Welt berühmt für die Problemchen, die ihr in eurer Stadt habt.«

»Problemchen«, wiederholt er bitter. »Es ist schon eine Schande, was hier abgeht. Und das Schlimmste ist: Das Ganze interessiert die meisten Bürger von Neapel überhaupt nicht. Das geht bei unserem Müllproblem los und hört bei der heftigen Kriminalität noch längst nicht auf.«

»Das sollten wir in unserer Kampagne aber lieber nicht erwähnen«, versuche ich einen fröhlichen Ton in unser Gespräch zu bringen.

Paolo lacht. »*No, assolutamente no!* Sergio und ich hoffen sehr, neue Märkte für uns öffnen zu können, sonst wird es wirklich eng für uns.«

»Warum?«

Er schweigt und ringt sichtlich mit sich. Dann holt er tief Luft. »Sergio weigert sich, den hier üblichen *pizzo,* das Unternehmerschutzgeld, zu zahlen. Das ist der Hauptstreitpunkt zwischen ihm und seinem Vater, der sich natürlich riesige Sorgen um das Unternehmen und vor allem um seine Familie macht. Sergio geht mittlerweile sogar so weit, auf Handelskammerveranstaltungen Werbung für seinen Weg zu machen.«

»Aber ist das nicht gefährlich?« Ich fühle mich wie ein Kleinkind, das außer einem ständigen »Warum?« gerade keinen sinnvollen Beitrag zur Unterhaltung zu bieten hat.

»Das ist sogar *äußerst* gefährlich.« Paolo hält kurz inne. »Weißt du, wie viele Menschen in dieser Gegend jedes Jahr auf offener Straße erschossen werden, nur weil sie dem System im Weg sind?«

Ich schüttele den Kopf.

»Jedes Jahr weit über hundert.«

Wir schweigen. Nebeneinander lehnen wir am Geländer der Aussichtsplattform und lassen den Blick in die Ferne schweifen. Rechts am Horizont erkenne ich Capri, das wie ein mächtiges Krokodil aus Gestein im Meer zu schlummern scheint. Links von uns, am anderen Ende der Stadt, sind die dichten Häusersiedlungen direkt auf dem Vesuv auszumachen, die fast bis auf halbe Höhe des wuchtigen Berges geklettert sind. Ein Tanz auf dem Vulkan, denke ich. Dahinter, ein Stück weiter südlich, liegt wie zur Mahnung, die keiner hören will, Pompeji.

Ich drehe mich zu Paolo um, der seinen Gedanken nachhängt und aufs Meer starrt. Sein schön geschnittenes Gesicht hat er in Sorgenfalten gelegt.

Er sieht atemberaubend aus.

Ich merke gar nicht, wie intensiv ich ihn anstarre. Es wird mir erst siedend heiß bewusst, als er sich umdreht und mir tief in die Augen schaut. Ich schlucke, mein Mund wird ganz trocken, sodass ich die Lippen aufeinanderreiben muss, was er natürlich registriert. Die Luft um uns, alles, scheint zu vibrieren. Es verrinnen ein paar Sekunden, die sich wie eine Ewigkeit anfühlen.

Dann, wie in Zeitlupe, fährt seine Hand meinen Arm bis zum Nacken hoch und zieht mich langsam zu sich heran. Als unsere Lippen sich treffen, bekomme ich weiche Knie. Ich lege ihm die Hände auf die Schultern, halb um nicht umzufallen, halb um ihm noch näher zu kommen. Er zieht mich dichter zu sich heran und umfasst mit beiden Händen meinen Rücken. Ich schlinge die Arme um seinen Hals und wir küssen uns.

»Wann musst du zum Flughafen?«, fragt er, nachdem wir uns voneinander gelöst haben.

Mit einem Schlag lande ich auf dem harten Boden der Realität und schaue auf die Uhr.

»Mein Flieger geht in einer Stunde und zehn Minuten«, gebe ich entsetzt zurück.

»Knapp kalkuliert, aber das ist zu schaffen«, sagt Paolo. »Ihr Deutschen kalkuliert ja immer so präzise.« Er zückt sein Handy und bestellt ein Taxi zum Flughafen. »In fünf Minuten kommt ein Wagen.«

Wir gucken uns an. Ich zucke die Schultern. »Eigentlich schade«, seufze ich.

»Ja«, er verschlingt mich mit seinem Blick, »das ist wirklich schade.«

Ich stelle mich auf die Zehenspitzen und wir küssen uns wieder. Dann lösen wir uns voneinander. Paolo geleitet mich am Arm die Treppenstufen der Terrasse hinunter, wo soeben das Taxi auf den Parkplatz rauscht und mit quietschenden Reifen hält.

»Also dann«, Paolo greift mich an beiden Schultern, »gute Fahrt und einen angenehmen Flug.«

»Danke«, stammele ich.

Wir küssen uns ein letztes Mal und ich springe in das Taxi. Als der Wagen anfährt, hebt Paolo kurz die Hand zum Gruß. Ich drehe mich um, winke ihm und sinke dann verzaubert in meinen Sitz.

Habe ich das gerade alles nur geträumt?

12.

Am nächsten Morgen reißt mich ein entferntes Rappeln aus dem erschöpften Tiefschlaf. Ich brauche einige Sekunden, um zu wissen, wo ich bin. Mein erster Gedanke gilt einem umwerfend schönen Mann, der mich vor einer umwerfend schönen Kulisse aus Meer, Vulkan und den Lichtern der Stadt atemlos küsst. Paolo. Ja, ich bin wach. Und das Tollste: Das Ganze ist wirklich passiert.

Ich hangele nach meinem Handy auf dem Nachttisch und stelle fest, dass es bereits neun Uhr ist.

Das Geklapper, von dem ich wach geworden bin, stammt von Giorgio, der in der Küche mit dem Geschirr hantiert. Ich texte eine schnelle Nachricht an Simona, dass ich mich heute bei der Arbeit verspäte, und gehe in die Küche. Mein Vermieter sitzt gut gelaunt am Küchentisch, hat die Tageszeitung vor sich ausgebreitet und knabbert an einem Schokoladenkeks.

»*Buon giorno, bella*«, begrüßt er mich fröhlich. »Was machst du denn um diese Zeit hier?«

»Ich musste mich ausruhen, der Tag gestern hatte es in sich«, informiere ich ihn knapp.

»Verstehe«, grinst Giorgio anzüglich und knabbert weiter an seinem Keks.

Was gibt es denn hier zu verstehen? Ich war auf einer Geschäftsreise.

»Waren denn deine neapolitanischen Kaffeekunden nett zu dir?«, bohrt Giorgio weiter. »Ist ja doch recht spät geworden bei dir gestern Abend.«

»Giorgio, mein *Flug* ging erst so spät. Ich musste Economy buchen«, entrüste ich mich.

»Ach, du Arme. Eine große blonde Deutsche alleine unter vielen kleinen, dunklen Neapolitanern, mir kommen die Tränen. Warst bestimmt einsam«, höhnt er weiter und wühlt in der Packung auf dem Tisch nach einem weiteren Keks.

Fassungslos stehe ich vor ihm. Ich fühle mich ertappt und empört zugleich. Wie kann er erahnen, was mir gestern widerfahren ist? Bevor mir eine Antwort auf die Frage einfällt, erlöst mich das gurgelnde Sprudeln der *caffettiera* auf dem Herd, die Giorgio vorbereitet haben muss. Seine erste gute Tat an diesem Morgen. Ich stelle die Gasflamme aus und gieße die Hälfte des Kaffees in Giorgios bereitstehende Lieblingstasse: ein schwarzes Ungetüm, bedruckt mit einem weißen Hasenkopf im Profil. Die andere Hälfte des Kaffees teile ich ungefragt mir zu.

»Dann setz aber gleich noch welchen auf«, brummt Giorgio aus dem Off, dem bei seinem Futterneid ein solcher Diebstahl nicht entgeht.

»Ja, ich lass die Maschine nur kurz abkühlen«, erkläre ich, »die kriege ich so heiß nicht auf.« Ich schnappe mir meine Müslischachtel, Schale, Löffel und eine Banane und setze mich zu ihm an den Tisch.

Giorgio räumt bereitwillig seine Morgenzeitung beiseite. Er beäugt mich angewidert, während ich eine Banane in mein Müsli quetsche und das Ganze mit Milch überschütte.

»So was esst ihr also da oben?«, will er ungläubig wissen. »Ich sage dir, es war ein *Unglück* für euch, dass die Römer die Teutonen nicht schlagen konnten. Nun müsst ihr immer noch so schlimme Dinge zum Frühstück essen.«

»Ich denke, das war erst danach«, gebe ich stoisch zurück. »Die Bananen kamen erst viel später nach Deutschland. Da existierte das römische Reich schon gar nicht mehr.«

»Hoho, ganz schön zickig ist sie heute, meine schöne Deutsche. Na, da gnade mir Gott.« Giorgio rutscht auf seinem Küchenklappstuhl herum und streckt heroisch die Hände in Richtung Himmel aus. »Was ist los, *tesoro,* Schätzchen?« Seine Stimme klingt mit einem Mal ernst. »Ist etwas passiert? Du wirkst irgendwie durcheinander.«

Ich antworte nicht und rühre konzentriert in meinem Müsli. Wie in einem Schnellfilm rast der gestrige Tag vor meinem geistigen Auge an mir vorbei. Ob Paolo noch an mich denkt? Oder hat er diese Kurzromanze gestern Abend bereits vergessen? Was machen wir jetzt aus der Sache? Eine Brieffreundschaft?

»*Tesoro, dimmi!* Erzähl!«, insistiert Giorgio. Er greift über den Tisch und legt mir die Hand auf den Unterarm. »Was ist los?«

Ich zögere. Und schlucke. »Es ist«, nuschele ich, »ich habe das Gefühl, dass ich gestern den Mann meines Lebens getroffen habe.« Meine Augen füllen sich mit Tränen.

Giorgio klatscht in die Hände. »Ja, aber das ist doch toll!«, ruft er begeistert. »*L'amore* ist das größte Geschenk, das einem vor die Füße fallen kann. Was gibt es denn da zu jammern?«

»*L'amore*«, wiederhole ich halb verächtlich. »Ich weiß überhaupt nichts von ihm und er nichts von mir.«

»Aber das kann man doch ändern.« Giorgio ist bester Laune. »Wo ist das Problem?«

»Giorgio, ich weiß nicht einmal, ob er liiert ist oder nicht. Ich habe seine Telefonnummer nicht und er auch nicht meine.« Das stimmt nicht ganz. Immerhin könnten wir einander im Büro anrufen.

»Aber das lässt sich doch beides herausfinden. Ich verstehe dich nicht, ihr Deutschen findet doch sonst immer alles heraus.«

»Soll ich ihn etwa anrufen und fragen, ob er verheiratet ist, oder was?«, gebe ich gereizt zurück.

»Na ja, vielleicht nicht so direkt, aber ein kleines Wiedersehen kann doch nicht schaden.« Giorgio grinst mich verschmitzt an.

Ich stehe ratlos auf und mache mich an der *caffettiera* zu schaffen, um neuen Espresso aufzusetzen.

»Warst du denn mit ihm im Bett?«

»Giorgio, *bitte!*«, rufe ich zurück.

»Man wird ja wohl mal fragen dürfen«, verteidigt er sich schmollend. »Es ist schließlich nicht *deine* Waschmaschine, die immer noch voller Sägespäne ist«, holt er zum brutalen Gegenschlag aus.

»Mit Renato war ich *auch nicht* im Bett«, presse ich hervor.

»Nee, das will ich mal hoffen, dass der Kerl nicht auf Holzschnitzen schläft.« Giorgio ist bester Dinge.

Ich beschließe, die alte Geschichte mit Renato nicht weiter zu kommentieren, fülle stattdessen Kaffeepulver in den Siebaufsatz des Kaffeekochers und drücke ihn mit dem Löffel vorsichtig an.

»Nicht andrücken!«, tönt es vom Küchentisch zu mir herüber.

»Wie bitte?«

»Das Kaffeepulver bloß nicht andrücken!«, kommt wieder die Stimme von hinten.

»Aber das macht man doch so.«

»Nein, nur bei den großen Maschinen, die mit mehr Druck kochen. Wenn du das Pulver andrückst … Aah, jetzt verstehe ich endlich, warum du uns immer so eine laue Brühe kochst. Das Wasser kommt dann doch gar nicht überall durch.« Giorgio sitzt aufrecht in seinem Klappstuhl wie ein Oberlehrer mit gespitzten Ohren.

Ich schütte das Kaffeepulver schwer atmend, aber gehorsam zurück in die Dose und beginne von Neuem. Diesmal schütte ich es locker auf, drehe die Kanne fest zu, stelle sie auf der Gasflamme ab und setze mich wieder zu Giorgio an den Tisch.

»Noch mal zurück zu diesem Gott von gestern«, nimmt mein Vermieter das Gespräch wieder auf. »Wie geht das denn nun weiter?«

»Giorgio, ich habe wirklich *keine* Ahnung. Ich bin völlig ratlos. Und irgendwie … todunglücklich.«

Ja, denke ich. Genauso fühle ich mich gerade.

»Dann ruf ihn doch an«, schlägt Giorgio vor.

»Ich?«

»Ja, du.«

»Und was soll ich ihm sagen?«

»Dass du todunglücklich bist.«

»Bitte? Das ist taktisch aber nicht so geschickt. Stell dir vor, Elvira würde hier anrufen und dir sagen, dass sie todunglücklich ist.«

»In die bin ich ja auch nicht verliebt.«

»Woher soll ich denn wissen, ob er in mich verliebt ist?«

»Das wirst du dann schon merken.«

»Giorgio«, ich lege die Unterarme auf dem Tisch ab und beuge mich zu ihm über den Tisch, »du bist mir keine strategische Hilfe in Liebesangelegenheiten.«

»Aber ich …«

Sein aufkeimender Protest wird von einem jähen Zischen und Knallen unterbrochen, das vom Herd kommt. Es gurgelt kurz, dann erfüllt beißender Rauch den Raum.

Giorgio schaut mich streng an: »Hast du Wasser in die *caffettiera* getan?«

»Wasser?« Ich kann mich zwar bestens an die Pulverdiskussion erinnern, aber nicht daran, heute schon den Küchenwasserhahn betätigt zu haben.

Giorgio springt zum Herd und dreht die Gasflamme ab. Kopfschüttelnd mit einer Schulter an die Wand gelehnt, lächelt er mich mitleidig an. »*Bella*, du ruinierst uns, wenn das so weitergeht. Bitte ruf sofort diesen Kerl an, bevor du noch das Haus in Flammen steckst.«

Am späten Vormittag komme ich endlich im Büro an. Simona und Stefano sind gerade in eine hitzige Diskussion verwickelt, in der es in etwa um das gegenseitige Zuschieben von Aufgaben und um die jeweils angebliche Untätigkeit des anderen geht.

»Ist mir jedenfalls egal.« Simona hat gerade die Stimmlautstärke beträchtlich erhöht. »Mach du deine Kopien gefälligst selbst, ich habe zu tun.«

»Ich bin Chief Strategic Planner«, brüllt Stefano zurück, »ich muss mich um andere Dinge kümmern als um Kopien.«

»Wer von uns beiden will die Unterlagen denn haben? Ich oder du?«, gibt Simona altklug zurück.

Ich tue es ungern, aber bevor sich die Fronten verhärten, beschließe ich einzuschreiten.

»Guten Morgen, meine Lieben«, gebe ich mich betont fröhlich, »für wen von euch darf ich denn ein paar Kopien ziehen, bevor wir uns zusammensetzen, um den gestrigen Tag und die nächsten Schritte für die Napolone-Kampagne zu besprechen?«

Die beiden Kampfhunde schauen mich an, als hätte ich sie beim Wurstklau ertappt.

»Hallo«, kommt es unbegeistert von Simona.

»Guten Morgen, Signorina«, drückt sich Stefano betont wohlerzogen aus und funkelt Simona herausfordernd an.

»Na, Rausch ausgeschlafen?«, ziehe ich ihn auf.

»Wieso Rausch? Ich hatte eine *Grippe*«, entrüstet er sich.

»Ach, wirklich? Die hast du ja erstens schnell überwunden und zweitens hast du mir etwas anderes dazu auf der Mailbox erzählt.«

Simona feixt und duckt sich hinter ihrem Monitor.

»Habe ich das?« Stefano guckt mich ratlos an. »Du bluffst«, versucht er seine letzte Rettung einzuleiten.

»Willst du meine Mailbox abhören?« Ich greife zu meinem Handy und fange an, darauf herumzutippen.

»Schon gut, schon gut«, wehrt Stefano ab. »Okay, okay, hör zu.« Er beugt sich zu mir herüber und senkt die Stimme. »Hier in der Agentur haben die das mit der Grippe geschluckt, sogar Maria, okay?«

Simona japst durch die geschlossenen Zähne nach Luft und seufzt tief.

»Verstehe«, ich hole tief Luft, »darf ich dich im Gegenzug bitten, auch etwas zu *verstehen*?«

Stefano kneift die Augen zusammen und mustert mich argwöhnisch. »Was soll das sein?«

»Dass die Präsentationspappen und Mappen bei dir zu Hause liegen und wir sie deshalb in Neapel nicht dabeihatten. Zu Marias großer Freude.«

»Aber die hattest du doch.« Stefano schaut mich entsetzt an. »Wo sind die geblieben?«

»Ich bin überfallen worden, zwei Typen auf einem Motorroller haben mir gleich den ganzen Koffer abgenommen.«

»Du bist überfallen worden?« Simona reißt die Augen auf. »Und ist dir sonst nichts passiert?«

»Nee, aber der Schreck saß tief. Und überall Schmutzflecken auf meinen Klamotten. Ich bin bei Napolone aufgelaufen, als käme ich direkt aus dem Krieg. Maria hat fast der Schlag getroffen.«

»Das kann ich mir vorstellen.« Stefano schlägt sich die Hand vor den Kopf. »Die ganze Frau ist ja von Natur aus schmutzabweisend. Die weiß bestimmt gar nicht, wie so was geht.«

»Na ja, es ist bestimmt nicht so, dass ich immer wie ein Schmuddelkind in der Agentur aufschlage.« Jetzt bin ich beleidigt.

»Nein, so war das nicht gemeint«, beeilt sich Stefano zu beschwichtigen. »Ich wollte nur sagen … Ach, ich weiß auch nicht. Vergiss es. Und was die Pappen angeht: Der Deal steht. Aber was soll ich sagen, wenn jemand sie sehen will?«

Ich zucke mit den Schultern. »Du hast sie weggeworfen. Hast gedacht, die braucht keiner mehr. Ich kann auch neue ausdrucken, merkt ja niemand.«

»*Bene*, dann ist ja alles gut«, freut sich Stefano. »Meine Damen, darf ich euch zu einem frühen Mittagessen auf meine Kosten einladen? Es lohnt sich einfach nicht, vor der Mittagspause die Arbeit wieder aufzunehmen. Und dann erzählst du uns, Nina, wie *unsere* Präsentation gestern gelaufen ist.«

Simona gibt sich gnädig, als wäre diese Einladung das Mindeste, was sie von ihrem Chef erwarten kann.

»Okay«, sage ich. »Aber ich mache vorher noch schnell die Kopien, damit der Burgfrieden in diesem Raum auch nach der Pause anhält. Simona, her damit.«

Unter Stefanos größtem Protest drückt mir Simona tatsächlich einen Packen Papier in die Hand. »Die Heftklammern habe ich alle schon rausgefummelt«, informiert sie mich gnädig.

Ich beschließe, dies nicht weiter zu kommentieren, und gehe zum Ende des Ganges, wo der Kopierer steht. Während der automatische Einzug die Seiten verschluckt, lehne ich an der Wand und blättere in einer Zeitschrift. Aus den

Augenwinkeln sehe ich eine Gestalt über den Flur eilen. Ich blicke auf und erkenne Lidia von hinten, die in den Materialraum gehuscht ist.

»Lidia, he!« Ich laufe ihr nach. Sie steht mir mit dem Rücken zugewandt vor einem Regal und sortiert angestrengt Bleistifte in eine Kiste. »Was machst du denn da?«, will ich wissen.

»Nichts«, kommt es tonlos zurück.

Ich gehe zu ihr, fasse sie am Arm und drehe sie zu mir um. Erst jetzt sehe ich, dass sie weint. Tränen laufen ihr über das gerötete Gesicht.

»Lidia, was ist passiert?«

Sie druckst herum und versucht, an mir vorbei auf den Flur zu spähen.

»Wo warst du letzte Woche? Was hattest du? Warst du krank?«

»Nein, nicht krank. Jedenfalls nicht richtig.«

»Was war denn los? Ich dachte schon, du wolltest mich mit der Präsentation hängen lassen.«

»Und einfach nicht zur Arbeit kommen? Was denkst du denn von mir?« Sie starrt mich entsetzt an. »Nein, es ist nur …« Wieder bebt ihre Stimme und sie ringt um Fassung.

Mit einem Tritt knalle ich die Tür hinter uns zu. Wir stehen nun im spärlich beleuchteten Materialraum und Lidia weint erneut. Ich lege einen Arm um sie und die bisher so reservierte Schönheit lehnt sogar ihren Kopf an meine Schulter und fängt an zu schluchzen. Ein paar Minuten stehen wir so da, bis sie sich langsam beruhigt. Ich reiche ihr einen alten Putzlappen, den ich aus einem Regal angeln konnte. Sie schnäuzt sich damit geräuschvoll die Nase und schnappt nach Luft.

»Ich hatte …«, beginnt sie zögernd, »ich hatte einen Abgang.«

Ich verstehe nicht. »Was ist denn ein Abgang?«

»Eine Fehlgeburt. Schwangerschaft vorbei, aber kein Baby. Tot.«

»Oh«, nun schnappe ich nach Luft. »Warum?«, frage ich dämlich.

»Einfach so. So etwas passiert einfach so. Das passiert sogar ganz oft.« Sie zuckt resigniert die Schultern und schaut zum Regal mit den Papiervorräten bis hoch zur Decke. »Nina, es ist so schrecklich. Es ist das Schlimmste, was mir je passiert ist«, schluchzt sie. »Aber für die Ärzte ist das noch nicht mal was Besonderes. Die zucken bloß mit den Schultern und gehen danach wieder zum Tagesgeschäft über. Ich habe grauenhafte Tage hinter mir. Es war die Hölle.«

Lidia beginnt wieder bitterlich zu weinen. Ich nehme sie in die Arme und wiege sie leicht hin und her. Mir fehlen die Worte. Dass ich diese Traumfrau mit ihrem Traummann und ihrem fabelhaften Leben einmal so verzweifelt erleben würde, hätte ich niemals für möglich gehalten.

13.

Unsere Mittagspause verläuft ruhig und fröhlich, fast schon ein bisschen ausgelassen. Lidia haben wir auf meine Bitte hin mitgenommen und sie gibt sich alle Mühe, sich wenigstens ab und zu ein gequältes Lächeln abzuringen. Simona und Stefano beäugen sie zwar argwöhnisch ob ihrer deutlich verweinten Visage, sagen aber nichts.

Ich erzähle von meinen gestrigen Erlebnissen in Neapel und von unserem unkonventionellen und dennoch erfolgreichen Kundentermin. Von Paolo erwähne ich nur, dass »auch der Vertriebsleiter anwesend war«, aber selbst dabei bleibt mir fast das Herz stehen. Alle am Tisch müssen merken, was dieser Mann in mir angerichtet hat, denke ich.

Am Nachmittag ruft mich Simona ins Büro, als ich gerade mit einer Kollegin auf dem Gang stehe.

»Nina, Telefon für dich«, brüllt sie. *»Un signore«,* fügt sie mit leicht spöttischem Unterton hinzu.

Paolo! Ungewollt hektisch lasse ich die Kollegin stehen, stürze ins Büro und presse ein hastiges »Stell rüber« zu Simona hervor.

»Signore, jetzt ist sie wieder im Raum. Ja, einen Moment, ich verbinde Sie. Auf Wiederhören.« Sie drückt auf ein paar Tasten herum und stöhnt. »Ach herrje, wie ging das noch? Wie ist noch mal deine Durchwahl?«

Stefano blickt ungehalten von seiner Arbeit auf. »Du musst die Rautetaste drücken und dann auf *interno tre*«, weist er sie ungeduldig an. »Seit wann üben wir das schon?«

Ich unterdrücke das Bedürfnis, mich auf meine Kollegin zu stürzen, und versuche, ruhig zu atmen. Macht sie das mit Absicht?

Endlich klingelt mein Telefon.

»Pronto?«

»Bin noch dran«, sagt Simona durch den Raum. »Ich lege dann jetzt auf.«

Aargh!

Noch mal: *»Pronto?«*

»Ciaooo«, schallt die ausgelassene junge Stimme meines Vermieters durch den Hörer, »*come stai,* wie geht's?«

»Ah, Giorgio«, antworte ich lahm. Die Enttäuschung ist riesig, »mir geht's gut. Und dir?«

»*Bene, bene, grazie. Ascolta,* hör zu, ich rufe dich an, weil ich deine Hilfe brauche ...«

Ich stehe immer noch so sehr unter Anspannung, dass ich ihm kaum zuhören kann.

»Ich brauche deine Unterstützung«, fährt Giorgio ungerührt fort, »nächste Woche, für meine Arbeit.«

»Für deine Arbeit? Als Masseur?«

»Genau, meine Damen kommen nämlich.«

»Welche Damen?«

»Meine Massagedamen. Die treffen sich einmal im Monat bei mir zu einem Wellnessabend.«

»Zu einem Well-ness-abend?« Ungläubig betone ich jede Silbe einzeln. »Bei dir? Und was habe ich damit zu tun?«

»Ich brauche jemanden für die Bewirtung. *Il cät-tä-ringe*«, benutzt er umständlich den englischen Begriff dafür.

»Für das Catering?«

»Ja, du könntest den Damen Cracker, Kaffee und Getränke anbieten.«

»Und dafür rufst du mich im Büro an?« Ich bin platt.

»Ja, wo denn sonst?«, fragt er unschuldig. »Mein Beruf ist doch auch wichtig und nicht nur der einer Werberin für Kaffeebohnen«, setzt er trotzig hinzu.

»Okay«, füge ich mich ratlos. Besser nicht diskutieren, sage ich mir. »Also, du möchtest, dass ich den Damen die Getränke bringe«, nehme ich stattdessen das Thema wieder auf.

»Ja, ich würde mich natürlich um die Einkäufe kümmern.«

»Oh, das ist sehr freundlich von dir, Giorgio. Aber wie hast du das gemacht, bevor wir uns kannten?«

»Daaa«, kommt die gedehnte Antwort, »kannte ich immer *jemanden,* der mir geholfen hat, verstehst du?«

»Verstehe. Ist gut, ich kann das übernehmen.«

»*Benissimo, grazie*. Dann noch einen schönen Tag im Büro. Wir sehen uns erst morgen, *bella,* weil ich heute Abend wieder ausgehe.«

»Tanzen?«

»Ja, tanzen«, bestätigt er.

»Gut, dann viel Spaß und bis morgen.«

Wir verabschieden uns und ich lege auf.

»Na, das war ja mal ausgesprochen herzlich«, meldet sich Simona zu Wort, die lustlos ein paar Unterlagen sortiert und mir das gesamte Telefonat lang unverhohlen zugehört hat.

Auch Stefano schaut grinsend zu mir herüber.

»Ja, da könnt ihr mal sehen«, schnauze ich die beiden an, greife mir ein paar Unterlagen und verlasse erhobenen Hauptes den Raum.

Erst kurz vor acht Uhr mache ich Feierabend. Ich musste noch abwarten, bis es in der Agentur ruhiger wurde, um die verlorenen Präsentationen und Pappen neu auszudrucken, zu ringeln und zu kleben. So kann ich Stefano von der drohenden Ausrede befreien, er habe unser aktuelles Präsentationsmaterial in den Müll geworfen. Er hat Glück, dass sie ihm die Blitzgrippe abgenommen haben, daher will ich ihn nicht noch weiter in Lügengebäude verstricken.

Als ich nach Hause komme, ist Giorgio bereits in seinen Tanzclub abgerauscht. In der Küche hat er mir eine Portion Gnocchi in Salbeibutter übrig gelassen, die ich mir nur aufzuwärmen brauche. Ich entkorke eine Flasche Rotwein, schalte den Fernseher ein und lasse mich zum Abendessen von dämlich plappernden Showmastern und aus unklaren Motiven ständig tanzenden Begleitdamen sowie deren noch sinnloseren Dialogen berieseln.

Plötzlich klingelt es an der Haustür.

Seufzend schiebe ich meinen Teller zurück und hieve mich müde aus dem Küchenstuhl. Welche von Giorgios Verflossenen möchte hier und heute wohl noch mal ihr Glück versuchen?

»*Sì?*«, brülle ich uncharmant durch die Gegensprechanlage.

»Nina?«, antwortet eine mir bekannte Männerstimme. »Hier ist Renato. Kann ich reinkommen?«

Schock! Was will der jetzt hier? Ich kämpfe gegen die Versuchung an, in mein Zimmer zu laufen und mich unter dem Bett zu verstecken.

»Ja«, erwidere ich völlig überrumpelt. »*Certo,* klar, erster Stock«, stottere ich weiter und drücke den Summer. Ich presse die Stirn gegen die noch geschlossene Wohnungstür und atme tief durch.

Der fehlte mir gerade noch. Hätte ich nicht einfach behaupten können, ich habe keine Zeit?, ärgere ich mich über mich selbst.

Als ich Schritte auf den Treppen höre, mache ich die Tür auf.

»Hi.« Renato beugt das Gesicht vor, um mich mit den üblichen Wangenküsschen zu begrüßen.

Ich kann vor Anspannung kaum den Kopf drehen. Schweigend stehen wir im Flur und schauen uns an. Vom Fernseher aus der Küche dröhnt nervtötende Showmusik und der Applaus des frenetisch jubelnden Publikums, was unsere verklemmte Szene hier im Flur nur noch lächerlicher macht.

»Möchtest du reinkommen?«, frage ich ähnlich dämlich wie der kleine Showmaster von eben und deute zur Küche.

»Danke.«

Renato betritt den Raum und schaut sich um, als wäre er im Zoo. Er mustert die karge Einrichtung, den Resopaltisch, die spießige Wanduhr und Giorgios großen Vorrat an Hochprozentigem auf dem Sideboard.

»So wohnst du also«, stellt er nüchtern fest. »So wohnt also der Physiotherapeut meiner Hausmeisterin«, fügt er trocken hinzu.

»Möchtest du etwas essen? Es sind noch Gnocchi da.«

Renato mustert mein Essen ängstlich und schüttelt vorsichtshalber den Kopf. »Nein, danke.«

»Ein Glas Wein?« Ach, bin ich blöd, ich hatte ganz vergessen …

Er hebt die Augenbrauen. »Ebenfalls nein danke. Lieber ein Glas Wasser, wenn du hast.«

So etwas habe ich.

Wir setzen uns an den Küchentisch. Ich esse schweigend weiter, während Renato an dem Wasser mit der von ihm verteufelten Kohlensäure nippt, was ihm sichtlich missfällt.

Nachdem ich beharrlich schweige, ergreift er schließlich das Wort.

»Ich bin hergekommen«, beginnt er, »um dich zu fragen, was das da mit uns war.« Er schaut mich erwartungsvoll an.

Gute Frage.

Ich schlucke und spüle mit einem Schluck Wein nach, um mir Mut zu machen. »Ehrlich gesagt«, ich zögere und hole tief Luft, »nicht viel. Das zwischen uns war nicht viel.«

»Das sehe ich aber ein bisschen anders, Nina.« Sein Ton klingt staatstragend. »Das war schon eine Geschichte zwischen uns, die sich da langsam angebahnt hat und die du aus heiterem Himmel abgebrochen hast.«

»Das stimmt, und es tut mir leid, wenn ich dich auf einen falschen Pfad gebracht habe.« Ich atme nervös tief ein und aus. »Vielleicht wusste ich es am Anfang auch selbst nicht so genau. Hier in Mailand war alles so neu für mich …«

»Und da konnte so ein kleines Abenteuer zum Eingewöhnen nicht schaden, oder wie? Hat dir ja auch in gewisser Weise genützt.« Er macht eine Geste in Richtung des kläglichen Küchenraumes, als hätte er mir dieses Dach über dem Kopf persönlich verschafft.

Ich winke ab. »Nein, Renato, so berechnend war das nicht.«

»Nicht?« Er klingt nun aufgeregt. »Das sieht aber für jeden so aus, der eins und eins zusammenzählen kann. Ein kleines Date hier, eine Einladung da und sich dann wortlos verdrücken, das ist wohl deine Art, sich in einer neuen Stadt Freunde zu machen.«

Ich schüttele den Kopf. »He, was wolltest du denn von *mir*? War es denn nicht offensichtlich, dass unsere beiden Leben rein gar nicht zusammenpassen? Es tut mir wirklich leid, wenn du jetzt böse auf mich bist, aber mir haben einfach die Worte gefehlt. Ich bin … ich habe mich einfach nicht in dich … verliebt. Es hat halt nicht *gepasst.*« Endlich ist es raus.

Renato lehnt sich zurück und bläst Luft durch die Backen. Er sieht traurig aus, wie er so dasitzt und das Möchtegern-Holzmuster der Kunststofftischplatte fixiert.

»Tja, dann ist ja alles gesagt.« Er klopft mir der flachen Hand auf den Tisch und schickt sich an zu gehen.

Ich habe das Gefühl, noch etwas sagen zu müssen. Irgendetwas Nettes, Versöhnendes.

»Wir können ja Freunde bleiben«, schlage ich vor. Oh Gott, habe ich das wirklich gerade gesagt? Gibt es diese Floskel tatsächlich?

»Hm, das können wir.« Reanato denkt offenbar über etwas nach. »In ein paar Wochen gebe ich zusammen mit einer Freundin meine Geburtstagsparty«, sagt er dann. »Kannst ja kommen, wenn du willst.«

»Ja, ich würde gerne kommen«, beeile ich mich zu erwidern. »Mailst du mir, wann und wo?«

Als er nickt, reiße ich ein Stück Papier aus einer herumliegenden Zeitung und schreibe ihm meine Kontaktdaten auf. Er schiebt den Zettel in seine Hosentasche und wir stehen auf.

»Schickes Outfit übrigens.« Er deutet auf meine Schlafanzughose und das ausgebeulte T-Shirt, das ich immer dann anziehe, wenn ich plane, einen Abend unbehelligt auf dem Sofa zu verbringen. »Damit siehst du so *spirituell* aus.«

»Hm«, ich zögere, »danke, ich werde es zu deiner Party tragen.«

Ich möchte ihn jetzt gerne loswerden und keine Unterhaltung über Meditation und Co. führen.

Renato geht zur Tür. »Also dann«, sagt er, »man sieht sich.«

Wir verabschieden uns kurz und schmerzlos und ich lasse die Tür hinter ihm ins Schloss fallen. Eine Welle der Erleichterung erfasst mich. Dieses Kapitel wäre dann also abgeschlossen.

Ich gehe zurück in die Küche und setze mich wieder vor den Fernseher. Inzwischen tanzt auch der Moderator der Show, die ich mir gerade antue. Arme und Beine wirbeln unkontrolliert durch die Luft, als hätte er mit den Fingern in eine Steckdose gelangt. Um ihn herum hoppeln vier fröhliche Blondinen in äußerst knappen Kostümen, die den Showmaster zu bezirzen versuchen.

Mein Handy klingelt. Hat Renato noch etwas vergessen?, frage ich mich und gehe ran.

»Pronto?« Ich gebe mir Mühe, die unverbindliche, abweisende Stimme von Maria zu imitieren.

»Hallo?« Eine Männerstimme.

»Renato?«, frage ich.

»Eh no…« Stille. »Hier spricht Paolo.«

Sch…!

»Paolo, wie schön, von dir zu hören.« Vor lauter Schreck hat das jetzt etwas unglaubwürdig müde geklungen.

»Ja, schön«, ist die Antwort. »Störe ich?«

»Nein, überhaupt nicht«, beeile ich mich zu sagen. »Ich freue mich, dass du dich meldest. Wo hast du denn meine Telefonnummer her?«

Mist, habe ich das wirklich gefragt? Wie unfreundlich. Und in der Tat:

»Oh, entschuldige bitte.« Paolo klingt ertappt, »Ich wollte dir ganz bestimmt nicht nachstellen. Aber ich habe vorhin bei der Abendbesetzung eurer Rezeption angerufen und der Dame erklärt, es gehe um eure Präsentation und sei ein Notfall. Daraufhin hat sie mir deine Mobilnummer gegeben.«

»Um welchen Notfall geht es denn konkret?«, frage ich nun in Plauderlaune und muss lachen. Jetzt habe ich mich gefangen.

»Es geht darum«, erklärt Paolo, »dass wir bei unserem letzten Treffen mitten in unserer Besprechung unterbrochen wurden.«

»Ja, ich erinnere mich«, gebe ich zurück. »Du sprichst von der Unterredung auf der Aussichtsplattform mit Blick auf Capri?«

»Ja, genau die meine ich. Auch wenn ich dabei leider kaum auf Capri geachtet habe.«

»Dann sollten wir diese Unterhaltung unbedingt bald fortführen«, antworte ich.

»Ja, deshalb rufe ich an.« Paolos Stimme ist nun geradezu sachlich geworden. »Ich würde dich nämlich gerne wiedersehen, Nina.«

»Ich würde dich auch gerne wiedersehen«, fackele ich gar nicht erst lange herum.

»Was machst du denn nächstes Wochenende?«, will er wissen.

»Noch nichts Bestimmtes …«

»Warst du schon mal in Rom?«

Rom? Wie toll wäre das denn bitte?

»Nein, noch nie.«

»Wollen wir uns dort treffen? Dann zeige ich dir die Stadt.«

Und ob ich will.

Von todunglücklich keine Spur mehr, im Gegenteil. Ich könnte die ganze Welt umarmen und werde gleich in Rom damit anfangen.

14.

Am nächsten Morgen treffe ich in der Teeküche auf Maria. Was für ein super Start in den Tag. Sie steht vor dem Wasserkocher und schaut dem Wasser beim Heißwerden zu.

»Buon giorno.«

»Buon giorno, come va? Wie geht's?«

»Bene, grazie. Und dir?«

»Eh. Bene, grazie.«

Uff.

Ich stelle mich vor den Kaffeeautomaten, werfe eine Münze ein und warte darauf, dass sich das Ding dazu entschließt, tropfenweise ungenießbaren Kaffee mit Milchpulver auszuspucken. Warum bin ich dumme Nuss nicht in die Bar gegangen?

Einige unendlich lange Momente stehen wir nebeneinander und betrachten schweigend unsere elektrischen Getränkelieferanten.

»Ich habe gerade eine Mail an euch geschickt«, sagt Maria schließlich. »Heute um drei ist die Telefonkonferenz mit Sergio Conti zum Feedback-Gespräch.«

»Ah gut, danke.« Vorsichtig befreie ich meinen inzwischen vollen Kaffeebecher aus dem Automaten. Natürlich schwappt mir ein großzügiger Schluck über die Hand. Ich stelle den Becher zurück und greife nach einer Serviette.

»Maria«, setze ich an und wische hektisch an meiner Hand herum, »ich hätte da noch eine Frage zu der Projektkalkulation, die du mir gegeben hast.«

Maria bleibt abwartend stehen.

»Zu dem Posten externe Bildbearbeitung: Rossella hat doch schon damit angefangen. Warum machen wir so etwas nicht *inhouse*?«

Maria schaut mich stirnrunzelnd an und zuckt mit den Schultern. »Weil wir das *extern* machen«, antwortet sie schlicht und gießt das inzwischen kochende Teewasser in ein kleines weißes Porzellankännchen.

»Ich finde ja bloß«, versuche ich es erneut, »dass dreiundzwanzigtausend viel Geld dafür sind, oder nicht?«

Maria atmet tief durch, hält kurz inne und lächelt mir dann mitleidig zu. »Nina«, sagt sie und zieht ihre perfekt gezupften Augenbrauen hoch, »wir arbeiten hier professionell an einer großen Kampagne mit einem sehr hohen Anspruch. Ich weiß nicht, wie ihr das bisher in Hamburg gemacht habt, aber ... Klein-Klein und selbstgemacht, das gibt's bei uns nicht.« Sie stellt ihr Kännchen auf ein kleines Tablett und schickt sich an zu gehen. »Also dann, um drei im Konferenzraum«, fügt sie noch hinzu.

Klein-Klein und niedergemacht bleibe ich mit meinem faden Milchkaffee zurück.

Um Punkt drei sitze ich wie bestellt im Konferenzraum. Lidia und Stefano sind ebenfalls mit von der Partie.

»Alles klar?«, fragt Maria in die Runde, als sie hereingerauscht kommt.

Wir drei nicken artig.

»Gut, dann rufe ich jetzt Signor Conti an. Nina, gibst du mir bitte mal die Nummer?«, fordert sie mich ganz selbstverständlich auf, ohne mich dabei anzublicken.

Ich wühle hektisch in meinen Unterlagen und spüre bereits Marias rügenden Blick ob meiner Unordnung auf mir lasten, als ich endlich Contis Visitenkarte aus einem Stapel Papier hervorziehe.

»*Allora*«, beginne ich, »null, acht …« Leicht genervt diktiere ich ihr die neapolitanische Nummer, die sie mit ihren sorgfältig manikürten Fingern sogar selbst eintippt.

Am anderen Ende der Leitung nimmt eine Dame ab und verbindet uns mit dem Büro der Contis.

»*Pronto?*«, antwortet die dynamische Stimme des jungen Conti. »*Buon giorno, signora*«, begrüßt er Maria.

Entgegen meiner Annahme hat Maria so viel Stil, Sergio mitzuteilen, von welchen unwerten Gestalten sie während dieses Gesprächs umgeben ist, und stellt Stefano, Lidia und mich kurz vor. In genau dieser Reihenfolge.

»*Piacere.* Angenehm. Ich dagegen sitze hier zusammen mit meinem Vater. Unser Vertriebsleiter Paolo Rossi« – ich halte aufgeregt den Atem an – »kann bei dem Gespräch leider nicht dabei sein, da er Termine hat.«

Ich sinke in mich zusammen. Als ich wieder aufblicke, merke ich, dass mich sowohl Lidia als auch Maria beobachten.

»… haben Ihre Strategie diskutiert«, dringt Contis Stimme aus dem Lautsprecher zu mir durch und ich reiße mich zusammen, um mich zu konzentrieren.

Das Gespräch nimmt einen guten Verlauf. Die Contis sind grundsätzlich mit unserer geplanten Vorgehensweise einverstanden und haben nur an einigen Stellen andere Vorstellungen, die wir im Laufe des Gespräches teilweise sogar beeinflussen oder gut in unser Vorhaben einbinden können. Wir besprechen die nächsten Schritte, die sich auf die Gestaltung und Umsetzung der Werbekampagne konzentrieren, und legen einen Terminplan für den kommenden Monat fest.

»Bitte stimmen Sie den Plan in den nächsten Tagen mit Herrn Rossi und mit meinem Vater ab, da ich auf Reisen sein werde«, bittet Conti junior zum Abschied.

Wieder wird mir heiß und kalt.

Nachdem Maria aufgelegt hat, wirkt Stefano zufrieden. »Das lief ja wie geschmiert«, meint er anerkennend, »mal sehen, ob die auch noch unserer Meinung sind, wenn sie die ersten neuen Entwürfe mit den Vorschlägen für die Anzeigen sehen.«

»Das wird Nina mit Herrn Rossi schon abzustimmen wissen«, sagt Maria, während sie ihre Notizen überfliegt. Dann hebt sie den Kopf und schaut aufmerksam in die Runde.

Ich muss schlucken. Wie hat sie das jetzt gemeint? Neutral oder provokant?

Auch Stefano wirkt irritiert, sagt aber nichts und Lidia legt prüfend den Kopf schief. Mir ist glühend heiß.

»Daher«, fährt Maria fort und beginnt wie immer als Erste, ihre Sachen zusammenzupacken, »werden wir sehen, wie das Projekt weiterläuft. Nina, schreibst du bitte ein Gesprächsprotokoll und schickst es mir zur Freigabe?«

Ich beschließe, nicht darauf zu antworten, weil die Ansage sowieso ein Befehl und keine Frage ist.

»Gut«, schließt Maria die Besprechung, »*quindi, tutto a posto*. Damit wäre dann alles klar.«

Für sie vielleicht.

Anstatt mit Stefano zurück ins Büro zu gehen, schlage ich die andere Richtung ein und trotte ziellos durch den Flur. Am Ende des Ganges liegt der rettende Materialraum, in den ich schnell hineinschlüpfe. Ich mache die Tür hinter mir zu und lehne mich an den Besenschrank.

Ich brauche jetzt einen Moment für mich. Tausend Gedanken wirbeln mir durch den Kopf. Was sich hier anbahnt, fühlt sich alles andere als gut an. Lieber würde ich meinen Gedanken an Paolo nachhängen und mich sorglos auf unser gemeinsames Wochenende in Rom freuen, aber das hat mir der heutige Tag gründlich verdorben. Was ist nur mit Maria los? Ob sie irgendetwas ahnt? Im Grunde könnte ihr das doch egal sein …

Plötzlich geht die Tür auf. Lidia kommt herein und schaltet das Licht an.

»Was machst du denn hier in unserer traditionellen Trauerkammer und das auch noch im Dunkeln?«, fragt sie scherzend.

Sehr witzig.

Sie kommt auf mich zu und legt mir die Hand auf den Unterarm. »Was läuft hier?«, will sie wissen, »Was ist in Neapel passiert? Was Schlimmes?«

»Ja. Nein. Ich weiß es nicht.«

»Eh?«

»Ich habe mich verliebt, denke ich.«

»Aber das ist doch schön.«

»Da bin ich mir nicht so sicher …« Meine Stimme gerät ins Schwanken und ich beiße mir auf die Lippen.

»Ist es etwa …« Lidia zieht die Augenbrauen hoch und deutet mit dem Kopf in Richtung Konferenzraum.

Ich nicke.

»Sergio Conti?«

»Nein!« Jetzt muss ich lachen. »Nein, nicht der. Aber sein Vertriebsleiter.«

»Ach, der, mit dem wir die nächsten Wochen zu tun haben werden?«

»Ja, genau der.« Ich hole tief Luft.

»Ja aber …« Man kann ihr ansehen, wie die Rädchen in ihrem Kopf rattern. »Ist das denn so schlimm? Er kann doch gar nicht wissen, dass du in ihn verknallt bist. In dem Strategie-Meeting wird er das wohl kaum gemerkt haben.«

»Es war nach dem Meeting.«

»Ihr wart danach zusammen?«

Ich nicke erneut.

»Pfff!« Lidia lehnt sich neben mich an den Besenschrank. »Nina«, sie guckt mich tadelnd an, »*never fuck the client*!«

»Hab ich ja gar nicht«, sage ich trotzig.

»Willst du aber«, gibt sie ebenso trotzig zurück.

Wo sie recht hat, da hat sie recht.

»Und nun?«, will sie wissen.

»Wenn ich das wüsste, stünde ich nicht hier im Dunklen zum Nachdenken in der Besenkammer«, sage ich und gehe hinaus.

15.

Der Rest Woche kriecht nur so dahin. Könnte ich Stunden und Tage töten, würde ich es sofort tun. Meine Highlights sind ein paar E-Mails von Paolo, die mal – espressobezogen – an das ganze Team, mal – privat – nur an mich gerichtet sind und mich jedes Mal in helle Aufregung versetzen.

Dann ist endlich Freitag. Sträflich früh schleiche ich mich aus der Agentur, in der Hoffnung, dass es keiner merkt und Simona und Stefano stillschweigen. Ich nehme die U-Bahn zum Hauptbahnhof und reihe mich in der *biglietteria* in die lange Schlange wartender Kunden ein. Schon nach siebenundzwanzig Minuten bin ich dran. Der dickliche, unmotivierte Bahnangestellte hinter der Vollverglasung guckt mich desinteressiert an, ohne sich auch nur ein »Sie wünschen?« abzuringen.

»Bitte nennen Sie mir die nächsten Verbindungen nach Rom«, rufe ich ihm zu und bücke mich zu dem winzigen Spalt in der Scheibe, in der Hoffnung, dass mich der Typ auf der anderen Seite hören kann.

Gelangweilt murmelt er etwas, das ich nicht verstehe, und hackt auf einen Rechner aus den späten Achtzigerjahren ein.

»Wie bitte?«, brülle ich zurück und verstärke die in Italien kundentypische demütig gebückte Körperhaltung, um mit der Person auf der anderen Seite der Glasscheibe kommunizieren zu können.

Der Dicke faselt irgendwas von Schnellzug und rattert

einige Uhrzeiten herunter, die ich wieder nicht verstehe. Ich drücke den Kopf gegen die Scheibe und versuche verzweifelt zu erkennen, welche Zeiten ihm der Monitor wohl gerade anzeigt.

Da regen sich zum ersten Mal Emotionen auf dem stoischen Gesicht meines Gegenübers: blanke Empörung über mein unbefugtes Eindringen in sein kleines Berufsreich durch das Starren auf *seinen* Rechner. Mit einer resoluten Geste dreht er den Bildschirm weiter zu sich heran und damit von mir weg.

»Wann wollen Sie denn nun fahren?«, blökt er mich stattdessen ungeduldig an.

»Nennen Sie mir einfach die nächstmögliche Schnellverbindung«, erwidere ich entnervt und schiebe meine Kreditkarte durch den Schlitz in der Scheibe.

Unsere Geschäftsbeziehung endet wortlos. Ich unterschreibe einen Kassenzettel und erhalte im Gegenzug ein Ticket für eine einfache Fahrt nach Rom ohne Angaben von Zeiten oder gar einer Rückfahrtmöglichkeit.

Bei meiner Suche nach den Abfahrtsinformationen in der Halle entdecke ich einen Pulk von Fahrkartenautomaten, die mir den ganzen Ärger erspart hätten und den doofen Dicken hoffentlich bald den Job kosten.

Die Idee, am Freitagnachmittag aus Mailand gen Süden zu fahren, haben außer mir auch noch ein paar andere Menschen. Der Zug ist knackevoll, aber mit viel Glück finde ich im letzten Waggon einen freien Sitzplatz neben einer alten Dame aus Apulien. Sie hat einen lustigen bunten Hut auf dem Kopf, unter dem ein paar weiße Löckchen hervortanzen. Die Dame, die heute noch einen weiten Weg vor sich hat, bietet mir aus ihrem Reiseproviant ein paar ihrer selbstgebackenen *dolci* an und erzählt mir von ihren fünf Enkelkindern, die sie in Mailand besucht hat. Irgendwann zwischen meinem achten Plätzchen und dem Bericht über die Zeugnisnoten des drittgeborenen Enkels verfasse ich eine Nachricht an Paolo.

»Sitze im Zug, komme in circa drei Stunden in Rom an. Stazione Termini.«

Kurze Zeit später kommt die Antwort.

»Bin mit dem Auto unterwegs«, schreibt Paolo. »In Kampanien und Latium wird gestreikt. Alle Straßen völlig verstopft. Können wir uns in der Altstadt treffen? P.«

Hm, in der Stadt treffen? Ich schlucke die aufkeimende Enttäuschung tapfer herunter.

Die Dame neben mir mustert mich bekümmert. »*Tutto a posto, tesoro?* Alles in Ordnung, Schätzchen?«

»Ich dachte«, beginne ich mühsam, »dass ich am Bahnhof in Rom von jemandem abgeholt werde. Aber er kann leider nicht hinkommen«, erkläre ich ihr. »Wir werden uns dann wohl irgendwann in der Stadt treffen …« Meine Stimme klingt so traurig, wie ich bin.

»Ach«, die Dame macht eine wegwerfende Handbewegung und kramt nach einem weiteren Keks für mich. »Weißt du, ich finde, vom Geliebten mit roten Rosen in Empfang genommen zu werden, wird völlig überbewertet. Was wirklich zählt, sind die Jahre nach der ersten Verliebtheit. Was nützt dir am Anfang ein Strauß Rosen, wenn du die nächsten vierzig Jahre alleine mit den Kindern in der Küche sitzt und Bohnen putzt.«

Ich bin total verdattert. Was für ein Vergleich. Keine Frage, da spricht jemand aus Erfahrung und es klingt nach den herben Enttäuschungen eines langes Ehelebens. Ich weiß daher gar nicht so recht, was ich darauf antworten soll.

»Da haben Sie sicherlich recht«, erwidere ich daher schlicht.

Sie tätschelt mir die Hand. »Ja, da habe ich ganz bestimmt recht, meine Liebe«, sagt sie.

In diesem Moment piept mein Handy erneut.

»Übrigens«, lese ich, »ich freue mich auf dich.«

Ich blicke zu meiner Banknachbarin auf, die entwaffnend neugierig den Kopf über mein Handydisplay gebeugt hält und an ihrer Lesebrille herumruckelt. Wir zwinkern uns komplizenhaft zu.

Um kurz nach sechs habe ich mich aus dem Zug über die endlos langen Gleise durch die Vorhalle bis auf den Bahnhofsplatz durchgewühlt, der normalerweise der zentrale Busbahnhof der Stadt zu sein scheint. Von Bussen jedoch keine Spur. Stattdessen Horden von Menschen, die mehr oder minder verloren auf und ab laufen, um herauszufinden, wie sie nun wohl weiter an ihr Ziel gelangen könnten. Eine Anzeigentafel proklamiert ein Ende des Streiks gegen 18.00 Uhr, was offenbar jedoch nicht allzu genau genommen werden darf. Ich drängele mich mit meiner Reisetasche durch die Menschenmassen bis zum Taxistand. Doch außer Menschenschlangen steht hier nichts. Kein einziges Taxi.

»*Scusi*«, spreche ich einen elegant gekleideten Geschäftsmann mit Aktentasche an, »wo parken denn die Taxis hier?«

»Parken? Die *fahren* heute, Signorina. Und zwar rund um die Uhr. Offenbar haben sie es noch nicht mal nötig, zurück zum Bahnhof zu kommen, weil sie unterwegs sofort wieder neue Kunden finden«, informiert er mich. »Auf ein Taxi dürfen Sie heute nicht zählen. Am besten, Sie gehen zu Fuß, wenn Sie es nicht weit haben.«

Was weiß ich, wie weit ich es habe? Ich war noch nie in Rom und in der Dämmerung möchte ich nicht schon wieder durch eine italienische Großstadt irren und mich schlimmstenfalls erneut meines Gepäcks entledigen lassen.

In einem Kiosk auf der anderen Straßenseite kaufe ich mir einen Stadtplan, um herauszufinden, wo ich gerade bin und wie ich in die Altstadt komme. Das sieht nach einem strammen Marsch für mich aus, aber habe ich eine Wahl? Just in diesem Moment klingelt mein Handy.

»*Ciao, bella,* wo bist du?«, will Paolo wissen.

Ich berichte ihm von der Verkehrssituation, die ich hier vorgefunden habe, und von dem mir bevorstehenden Fußmarsch ins Zentrum, sollte ich nicht unterwegs doch noch einem Taxi begegnen, dem ich mich in den Weg werfen könnte.

»*Ascolta,* hör zu«, fängt Paolo an, »ich stehe in einem gigantischen Stau irgendwo auf der Autobahn zwischen Neapel und Rom. Hier ist ein Laster umgefallen oder so, jedenfalls geht es weder vor noch zurück. Ich kann dir nicht sagen, wann ich in Rom sein werde. Tut mir wahnsinnig leid.«

Ich bin wahnsinnig enttäuscht.

Paolo nennt mir ein kleines Hotel in Trastevere, in dem er für uns zwei Zimmer reserviert hat. Zu Fuß definitiv zu weit. Daher beschließe ich, mich in einer der zahlreichen Herbergen in Bahnhofsnähe einzuquartieren, und mache mich auf die Suche nach einer Bleibe. In der lauten und geschäftigen Via Nazionale klingele ich bei einem Zwei-Sterne-Etagenhotel im dritten Stock und bekomme tatsächlich ein bezahlbares Einzelzimmer, das sogar nicht auf die Hauptstraße rausgeht. Dafür steht mein Bett direkt an der Wand zum Fahrstuhl. Aber alles, was keine Disco ist, macht mir sowieso nichts mehr aus.

Es dämmert bereits, als ich aufbreche, um noch ein wenig die Stadt zu erkunden. Ich komme zu einer höllisch lauten

T-Kreuzung, an deren Kopfende ein riesiges, schlossartiges Monument aus weißem Marmor steht, und verliere mich kurz darauf irgendwo in den stark befahrenen Straßen des römischen, streikgebeutelten Freitagabendverkehrs. Der Smog in Mailand ist frische Luft dagegen, das Gewühl der Autos und das ständige Hupen lassen mich fast schwindelig werden.

Das ist also die Stadt, in die es jährlich Millionen von Besuchern zieht.

Hm, hart im Nehmen, diese Millionen von Menschen, denke ich, hechte über die Hauptstraße und flüchte mich in eine Seitengasse der Via Cavour.

Schon nach wenigen Metern scheine ich mich in eine andere Welt gebeamt zu haben. Vor mir tut sich geradezu ein beschauliches Dörfchen auf. Kleine Läden mit Kunst, ausgefallenen Kleidern, Hüten und Schmuck säumen links und rechts die Straße. Gerade werden hier und da die ersten Rollläden heruntergelassen und die Geschäfte geschlossen. An einer Bar an der Ecke fegt ein *barista* die Straße um seine Außentischchen herum und unterhält sich dabei lautstark mit einer vollbusigen Frau, die im ersten Stock über ihm in Plauderlaune auf der Fensterbank hängt. Ein paar Straßen weiter entdecke ich ein kleines chinesisches Restaurant und beschließe, für heute mal der italienischen Küche den Rücken zu kehren.

Der asiatische Kellner begrüßt mich schon in der Eingangstür. »Sind Sie allein?«, fragt er und blickt suchend zur Tür, ob da wohl noch einer kommt.

»Hrmpf«, brumme ich, im Begriff, mich an einem gemütlichen Tisch in der Ecke des Lokals niederzulassen.

»Nein, hier bitte nicht«, dirigiert mich der Kellner, »bitte hier.«

Er weist mir einen Minitisch mitten im Raum zu. Ich

verstehe, das Übliche: Große Tische werden nur an Gruppen von drei bis vier Personen vergeben. Ich alleine an einem Riesentisch, das bedeutet Umsatzverlust.

Daher sitze ich nun wie ein Storch im Salat mitten im Raum des noch leeren Restaurants, bestelle Nasigoreng mit Huhn und schaue mich etwas düpiert um.

»Sind Sie alleine?« – Was für eine Frage. Ja, ich bin alleine.

Ich fühle mich gerade sogar ganz schrecklich alleine.

Was mache ich hier eigentlich? Ich habe meinen Job in Hamburg, meinen Freundeskreis, meine Wohnung, einfach alles auf Eis gelegt, um in Mailand ... Ja, was eigentlich? Seit Wochen bin ich ständig rastlos, auf der Suche nach irgendwas. Erst habe ich über einer Disco gewohnt und gelitten, dann eine eher unglückliche Affäre mit einem Künstlerfreak begonnen und zu allem Übel schlage ich mich in einem völlig chaotischen Job durch.

Als wäre das nicht genug, sitze ich nun auch noch hier in einem Lokal herum, versuche den mitleidigen Blicken der eintreffenden Restaurantgäste tapfer standzuhalten und warte auf einen neapolitanischen Wundermann. Einen Mann, der behauptet, irgendwo im Stau zwischen hier und nirgendwo zu stehen. Aber wer weiß? Vielleicht lässt er sich in Wirklichkeit gerade von irgendeiner Schönheit, Sofia, Greta, Elena oder wie auch immer sie heißen mag, verwöhnen?

Was weiß ich eigentlich von Paolo? Praktisch nichts, gestehe ich mir ein.

Ich muss schlucken, weil mir die Tränen kommen.

Auf was für einen Mist habe ich mich da bloß eingelassen?

Der Kellner eilt herbei, stellt eine Platte mit Gemüsereis samt Huhn vor mir ab und grinst mich aufmunternd an.

Lustlos kaue ich auf einem Stück Fleisch herum und spieße ein paar blasse Erbsen auf die Gabel. Irgendwie ist mir der Appetit vergangen.

Ich lege ein paar Euro auf den Tisch und schicke mich trotz des halb vollen Tellers an zu gehen. Der kleine Asiate eilt herbei, um den Tisch abzuräumen, säuselt etwas von »*Buono?*« und drückt mir zum Abschied einen Glückskeks in die Hand.

Den Keks öffne ich eine Stunde später, als ich endlich auf der durchgelegenen Matratze in meinem Hotelzimmer liege. »Dein Glück ist zum Greifen nah«, steht auf einem kleinen Papierstreifen, der in den Keks eingebacken war.

Ich frage mich, wie weit ich wohl noch reisen muss, um mein Glück einfach greifen zu können, beschließe dann aber, diesen Gedanken heute lieber nicht weiter zu vertiefen. Stattdessen verfasse ich eine kurze Nachricht an Paolo, sage ihm, wo ich nun gelandet bin, und schlafe erschöpft ein.

16.

Kreuzschmerzgeplagt erscheine ich am nächsten Morgen in dem kahlen Frühstücksraum meines kleinen Etagenhotels, wo man mir das typisch italienische Frühstück, bestehend aus Weißbrot mit Marmelade und Milchkaffee, vorsetzt. Dazu gibt es eine grellrote süße Brühe zu trinken, die sich zwar Fruchtsaft nennt, in ihren kühnsten Träumen jedoch keine einzige Apfelsine auch nur von Weitem gesehen hat.

Mit mir frühstücken sieben weitere Gäste: ein von deutschen Grammatikregeln völlig befreites Studentenpärchen aus dem Schwabenland, zwei australische Backpacker und drei ältere Damen aus einem der skandinavischen Länder, deren Sprachen ich nie auseinanderhalten kann. Ich schmiere mir eine Scheibe Brot und versuche, durch das Fenster einen Blick auf die Stadt zu erhaschen. Mein Panorama endet jedoch bereits nach wenigen Metern an einer Hauswand auf der Straßenseite gegenüber.

Was für ein trostloser Ort. Was für ein Trip. Noch dazu habe ich von dem Mann, für den ich in diese Stadt gekommen bin, heute Nacht um eins eine ungemein aufregende SMS erhalten, in der er mich über die nun beruhigte Verkehrslage auf der Autobahn informiert hat. Ich habe bisher darauf verzichtet, ihm zu antworten oder gar zu fragen, wann er denn nun ankomme. Oder ob er überhaupt kommt.

So hänge ich meinen enttäuschten Gedanken nach und rühre in meinem Kaffee herum.

»*Permesso?* Darf ich?«, höre ich plötzlich eine Stimme ganz nah an meinem Ohr. Ich schrecke hoch.

Paolo lässt sich so lässig an meinem Tisch nieder, als hätten wir uns zuletzt vor fünf Minuten gesehen. Er legt seine Hand auf meine.

»Wo kommst du denn jetzt her?« Meine schlechte Laune ist im Nu über Bord geworfen.

»Ich bin gestern kurz nach zwei in Rom angekommen. Als die Autobahn wieder frei war, habe ich die leeren Straßen genutzt«, erklärt er mir. »Wie schade, dass du nicht in unserem Hotel warst.« Er schaut mir tief in die Augen.

Wie auf Kommando beugen wir uns beide vor und küssen uns. Als würden wir uns schon ewig kennen.

Das skandinavische Geschwätz verstummt. Wir werden beobachtet.

Als wir uns voneinander lösen, wird mir heiß und kalt. Paolo nimmt mein Gesicht in beide Hände und mustert mich. »Endlich«, sagt er.

»Absolut«, bestätige ich. »Zeigst du mir jetzt Rom?«, will ich nun wissen, »oder willst du erst noch mit mir frühstücken?«

Er schaut sich stirnrunzelnd um. Offensichtlich ist dieses Ambiente weit unterhalb seines Niveaus. »Da hast du dir aber eine kuschelige Bleibe ausgesucht«, stichelt er. »Pack deine Sachen und dann nichts wie raus hier.«

Kurz darauf laufen wir gemeinsam die Via Nazionale hinunter. Es ist ein wunderschöner, sonniger Samstagmorgen und auf den Straßen und Gehwegen ist noch nicht viel Betrieb. Paolo hat wie selbstverständlich meine Hand genommen und streichelt mir ab und an gedankenverloren mit dem Daumen über den Handrücken. Ich beobachte ihn verstohlen in seinem blauen Poloshirt, dessen oberste

Knöpfe er offen gelassen hat, und mit der typisch italienischen Sonnenbrille auf der Nase. Er sieht einfach toll aus. Als er den Kopf zu mir dreht und mich entwaffnend anlächelt, strahle ich zurück. Ich fühle mich selten befreit und … glücklich.

An dem großen Platz mit dem weißen Monument, an dem ich bereits gestern Abend vorbeigekommen bin, biegen wir in die andere Richtung ab, als ich es am Vortag getan habe, und kommen in ein Viertel der Altstadt mit traumhaft schönen kleinen Geschäften und Cafés. Wir plaudern, als würden wir dafür bezahlt. Wie schon in Neapel ist Paolo ein wunderbarer Erzähler, der sich darüber hinaus brennend für mein Leben interessiert, wie ich erfreut feststelle.

»Du fragst mir ja ein Loch in den Bauch«, sage ich irgendwann, als er gerade Details aus meiner Schulzeit wissen möchte. »Ich bekomme Hunger davon.«

»Oh, dagegen haben die in Rom ein Mittel«, erwidert Paolo schlagfertig und zieht mich ein paar Meter weiter in eine imbissartige Pizzeria. Hier werden Pizzastücke auf die Hand in allen Varianten von riesigen Pizzazungen mit Scheren abgeschnitten und nach Gewicht verkauft. Es ist die beste und knusprigste Pizza, die ich je gegessen habe.

Später steigen wir die Spanische Treppe hoch, auf deren glatten Marmorstufen ich höllisch aufpassen muss, damit ich mit meinen Ledersohlen nicht ausrutsche. Zugegebenermaßen kokettiere ich ein bisschen damit, mich fest an Paolo zu klammern. Oben angekommen geht es weiter bergauf auf die Aussichtsplattform des Parks der Villa Borghese. Von hier aus haben wir einen atemberaubenden Blick über die gesamte Stadt bis zu den Bergen am Horizont. Rom liegt uns zu Füßen.

»Das da unten«, informiert mich Paolo, »ist die Piazza del Popolo. Zu Zeiten der Inquisition fanden hier die Hinrichtungen Roms statt.« Während ich noch schaudere, fährt er unbeirrt fort: »Das da hinten ist der Petersdom. Und siehst du die runde, breite Kuppel da ganz links? Das ist das runde Dach des Pantheons.«

»Und was ist dieses riesige weiße Schloss dort drüben?«, will ich wissen und deute auf das Bauwerk, an dem ich am Vorabend vorbeigestiefelt bin.

»Die Hochzeitstorte da? Ein scheußlicher Kasten, wie ich finde, er entstellt die ganze Stadt. Das ist der Altare della Patria. Ein Denkmal für die Einheit Italiens«, referiert mein Begleiter.

In diesem Moment hören wir einen lauten Knall. Paolo schaut ungerührt auf seine Uhr.

»Aha, es ist Punkt zwölf«, stellt er fest. »Jeden Tag um die Mittagszeit schießen sie dort hinten auf dem Berg Gianicolo eine Kanonenkugel ab. Schon seit über hundertfünfzig Jahren.«

»Warum?«, will ich wissen.

Paolo zuckt die Achseln. »Nur so«, antwortet er. »Um sicherzugehen, dass alle Uhren Roms richtig gestellt sind. Das hat mal ein Papst so entschieden.«

Mein Reiseführer und ich wandern parkeinwärts zu einer kleinen Bar in einem Pavillon, wo wir uns zu einem frühen Mittagessen getoastete Panini und Cola kaufen und uns auf einer Parkbank in der Herbstsonne zum Picknick niederlassen.

Paolo hat den Arm um mich gelegt und dreht mir mit seinen Fingern Kringel in die Haare.

»Ich hatte am Montag befürchtet, dass wir uns vielleicht nicht wiedersehen, so plötzlich wie du abreisen musstest«, beginnt er nachdenklich. »Oder nur noch, um im Kreise unserer Kollegen über Espresso zu sprechen.« Er lacht. »Und das wäre weitaus schlimmer gewesen.«

»Ging mir genauso. Ich war froh, dass du mich angerufen hast. Ich hätte mich kaum getraut, mich bei dir zu melden. Schließlich bist du mein Kunde und außerdem – wir … wir kennen uns eigentlich gar nicht.«

»Ja, das stimmt. Wir kennen uns wirklich noch nicht.« Er starrt nachdenklich in die Luft und runzelt die Stirn. »Aber du hast es mir angetan.«

Es klingt fast ein bisschen traurig, was mich kurz stutzen lässt. Ich gehe nicht weiter darauf ein und fahre ihm sanft durch die vollen Locken.

»Was ist?«

»Mit so einem Wuschelkopf hatte ich es bisher noch nicht zu tun.«

»Ja, die meisten Deutschen haben sehr wenige und kurze Haare«, lästert er.

»Wirklich?«

»Ja, darauf musst du mal achten«, beharrt er.

»Und ihr Neapolitaner habt alle lange Locken?«, ziehe ich ihn auf.

»Ja, ich hab's gerne lang«, sagt er treuherzig.

»Da hast du ja Glück«, ich habe Mühe, ernst zu bleiben, »zu kurz wäre nämlich auch nichts …«

»Eh?«

Man sieht ihm an, wie es in ihm rattert. Er stößt mir leicht in die Seite. »So eine bist du.« Er grinst mich eindeutig zweideutig an.

»Nee, du hast angefangen.«

»Einverstanden«, Paolo beugt sich zu mir. »He«, flüstert er dann, »wir sind schon die halbe Stadt abgelaufen, lass uns ein Taxi ins Hotel nehmen.«

Die Pension, die Paolo für uns ausgesucht hat, ist ein kleines, zweistöckiges Schmuckstück in einem der vielen schmalen Seitengässchen Trasteveres. Außen in leuchtendem Gelb getüncht und mit Wein berankt, innen ein kleiner, schwach beleuchteter Empfangsraum in dunklem Holz, mit grünem Teppich und einer gelben Sitzgruppe in der Ecke. Die Dame hinter dem Tresen, die uns in Empfang nimmt, entpuppt sich als Engländerin, die seit zwanzig Jahren in Rom lebt und die Pension zusammen mit ihrem Mann führt.

Paolo beweist Stil, wie ich finde: Wir haben getrennte Zimmer. Er hat vergangene Nacht schon ein Zimmer im ersten Stock bezogen, während ich in einer kleinen Mansarde direkt unter dem Dach untergebracht bin. Ein schmales Einzelbett steht unter der mit dunklem Holz getäfelten Dachschräge und durch ein kleines quadratisches Sprossenfenster dringen die letzten Sonnenstrahlen der langsam untergehenden Sonne.

Ich packe meine wenigen Habseligkeiten aus und verteile sie auf dem Bett. Für den Abend habe ich ein Kleid und hohe Schuhe dabei. Ich dusche in dem winzigen Badezimmer in leicht geduckter Haltung, rasiere mir in endloser Akribie die Beine, obwohl das letzte Mal erst zwei Tage her ist, und gebe mir richtig viel Mühe mit dem Make-up.

In meinem Hirn jagt ein Gedanke den nächsten. Was heute Abend wohl passieren wird? Ob etwas passieren wird?

In ein Duschtuch gewickelt, die nassen Haare in einen Handtuchturban gehüllt, setze ich mich auf das Bett und beschließe, mir die Nägel mit toffeefarbenem Lack zu übermalen. Ich starte mit den Zehennägeln.

Während ich so dahocke, denke ich weiter nach. Ein deutliches Zeichen dafür, dass man wirklich endlich erwachsen ist, ist, wenn man sich keine Illusionen mehr darüber macht, was passieren *könnte,* wenn ein Mann und eine Frau sich treffen. Es gibt keine Überraschungen mehr im Hinblick darauf, wann *was* passiert: entweder beim dritten Date oder, wenn man dummerweise nicht in derselben Stadt wohnt, beim zweiten Treffen. Denn wenn man von weither angereist ist, geht man nicht nur zusammen eine Pizza essen, um danach »Danke für den schönen Abend« zu sagen. Passiert nichts, gibt es auch keinen Zweifel mehr. Das war's dann. Da gibt es auch kein »Freunde bleiben«. Damit ist das Spiel vorbei und man sucht sich einen neuen Spielkameraden.

Meine Zehennägel sind inzwischen fertig lackiert. Ich lasse die Füße vom Bett baumeln, nehme mir die linke Hand vor und hänge weiter meinen Gedanken nach.

Mir steht also ein kalkulierbarer Abend bevor. Das ist aufregend und zugleich auch nicht. Ich frage mich, wie es wohl wird, wenn wir zusammen zu Abend essen. Werden wir dann spätestens ab dem Nachtisch immer wortkarger? Oder betrunkener, um Peinlichkeiten zu überspielen? Himmel, mein letztes Date scheint Lichtjahre her zu sein. Oder kann man das mit Renato etwa Date nennen? Tee trinken mit missglückter Atelierbesichtigung im Anschluss? Vielleicht eher nicht.

So. Die erste Hand ist auch fertig. Als Nächstes nehme ich den rechten Daumen in Angriff, den schwierigsten Part. Volle Konzentration.

Da klopft es an der Tür. Ich zucke zusammen, rutsche mit dem Lackpinsel ab und versaue mir den Daumen.

»*Chi è?* Wer ist da?«, rufe ich durch die geschlossene Tür.

»Hier ist der böse Wolf. Mach lieber nicht auf«, höre ich eine mir bekannte Stimme.

Mist, so wie ich hier sitze? Was tun? Was soll ich jetzt bloß machen?

Nach einem kurzen desillusionierenden Blick in den Spiegel über der Kommode hinke ich vom Bett und verschanze mich hinter der Tür, um die Klinke mit dem Unterarm und weit abgespreizten, weil frisch lackierten Fingern herunterzudrücken.

Paolos Gesicht erscheint direkt vor mir. »Schicker Hut«, begrüßt er mich, deutet fröhlich auf meine Kopfbedeckung und schiebt sich wie selbstverständlich durch die Zimmertür.

»Oh«, gibt er dann halb überrascht, halb erfreut von sich, als ich ihm mit aufgescheuchtem Gesicht, meinem arg provisorischen Outfit und immer noch steif vom Körper abgehaltenen Händen gegenüberstehe. »Du gehst ja ran«, neckt er mich.

»Hä, wieso ich?«, frage ich verwirrt.

»Na ja, bei deinem Aufzug bleiben doch keine Fragen offen, oder?«, flüstert er. Er zieht mich zu sich heran und wischt meinen Turban zu Boden.

Ich lege die Arme um ihn und schmiege mich an ihn. Er riecht frisch geduscht, nach einem Gemisch aus Seife und Parfum, was mich schwindelig werden lässt. Zärtlich streicht er mir durch die nassen Haare, küsst mein Gesicht, meinen Hals und meine Schultern, während mir langsam heiß und kalt wird. Meine Knie fangen an zu zittern. Ich vergrabe das Gesicht an seinem Hals, fahre ihm, noch kurz an meinen halb trockenen Nagellack denkend, unter die Jacke und ziehe ihm langsam das Hemd aus der Hose. Paolo schaut mir in die Augen, nimmt mein Gesicht in beide Hände und küsst mich erneut. Ich streiche mit beiden Händen über die glatte Haut seines muskelgestählten Rückens, während meine letzte Bastion, das Duschhandtuch, zu Boden geht und ich nackt vor ihm stehe. Paolo tritt einen Schritt zurück, schaut mich an und legt mich sachte aufs Bett. Dann küsst er mich leidenschaftlich. Atemlos zerre ich an seinem Hemd und knöpfe ihm die Jeans auf, die zusammen mit meinen Sachen, meinem Maniküreset und meiner Handtasche auf den Teppich fallen. Eng umschlungen wälzen wir uns auf dem kleinen Hotelbett, während ich unter seinen Küssen langsam den Verstand verliere.

Die Sache ist klar. Wir wollen es beide.

»Hast du«, flüstert er mir ins Ohr, »ein Kondom dabei?«

Mich trifft der Schlag. Mein Verstand schaltet sich wieder ein: Kondome kaufen ist Männersache. Wir Frauen müssen uns nicht mit knallrotem Gesicht in der Drogerie herumdrücken. Dafür sind wir nicht zuständig. Das sind die Spielregeln.

Ich schaue ihn fassungslos an. »Ich dachte, darum hast du dich gekümmert, Paolo.«

»Ich konnte doch nicht ahnen, dass wir hier …«

»Nicht?« Was dachte er denn?

»Nein, schließlich haben wir sogar getrennte Zimmer. Wir kennen uns kaum, ich habe nicht geahnt, dass du …«

»Dass ich was?« Ich bin immer noch so sehr außer Atem, dass ich kaum sprechen kann.

»Dass du so bist.«

»Wie denn?«

»Na ja, so halt.« Er zuckt entschuldigend mit den Schultern und guckt mich vielsagend an.

Aha, so bin ich halt. Interessant. Ich atme tief aus und wische mir mit den Händen durch das ehemals geschminkte Gesicht. Das Feuer in mir ist ein bisschen gedimmt. Bei Paolo auch. An meiner Hüfte kann ich das jedenfalls deutlich fühlen, außerdem atmen wir wieder entspannter. Er rollt sich neben mich und streicht mir mit der Hand über den Bauch.

»Schade«, stellt er fest. »Es tut mir wirklich leid.«

»Ist schon gut. Macht nichts.« Ich fahre mit dem Zeigefinger, auf dem sich der Nagellack zu einem Knubbel zusammengeschoben hat, die Linie seiner Schultern nach. »Ehrlich gesagt, es ehrt dich geradezu, dass du nicht so … so vorbereitet bist.«

Paolo schaut auf die Uhr. »Wir können ja noch welche kaufen gehen. Kondome, meine ich«, schlägt er vor. »Und nebenbei: Ich habe übrigens irren Hunger.«

17.

Hand in Hand spazieren wir durch Trastevere und schlendern in der untergehenden Sonne über eine der Fußgängerbrücken am Tiber auf die andere Seite Roms. Über uns fliegen riesige Vogelschwärme, wie ich sie bisher noch nie gesehen habe. Sie wirken wie schwarze Gewitterwolken, die in unglaublicher Schnelligkeit die Form verändern und dabei stets in einem verschlungenen Pulk zusammenbleiben. Wie Öltropfen auf Teflon, die sich teilen und dann wieder wie selbstverständlich ineinandergleiten. Es müssen Hunderttausende kleiner Vögel sein, die da hoch oben über unseren Köpfen hin und her schießen.

»Die Viecher dort«, spricht uns ein Straßenkünstler mit Rastalocken an, der neben uns einen Tisch mit selbst gebasteltem Schmuck aufgestellt hat, »kommen an kühlen Abenden aus dem Umland in die Stadt, um in den Bäumen am Tiber zu übernachten. Da draußen ist es ihnen zu kalt.«

»Super schön.« Ich kann die Augen kaum von diesen fließend fliegenden Formationen lassen.

»Ja, aber nur, solange du dein Auto nicht unter den Bäumen parkst«, knurrt der Straßenkünstler. »Die Kacke kriegst du nie wieder aus dem Lack raus.«

Auf der anderen Seite des Flusses lotst Paolo uns durch ein paar kleine Gassen der Altstadt und plötzlich stehen wir auf einer großen, rechteckigen, prunkvollen Piazza. Die Mitte des Platzes nehmen zwei hell erleuchtete, badewannenartige Springbrunnen ein. Am Kopfende steht eine kleine Kirche, die sich nahtlos in die Wohnhäuser daneben einzureihen scheint und links von uns dominiert den Platz ein riesiger Palast, durch dessen Fenster ich prunkvollste Decken- und Wandmalereien erkennen kann.

»Das ist die französische Botschaft«, informiert mich Paolo fahrig und zieht mich in die andere Richtung. »Für uns beide aber noch viel interessanter«, er grinst mich verschmitzt mit erhobenem Zeigefinger an und deutet auf einen Eckladen mit einem blinkenden roten Leuchtkreuz über der Tür, »ist das Geschäft dort gegenüber.«

Wie zwei Verschworene entern wir kichernd die kleine Apotheke, in der die Apothekerin soeben im Begriff ist, die Tagesabrechnung zu machen.

»*Che desidera?* Sie wünschen?«, zischt sie uns erstens knapp und zweitens grußlos zu.

Paolo nennt ihr freundlich die gewünschte Ware, was bei der Apothekerin eine sichtlich empörte Miene und einen vielsagenden Blick auf die Armbanduhr hervorruft. Mit hochgezogenen Augenbrauen und spitzen Fingern zieht sie ein Päckchen aus dem Regal hinter ihr hervor und legt es mit provozierendem Blick vor uns auf den Tresen.

»Wär's das dann, die Herrschaften?«, fragt sie herausfordernd.

»Ach bitte, noch etwas, Signora«, ich luge hinter Paolos Schulter hervor und hebe schüchtern die Hand, »führen Sie auch Nagellackentferner?«

Mit der kleinen Apothekentüte verziehen wir uns feixend in eine schmucklose, aber dafür sehr gut besuchte Trattoria in einer Ecke der Piazza. Wir bekommen einen der letzten freien Tische, an den wir uns als Frischverliebte händchenhaltend über Eck setzen, Prosecco schlürfen und hin und wieder den Eindruck erwecken, uns gegenseitig verschlingen zu müssen.

»Darf es denn zur Abwechslung etwas zu essen sein?«, unterbricht uns die leicht ironische Stimme des Kellners, der uns eine handbeschriebene Tafel mit dem Menü des Tages vor die Nase hält.

Wir bestellen eine Flasche Amarone und Antipasti sowie als Hauptgang Pasta mit Steinpilzen und *bistecca.*

»Du hättest mich gestern um diese Zeit sehen sollen, als ich irgendwo in Bahnhofsnähe alleine in einem chinesischen Restaurant abgehangen habe«, erzähle ich und schmiege mich an Paolos Schulter. So glücklich wie gerade war ich schon lange nicht mehr. »Ich dachte ernsthaft, du würdest nicht mehr kommen.«

»Hm, das habe ich allen Ernstes befürchtet, als ich mitten in der Nacht auf der Autobahn stand und gar nichts mehr ging. Aber: Hier bin ich.«

Wieder küssen wir uns.

»*Signori*? Ich störe nur ungern, aber ...«

Vor uns steht der Kellner mit einer großen Platte Antipasti, die er nun behutsam vor uns aufgeschrecktem Paar abstellt. »Ich denke, Sie sollten sich kulinarisch etwas stärken«, sagt er im Ton eines fürsorglichen Vaters. »Wer weiß, was Sie heute noch vorhaben«, legt er spöttisch nach und verschwindet dann über seinen eigenen Witz amüsiert in Richtung Küche.

Ich werde rot.

»Also mit der Apothekerin von vorhin ist der zumindest nicht verwandt«, bemerkt Paolo trocken und schiebt mir eine Gabel gebratene Pilze in den Mund. »Der Kerl gönnt uns unseren Spaß.«

Später im Hotel steigen wir Hand in Hand die knarrenden Stufen in den ersten Stock hoch. Paolo fingert unschlüssig an seinem Zimmerschlüssel herum.

»Soll ich dir mal mein Zimmer zeigen?«, fragt er so unschuldig, als hätte er sich nach der Wettervorhersage erkundigt.

»Ist das denn auch so schön wie meins?«

»Nee, schöner, vor allem wenn ich dich erst dort drin habe.«

In Paolos Zimmer halten wir uns nicht weiter mit Höflichkeiten auf. Schon auf den wenigen Metern zum Bett verlieren wir bis auf die kleine Einkaufstüte und deren wichtigen Inhalt alles, was wir am Leib tragen. Wir machen genau da weiter, wo wir vor wenigen Stunden stehen geblieben waren, hören dieses Mal aber bei Weitem nicht so schnell auf.

Sehr spät am nächsten Morgen werde ich wach. Hoffentlich war nicht schon Check-out-Time, schießt es mir durch den Kopf. Nicht, dass gleich ein erschrockenes Zimmermädchen im Raum steht, um unsere Kleider vom Boden aufzuklauben.

Ich schaue auf die Uhr: erst zehn. Paolo liegt neben mir auf dem Bauch, das Gesicht mir zugewandt, und schläft. Eine Weile betrachte ich ihn verzaubert und wage dabei kaum zu atmen, um ihn nicht zu wecken. Hat es mir jemals ein Mann so angetan wie dieser? Ich kann mich nicht erinnern. Gerührt streiche ich ihm eine Locke aus der Stirn und ziehe ihm das Laken höher über den Rücken.

Dann werde ich aktiv. Ich springe aus dem Bett, dusche ausgiebig und gurgele mit seiner Zahnpasta, bevor ich mich wieder zu ihm ins Bett kuschele. Ich habe diese Filme nie verstanden, in denen Frischverliebte direkt nach dem Wachwerden wieder zur Sache kommen, ohne auch nur mal kurz aufs Klo zu gehen oder sich – noch wichtiger – die Zähne zu putzen. Ich halte das für eine der unlogischsten, weltfremdesten Szenen der Filmbranche, mit der die Menschheit immer wieder veralbert wird. Mit mir wird es das jedenfalls nicht geben.

»Guten Morgen«, brummt plötzlich jemand neben mir.

»Hast du gut geschlafen?« Ich streichele Paolo über die Wange.

»Sehr gut, danke«, kommt die Antwort. Er stützt sich auf einen Ellenbogen und schaut mich tadelnd an. »Aber nicht so gut wie *du*«, fügt er hinzu.

»Warum?« Ich verstehe nicht.

Paolo richtet sich auf und schaut mich an. »Du bist gestern eingeschlafen, während wir es noch gemacht haben«, rügt er mich.

»Oh, echt? Das tut mir leid.« Ich muss grinsen. Leider kann ich mich nicht mehr klar erinnern – es war einfach zu oft. Ich greife nach der Schachtel auf dem Nachttisch, auf die das Bild eines Liebespaares im Sonnenuntergang aufgedruckt ist, und gucke hinein.

»Brauchst nicht nachzuschauen, die ist leer, *bella*. Wir haben alle aufgebraucht. Aber mach dir keine Sorgen, du hast gut durchgehalten.«

Ich werfe mit der leeren Schachtel nach ihm.

Wenige Stunden später bin ich zurück in der harten Realität: im Zug nach Mailand. Dieses Mal konnte ich mit Ach und Krach einen Platz reservieren und sitze an einem Vierertisch mit einem Ehepaar und seinem unerzogenen vierjährigen Sohn mit blonden Locken, der permanent meckert und zetert. Ich bin kurz davor, ihn vors Schienbein zu treten. Dürfen sich Kinder in Italien eigentlich alles erlauben?

Ich lenke mich ab, indem ich eine SMS an Paolo schreibe.

»Kann es nicht erwarten, dich wiederzusehen. N.«

Kurz darauf fiept mein Handy zurück: »Geht mir genauso. P.«

Ich lehne mich in meinem Sitz zurück und schaue verträumt aus dem Fenster, während draußen die Dörfer und Wälder Umbriens an mir vorbeifliegen. Was für ein Wochenende! Es hat so bescheiden angefangen und nun könnte ich die ganze Welt umarmen, so verliebt bin ich.

So verliebt wie lange nicht mehr. Oder vielleicht wie noch nie.

18.

Kurz vor den Abendnachrichten stehe ich bei Giorgio im Hausflur und hänge meine Jacke auf den Haken an der Wand. Mein jugendlich-senioriger Vermieter kommt mit verschlafenem Gesicht aus seinem Zimmer geschlurft.

»Hast du etwa schon geschlafen?«

»Nein, jetzt doch noch nicht.« Giorgio winkt ab. »Ich war heute in den Bergen zum Klettern und muss eingenickt sein, als ich mich kurz hingesetzt habe.«

»Ach so, verstehe.«

»Come stai?«, will Giorgio wissen. »Wie war dein Liebeswochenende mit dem schönen Unbekannten?«

Seinen spöttischen Unterton beschließe ich zu ignorieren und grinse ihn stattdessen nur vielsagend an.

»Ahhaa, *brava, tesoro*«, sagt Giorgio bewundernd. »Hast du dir genommen, was dir zusteht?«

Die Frage quittiere ich erneut mit hochmütigem Schweigen und greife nach meiner Tasche, um sie in mein Zimmer zu bringen.

»Siehst auch gut aus, dieses Mal«, höre ich ihn noch hinter mir herrufen. »Weder zerzaust noch mit Holzspänen übersät. Der Kerl hatte wohl ein echtes Bett.«

Wir treffen uns in der Küche wieder, als ich meine Wäsche in die Waschmaschine schieben will. Giorgio steht an der Spüle und trocknet Geschirr ab.

»*Aperitivo*?«, fragt er knapp.

»Bei Luca?«

»Klar, wo sonst.«

Luca erwartet uns freudestrahlend hinter seinem Tresen, als wir ein paar Minuten später sein schmuckloses Etablissement betreten, und macht sich sofort daran, uns den obligatorischen *sprizz* zu mixen.

»Drei bitte«, ordert Giorgio.

»Warum drei?« Ich blicke mich suchend in der Bar um.

»Ich erwarte noch jemanden«, lautet die Antwort.

»Ach«, spotte ich mit gespielter Empörung, »ich dachte schon, dieser Abend gehört nur uns beiden.«

»Das haben schon viele andere Frauen vor dir gedacht«, kommentiert Luca trocken und stellt mit übertriebener Höflichkeit ein Glas vor mir und zwei vor Giorgio ab. »Nun, mein Lieber, mit welcher Dame willst du uns denn heute noch beehren?«

»Mit einer Freundin.« Giorgio gibt sich zugeknöpft und wirft einen Blick auf seine Armbanduhr.

»Ich warne dich.« Ich proste ihm mit feierlicher Geste zu. »Wenn ich wieder als Zeugin bei einem deiner berühmten Abschlussgespräche herhalten muss, werde ich böse.«

»Nina ist heute nämlich ganz auf *amore* eingestellt, weißt du?«, informiert mein Vermieter unseren *barista* über den Tresen hinweg. »Daher müssen wir uns jetzt alle zu Violinenklängen in den Armen liegen.«

»Nina hat einen *ragazzo*?«, hakt Luca geradezu ungläubig nach.

Was soll die Frage? Kannste mal sehen, ein blindes Huhn findet auch mal ein Korn, denke ich. Und vor allem: Von wegen *Korn*, wenn ich an meine Traumbeute Paolo denke, wird mir ganz warm im Bauch.

»Das musst du sie schon selbst fragen«, antwortet Giorgio unterdessen, verschränkt die Arme vor der Brust und guckt mich herausfordernd an.

Ich spüre Lucas Blick auf mir und merke plötzlich, dass

die Stimmung kippt. Der *barista* steht sichtlich betroffen mit dem Spültuch in der Hand da, die Mundwinkel angespannt, die Stirn in Falten gezogen. Er wirkt mit einem Mal sehr traurig.

»Äh«, fange ich an, »ich … also ich kann das noch nicht so sagen.« Ich zögere. Hier ist etwas im Gange, wovon ich definitiv nichts geahnt habe.

Luca atmet tief aus, lässt die Schultern hängen und beginnt, schmutzige Tassen und Löffel in einen Geschirrspülkorb zu werfen. Dabei macht er mehr Krach als nötig. Ich pule nervös an einer Erdnuss herum, die ich mir aus der Schale vom Tresen genommen habe, und schaue mich hilflos nach Giorgio um. Der zuckt nur entschuldigend die Achseln und rollt die Augen. Mistmistmist! Luca hat mich nie direkt spüren lassen, dass er mich vielleicht … Und nun so was.

In diesem Moment fliegt die Tür auf und eine grell geschminkte Dame im Alter von Giorgios Zielgruppe stürmt in einem rosa Regenmantel herein.

»Huh, was für ein Wind da draußen«, begrüßt sie den ganzen Laden lautstark.

Lucas Mutter hinter der Kasse runzelt nur kurz die Stirn und vertieft sich wieder in ihr Kreuzworträtsel.

»*Amooore, ciaooo.*« Sie eilt auf Giorgio zu und gibt ihm einen geräuschvollen Schmatzer auf den Mund.

Mir stellen sich die Nackenhaare auf. Was hat diese Frau, was die arme Elvira von neulich nicht hatte? Luca und ich wechseln fragende Blicke.

»Darf ich bekannt machen? Das ist Loretta«, informiert uns Giorgio und stellt ihr Luca und mich vor.

»*Quanto sono lieta!* Ich bin hocherfreut!«, ruft Loretta übertrieben begeistert aus. Auch mir drückt sie zwei geräuschvolle Schmatzer links und rechts auf die Wangen.

»*Allora, amore*«, wendet sie sich nun Giorgio zu, der bis dahin in geduckter Haltung hinter ihr verharrt hat, »was gibt es Neues?« Sie hakt sich vertrauensselig bei ihm unter.

»Och, nichts eigentlich …«

Ich sehe Giorgio förmlich an, dass er sich nicht wohl in seiner Haut fühlt. Mit einem Mal wird mir klar, was hier gerade passiert: Elvira hatte es nur bis in die Küche geschafft. Diese Dame hier soll offensichtlich noch vor der Hausschwelle abserviert werden. Das Dumme ist nur, dass sie davon keinen blassen Schimmer zu haben scheint. Ich mustere Giorgio streng, der interessiert seine ungeputzten Schuhe betrachtet.

Auch Luca scheint die Situation begriffen – oder schon mal erlebt? – zu haben, denn er dreht sich abrupt zur anderen Tresenseite um und sortiert hochkonzentriert Zuckertüten und Süßstoff in kleine Schälchen.

»Giorginoo«, flötet Loretta nichtsahnend weiter, »wann gehen wir beide denn mal wieder tanzen? Ich habe die ganze letzte Woche auf deinen Anruf gewartet«, schmollt sie.

Unterdessen frage ich mich erstaunt, ob teenagerhaftes Kokettieren vielleicht mit Eintritt der Wechseljahre wieder zur Strategie wird.

»Ich hatte nicht viel Zeit, Loretta.« Giorgio antwortet jetzt in ganzen Sätzen. »Und ich muss dir leider sagen, dass ich derzeit so stark eingebunden bin, dass ich den nächsten Tanzkurs nicht mit dir zusammen machen kann.«

»Was bist du? *Eingebunden?*« Loretta spitzt ungläubig die Lippen. »Giorgino, du bist *Rentner.*«

»Eben!« Giorgino zögert. »Rentner haben am wenigstens Zeit, weil …«

»Weil? Das möchte ich jetzt aber wirklich gerne wissen«, fragt Loretta fordernd.

»Weil … ich als Rentner nun endlich all das machen kann, was ich am liebsten tun will.« Nun ist es heraus. Er atmet spürbar erleichtert aus.

Ich halte die Luft an und nuckele peinlich berührt an meinem *sprizz,* während Luca nervös Tüten aufreißt und mit lautem Geraschel Chips in kleinen Körben anordnet.

»Und«, Loretta denkt geradezu hörbar nach, »mit mir tanzen zu gehen, gehört nicht zu den Dingen, die du am liebsten tun willst?«

»Nein.« Wenigstens scheint Giorgio sich ob dieser ungeschminkten Antwort zu schämen, denn er knubbelt nervös an seinen Fingernägeln herum.

»Aber wir sind immer nur tanzen gegangen«, kombiniert die arme Frau weiter.

»Korrekt.«

»Und das soll nun wegfallen?«

»Ja.« Er kaut auf seiner Unterlippe.

Mein Drink ist leer. Der Lärm meines lufteinsaugenden Strohhalmes ist das einzige Geräusch im Raum. Luca springt mit einer Flasche in der Hand herbei und schüttet mir Prosecco nach, als ginge es darum, mir das Leben zu retten.

»Verstehe«, versteht Loretta. »Du hast mich also nur *benutzt*«, keift sie nun, dass *la mamma* hinter der Kasse erschrocken zusammenfährt. »Als du nichts Besseres zu tun hattest, hast du mich ständig angerufen, und nun schießt du mich einfach wieder ab? Ich sag dir mal, was du bist.« Sie stützt den Unterarm auf den Tresen und hält Giorgio ihren erhobenen Zeigefinger direkt unter die Nase. »Du bist ein lüsterner alter Sack!«, verkündet sie dann. »Aber glaube bloß nicht, dass du gut dabei bist!«, schreit sie weiter.

Mein Vermieter lüstern? Huh, jetzt wird's interessant …

»Und noch was«, brüllt Loretta nun, »vielen Dank für den Drink, den kann ich gut gebrauchen.« Mit diesen Worten packt sie das Glas und kippt ihren kompletten *sprizz* samt Eiswürfel, Zuckerrand und Fruchtverzierung auf Giorgios Hosenlatz.

»Oh, genau auf die Zwölf«, rutscht es mir heraus, während Loretta das leere Glas auf den Fliesen zerschellen lässt und mit hocherhobenem Kopf aus der Bar stapft. »Danke für den schönen Abend«, quittiere ich die Ereignisse spottend, während Giorgio fluchend mit Lucas Geschirrhandtuch an seiner Hose herumwischt.

Luca hat sich hinter seinem Tresen auf beide Hände gestützt und steht nun drohend wie ein Priester auf seiner Kanzel da.

Ein paar Sekunden angespannter Stille vergehen.

»Am liebsten würde ich dich«, beginnt Luca dann langsam, »den Boden selbst feudeln lassen. Aber wisst ihr was?«, fährt er in ruhigerem Ton fort. »Ihr beide habt mir heute so derart gründlich den Tag versaut, dass ich euch dankbar wäre, wenn ihr jetzt einfach nach Hause gehen würdet.«

Giorgio nickt beschämt und zieht einen Geldschein aus der Tasche, den er schüchtern auf den Kassentisch vor *mamma* ablegt. Grußlos und mit hängenden Ohren verlassen wir im Gänsemarsch wie zwei arme Sünder unsere Lieblingsbar.

Ein paar Minuten trotten wir schweigend auf dem kurzen Fußweg nach Hause nebeneinander her.

»Hätte es nicht auch ein Anruf getan, um mit ihr Schluss zu machen?«, frage ich.

Giorgio weicht meinem Blick aus und hält mir die Haustür unseres Palazzos auf. »Ich dachte, am Telefon Schluss zu machen, sei zu stillos«, gibt er zurück. »Das habe ich noch nie gemacht.«

»Das mag daran liegen«, versuche ich es vorsichtig, »dass man früher nicht einmal ein Telefon hatte. Vielleicht ist es an der Zeit, dass du dich für solche Zwecke mit diesem modernen Medium vertraut machst«, fahre ich fort, den Diskurs über Stil und Nicht-Stil wohlweislich ignorierend.

Giorgio schaut mich missbilligend an und geht dann langsam zur Treppe. Auf der ersten Stufe dreht er sich noch mal zu mir um.

»Ich denke, du hast recht«, gibt er zu. »Nächstes Mal versuche ich es.«

19.

Montagmorgen im Büro fühle ich mich, als wäre ich eine halbe Ewigkeit unterwegs gewesen. Meine Arbeitslaune liegt auf einer Skala von eins bis zehn bei unter null. Stattdessen surfe ich stundenlang durch das Web, lese Horoskope und Reiseberichte über Italien und träume von meinem nächsten Date mit Paolo. Wann wird das eigentlich sein? Und warum hat er mich noch nicht angerufen? Er fehlt mir.

In meinem Büro indessen ist die Stimmung schlecht: Simona ist in übelster Montag-Morgen-Laune. Stefano ist erst gar nicht zur Arbeit erschienen, sondern hat es ernsthaft gewagt, sich mit einem »Strategietag in Heimarbeit« abzumelden.

»Der ist so dermaßen faul«, zetert Simona aufgebracht, »und das Schlimmste ist: Der kommt damit auch noch durch. Ich dagegen sitze nun da und darf seine ganze Arbeit machen. Hier, guck dir das mal an«, sie deutet wütend fuchtelnd auf einen Stapel Papier, »diese Präsentation hier hat er am Freitag per Hand korrigiert. Per Hand!« Aufgebracht feuert sie die Seiten auf Stefanos Tisch, wo diese in etwa so zerschossen ankommen, als wäre ein Orkan durchs Zimmer gefahren.

Was für ein Start in den Tag, denke ich fasziniert und schaue auf ein Meer von Blättern, die sich in etwa über ein Viertel des gesamten Raumes verteilen.

»Anstatt seine Änderungen gleich in die Datei einzugeben«, fährt Simona unterdessen fort, »aber nein, Signore verzieht sich in eine Bar, stellt den Passantinnen nach und tut so, als würde er arbeiten. Und ich soll den ganzen Mist für ihn entziffern? Da hat er sich aber geschnitten. Ohne mich!« Sie lehnt sich in ihrem Stuhl zurück und verschränkt trotzig die kurzen Arme vor der Brust.

»Aber«, wage ich schüchtern einzuwenden, »als seine Sekretärin solltest du das trotzdem erledigen. Hast du denn sonst sehr viel zu tun heute?«

»Ich? Für mich gibt es *immer* etwas zu tun. Ich langweile mich nie.«

Ich weiß, dass sie damit ihre Aktivitäten auf Facebook und Twitter sowie die Tratschereien in der Kaffeeküche mit den Assistentinnen aus dem Erdgeschoss meint.

»Mir ist klar, dass dir nie langweilig ist, aber ich meinte deine Arbeit für Stefano«, versuche ich es erneut.

»Der ist so stinkend faul, dem helfe ich nicht«, bockt sie weiter.

Ich beschließe, die Diskussion zu beenden. Wenn Simona bisher noch nicht gelernt hat, dass nichtsnutzige Assistentinnen eher ihren Job riskieren als nichtsnutzige Chefs, dann kann ich ihr auch nicht helfen. Schließlich hat ein nichtsnutziger Chef zumindest früher einmal wirklich gearbeitet, um seinen heutigen Job zu bekommen. So auch Stefano, das hat Simona mir selbst erzählt.

Lidia kommt herein. Sie sieht blendend aus in ihrem dunklen Minirock und der Capejacke auf den Schultern, von der ich nicht enträtseln kann, wie sie angezogen und wo sie zugeknöpft wird.

»Guten Morgen, die Damen. Wie geht es euch?« Sie stutzt, als ihr Blick auf Stefanos Schreibtisch fällt. »Hat hier eine Bombe eingeschlagen?«

»Nein, Simona verweigert bloß die Arbeit«, erkläre ich die Sachlage.

»Daher habe ich Stefano seine Unterlagen zurückgegeben«, präzisiert Simona.

»*Gegeben* scheint mir in diesem Fall ein recht gewagter Ausdruck zu sein«, meint Lidia schlagfertig und deutet mit dem Kinn in Richtung des Blätterchaos auf Stefanos Schreibtisch. »Hör mal, Nina«, wendet sie sich dann achselzuckend an mich, »unser Managing Director hat sich in unser Napolone-Projekt *eingebracht* …«

Ich runzele die Augenbrauen und verziehe den Mund. Der ständig wiederkehrende Klassiker: Kaum ist ein Projekt in vollem Gange, mischt der Chef sich ein, um den Beteiligten darzulegen, wie die Sache seiner Meinung nach laufen muss. Diese Meinung wird dann nicht etwa als Anregung, sondern als auszuführender Befehl geäußert. Befehle dieser Art erteilt ein Chef auch gerne, ohne die groben Umrisse der bisherigen Gespräche und Absprachen zu kennen oder gar die Markendetails durchgelesen zu haben.

»Luigi möchte«, nennt Lidia das Übel nun beim Vornamen, »dass wir für Napolone eine komplette Marketingstrategie entwerfen. Also nicht nur für die Werbung, sondern auch für den Vertrieb.«

Ich schlucke. Paolo wird sich freuen, wenn unser Oberwerber Luigi ihm ungebeten zu erklären versucht, wie er seinen Job zu gestalten hat. Auch das ist ein Phänomen, das mir ständig wiederbegegnet: Hat ein Werber Erfolg mit seiner Werbung, glaubt er, damit automatisch eine ebenso konsultierungswürdige Kompetenz in allen anderen Wirtschaftsdisziplinen innezuhaben.

»Wie stellt Luigi sich das vor?«, frage ich angestrengt und bemühe mich, möglichst interessiert dreinzuschauen, um nicht gleich zu Beginn der Diskussion alle Munition zu verschießen.

»Deshalb bin ich hier: Ich soll euch sagen, dass wir heute Nachmittag in sein Büro kommen sollen. Mit Maria und Stefano.«

Ich mache eine hilflose Geste in Richtung des unbesetzten Arbeitsplatzes. »Ich werde da sein, aber Stefanos Teilnahme könnte schwierig werden.«

Einige Stunden später sitzen wir um den Konferenztisch aus Wurzelholz in Luigi Monettis Büro. Luigi ist zwar im Raum, mental aber noch mit anderen, offenbar wichtigeren Dingen beschäftigt. Er sitzt an seinem, abgesehen von seinem Laptop und dem hingeworfenen Autoschlüssel, völlig leeren Schreibtisch und fixiert mit wichtiger, angespannter Miene seinen Monitor. Nach einigen Minuten völliger Stille, in der unser Oberchef vor Präsenz und Wichtigkeit nur so sprüht, tippt er mit spitzen Fingern ein paar sparsame Worte in seinen Laptop. Dann klappt er den Deckel mit dynamischem Schwung zu, erhebt sich feierlich und wandelt auf unseren Round Table zu.

»Wo ist Stefano?«, fragt er knapp, als er sich grußlos am Tisch niederlässt.

»Der hat heute einen Strategietag in Heimarbeit«, informiere ich ihn, als wäre dies die selbstverständlichste Sache der Welt.

»Und was ist das hier?«, will Luigi von mir wissen. »Strategiearbeit oder ein Kaffeekränzchen?«

Ich zucke mit den Schultern. Stundenlang hatte ich versucht, Stefano bei seiner strategischen Heimarbeit sowohl mobil als auch per Festnetz und E-Mail zu erreichen. Nichts. Alles deutet darauf hin, dass er offline meditiert.

»Na ja, was soll's, fangen wir an.« Verärgert blättert Luigi in einer Kopie unserer Marketingpräsentation. »*Allora*, was ihr hier bisher erarbeitet habt, ist *ganz nett*, meiner Ansicht nach aber noch nicht weitgehend genug.«

Wenn er jetzt noch *holistisch* sagt, muss ich ihn würgen.

Lidia und Maria wirken interessiert, während ich aus dem Fenster gucke und mich insgeheim beklage, dass mir die Natur keine Flügel angebaut hat, um mich einfach auf und davon machen zu können, wann immer ich mir ein Gequirle dieser Art anhören muss. Dann würde ich jetzt nach Neapel fliegen, mich zu Paolo flüchten und wir würden …

»Was hier völlig fehlt«, reißt mich Luigis Stimme aus meinen fernen Träumen zurück auf den Boden der Realität, »ist die Betrachtung des Vertriebsaspekts. Was für eine Agentur sind wir? Eine Marketingagentur oder eine Werbeklitsche? Ersteres, würde ich mal behaupten, oder etwa nicht?«

Erneut kollektives artiges Nicken. Ich konzentriere mich darauf, meinen angespannten Gesichtsausdruck zu einem hoch motivierten fachmännischen Blick mutieren zu lassen, und erteile Befehle an die zuständigen Gesichtsmuskeln.

»Marketing, was ist das?« Luigi schaut Lidia herausfordernd an.

»Das Zusammenspiel von Werbung, Vertrieb und Produkt«, zählt sie brav wie aus der Pistole geschossen auf.

»Aha!« Luigi klopft mit der flachen Hand auf die vor ihm liegend Präsentationsmappe, lässt sich dann entspannt gegen die Rücklehne seines Stuhls sinken und verschränkt die Hände hinter seinem perfekt frisierten Kopf. »Wenn dem so ist«, fährt er mit klugem Gesicht fort, »dann will ich von euch wissen: Wo, bitte schön, habt ihr den Vertriebsaspekt *hier* berücksichtigt?«

Betretenes Schweigen. Luigi schaut der Reihe nach in unsere leeren Gesichter und nickt dann bekümmert wie eine Hundemutter über ihre nicht stubenrein werdenden Welpen.

»Wenn wir erreichen wollen«, Luigi wieselt aus seiner halben Liegeposition hoch und stützt die Ellenbogen auf dem Tisch ab, »dass Napolone im ganzen Land und darüber hinaus als junge, dynamische Qualitätskaffeemarke wahrgenommen wird, muss das auch der Vertrieb nach außen tragen, der das Zeug in die Bars und in die Supermärkte verkauft.«

Stille. Wir lassen seine Worte andächtig nachklingen.

»*Si, certo*, na klar«, sagt Maria so begeistert zu Luigi, als wäre die Idee von ihr. »An jedem *interface*, an dem Konsumenten und Kunden mit der Marke *in touch* kommen, muss der *brand spirit holistisch* kommuniziert werden.«

Da ist es wieder, das Wort. Diese Klugscheißerin. Ich werde gleich eine Matrix für Bullshit-Bingo in meinem Notizbuch anlegen. Lidia hingegen ist die Verärgerung darüber anzusehen, nicht als Erste einen intelligenten Sermon dieser Art abgelassen zu haben.

»Genau so ist es«, freut sich dagegen der Chef. »Exakt diesen Aspekt müssen wir noch *challengen* und unserer Strategie hinzufügen. Ihr arbeitet doch sowieso gerade an der Umsetzung der Ergebnisse eurer letzten Besprechung, richtig?«

Wieder kollektives Nicken.

»Dann lasst uns dieses Thema *konsolidieren* und dem Kunden sozusagen als *On-top-Service* präsentieren«, fährt Luigi fort. »Maria, kannst du den Aufwand dafür in der Budgetplanung entsprechend kalkulieren und irgendwelche Kosten umschichten?«

Maria gibt sich nachdenklich. »Ich denke schon«, sagt sie dann.

»Oder wir machen die Bildretuschen *doch* intern, um

Kosten zu sparen«, schlage ich keck vor. Ich habe unseren Disput in der Kaffeeküche noch nicht verwunden.

»Was für Retuschen?«, fragt Luigi desinteressiert.

Maria schüttelt den Kopf und wirft mir einen Blick zu, als wäre ich eine lästige Mücke.

»Details«, winkt sie Luigi gegenüber ab, »ich plane die Vertriebssache ein, kein Thema.«

Der Chef wirkt zufrieden, zückt sein Mit-dem-fliege-ich-auch-zum-Mars-Handy und streichelt ein wenig auf der Glasoberfläche herum.

»Ich würde die Herrschaften von Napolone zur Besprechung der Details gerne zu uns einladen«, sagt er. »Dieser Sergio Conti soll seinen Vertriebsfuzzi gleich mitbringen. Bossi oder wie der heißt.«

»Paolo Rossi«, beeilt sich Maria ihm den Namen zu nennen, der mir solches Herzklopfen verursacht, dass ich schon befürchte, die anderen könnten es hören.

»Wie wäre es mit einem Termin nächsten Freitag?«, schlägt Luigi unterdessen vor.

Ich richte mich in meinem Stuhl auf und spitze die Ohren. Paolo soll nach Mailand kommen. Nächste Woche. Das ist das Beste, was ich heute erfahren habe.

»Super«, höre ich mich sagen. »Luigi, ich finde das alles total sinnvoll und wichtig. Toller *input.*«

Habe ich das wirklich gerade gesagt? Ich spüre Lidias ironischen Seitenblick und mache eine entschuldigende Handbewegung. Kann man denn seine Meinung nicht auch mal diametral ändern? Was interessiert mich mein Geschwätz von vorhin …

»Na, Spaß an der Sache gefunden?«, zieht mich Lidia auf, als wir uns fünf Minuten später im Waschraum treffen, und setzt ein mitwisserisches Grinsen auf.

»Ja, stell dir vor, mit einem Mal finde ich, Luigis Vorschläge sind die besten der Agentur«, falle ich in ihr Spotten ein. »Ich werde nun den Vertrieb zu meinem Schwerpunktthema machen.«

»Nina, pass bitte auf.« Ihr Ton ist ernst geworden. »Du vermischst da zwei Dinge. Das ist nicht gut. Ich halte das sogar für *gefährlich.*«

»Was soll ich denn deiner Meinung nach tun?«, will ich ehrlich wissen. Schließlich kommt jetzt keine Seite mehr aus der Sache raus.

»Weiß ich doch auch nicht …« Sie beugt sich zum Spiegel, zupft energisch an ein paar aus der Form geratenen Haarsträhnen herum und dreht sich dann seufzend zu mir um. »Wie war denn das berühmte Wochenende in Rom?«, hakt sie neugierig nach.

Ich schaue sie nur vielsagend an.

»Verstehe.« Sie atmet tief aus und runzelt die Stirn. »Na, was soll ich da noch sagen: viel Glück.«

Nach der Arbeit stapfe ich durch den sintflutartigen Mailänder Regen, der einen auch im Frühling ab und an beehrt, nach Hause. Durch die verstopfte Kanalisation steht das Wasser an den Straßenrändern knöchelhoch, die völlig aufgeweichte Erde zwischen Fußgängerweg und Straße tut ihr Übriges, sodass es praktisch unmöglich ist, die Straße unbeschadet zu überqueren. Ich wundere mich, dass es in Mailand Designer gibt, denen irgendeine andere Art Schuhwerk als feste Gummistiefel in den Sinn gekommen ist. Selbst ein noch so kurzer Spaziergang ruiniert jede noch so stabile Ledersohle für immer.

Zum Trost fummele ich mein Handy aus der Tasche und wähle Paolos Nummer. Schade, nur die Mailbox ist dran. Während ich ihm eine SMS schicke, kommt ein Auto um die Kurve gebrettert, rauscht durch eine Pfütze und spritzt mich und ein Paar neben mir von Kopf bis Fuß mit schlammigem Straßenwasser voll.

»*Stronzo, maledetto.* Verfluchtes A…«, brüllt die Dame dem Auto undamenhaft hinterher und klopft sich jaulend und fluchend den Matsch von ihrem Designermantel.

Ich beuge mich vor, um meine triefenden Haare auszuschütteln, und wühle in meiner Jackentasche nach einem Taschentuch für mein Gesicht.

Der Begleiter der Dame kommt mir zuvor und hält mir sein Einstecktuch hin.

»Kann man den nicht anzeigen?«, schimpfe ich. »Ich habe mir das Kennzeichen gemerkt.«

Der Mann sieht mich mitleidig an. »Wo kommen Sie her, junge Dame? Aus England?«

»Aus Deutschland.«

»Ja, dort mag das gehen. Wir sind hier aber in Italien, Signorina. Wenn Sie hier wegen so etwas zur Polizei gehen, lacht man Sie aus.«

»*Eh sì*«, stimmt ihm seine Frau resigniert zu, »traurig, aber so ist das.« Sie zuckt mit den Schultern.

Ich fühle mich wie ein durchnässter Straßenköter, als ich eine halbe Stunde später mit steifen, kalten Fingern die Wohnungstür zu Giorgios Reich aufschließe. Heimelige Wärme strömt mir entgegen. Ich lasse die Tür hinter mir ins Schloss fallen, schlüpfe aus meinen aufgeweichten Schuhen und bugsiere meinen erschöpften Schirm in die dafür vorgesehene Bodenvase.

Giorgio erscheint im Flur mit einem riesengroßen Stapel Handtücher auf den Armen, um sie in sein kleines Massagekabuff zu tragen. Er mustert mich amüsiert.

»*Buona sera,* meine Schöne, wie siehst du denn aus?«

»Hahaha«, gebe ich entnervt zurück und fahre mir durch die klammen Haare. »Was hast du denn mit den vielen Handtüchern vor?«, lenke ich vom Thema ab, ziehe meine Jacke aus und hänge sie an den Haken neben der Tür.

Giorgio bleibt wie angewurzelt stehen und blickt mich mit Mühe über den Rand des Handtuchstapels rügend an.

»Heute ist der Wellnessabend, Nina. Hast du das etwa vergessen?«

»Ach ja!« Ich fasse mir an den Kopf. Himmel, ein Glück, dass ich schon zu Hause bin. Eher Zufall, als dass ich daran gedacht habe, Giorgio für heute Abend meine Hilfe versprochen zu haben.

Mein Vermieter schüttelt mit strenger Miene den Kopf. »*L'amore*«, sagt er schlicht, »du denkst an nichts anderes mehr. Auch an mich nicht.«

»Was hat das denn damit zu tun?«, verteidige ich mich prompt. »Immerhin: Ich bin da. Und zwar pünktlich.«

»Das ist auch alles, was du zu deiner Verteidigung vorbringen kannst«, nörgelt Giorgio und macht sich auf, die Handtücher an ihr Ziel zu tragen. »Ach ja«, ruft er mir über die Schulter zu. »Rate mal, wer angerufen hat.«

Paolo? Ein wellenartiges Bauchkribbeln erfasst mich. Aber nein, der hat die Telefonnummer von Giorgios Wohnung ja gar nicht.

»Angerufen? Hier? Keine Ahnung«, erwidere ich also. »Sag schon, wer?«

»Der Grasfresser!«, triumphiert es von nebenan.

»Renato?« Den hatte ich ja schon total vergessen.

»Was will der von mir?«, rufe ich zu Giorgio hinüber.

»Ich glaube, ein kleines Steak«, lästert es von drüben zurück.

»Und sonst noch?« Ich muss lachen.

Giorgio späht aus seinem kleinen Studio und stemmt die

Hände in die Hüften. »Ich soll dir ausrichten, dass er dich zu seiner Geburtstags*party*«, er betont das Wort Party, als wäre es etwas Unanständiges, »kommenden Samstag einladen will. Die Adresse habe ich dir aufgeschrieben. Der Zettel liegt neben dem Telefon.«

»Wann kommen noch mal deine Damen?«, wechsele ich rasch das Thema.

»In einer halben Stunde, du hast also noch ein bisschen Zeit.« Giorgio mustert mich von Kopf bis Fuß und deutet mit einer Kopfbewegung in Richtung Badezimmer, die nichts anderes bedeutet als: Geh und wasch dich!

20.

Um Punkt acht klingelt es. Giorgio öffnet zwei Damen, beide etwa Mitte fünfzig, die Tür, die schwatzend und bestens gelaunt hereinschneien. Offensichtlich trockenen Fußes, in edlen, unruinierten Schuhen und eleganten Hüten auf den Köpfen lassen sie sich auf dem Sofa im Flur nieder.

Giorgio gibt mir einen Wink und ich trete artig vor die *signore,* um ihnen einen Espresso anzubieten.

Da klingelt es erneut und die nächsten Kundinnen treffen ein. In den nächsten zehn Minuten ist unsere kleine Lobby gerammelt voll mit sieben Frauen, die sich seit ewigen Zeiten zu kennen scheinen, sich aber offensichtlich nur zu den seltenen *benessere*-Abenden beim Masseur ihres Vertrauens treffen.

Eine nach der anderen verschwinden die Damen im Badezimmer, um in fluffigen Bademänteln und Pantoffeln mit Strass und Pelzbesätzen wieder herausgeschwebt zu kommen. Der Reihe nach warten sie nun auf die heißen Fangopackungen, die im Ofen schmoren, sowie auf Giorgios magische Massagegriffe in seinem *studio* nebenan.

Ich laufe zwischen Küche und Lobby hin und her und serviere Prosecco, Kräcker, Tee, Erdnüsse und Oliven, über die sich die Frauen mit großem Appetit und echter Trinkfestigkeit hermachen. Es bereitet den Damen sichtlich Spaß, sich von Giorgios Untermieterin verwöhnen zu lassen. Hin und wieder versucht die ein oder andere, Details über Giorgios Privatleben herauszufinden, und nimmt mich mit Fragen über ihn in die Mangel.

»Wie kommt es denn, *signorina*, dass Sie dem *padrone* aushelfen müssen? Wo ist denn seine Frau?«, will eine der Damen mit unschuldigem Blick wissen.

»Letztes Mal war sie doch noch hier?«, kommt ihr eine andere zur Hilfe. »Oder war das gar nicht seine Frau?«

»Das kann ich Ihnen leider nicht sagen«, ziehe ich mich aus der Affäre und wische ein paar Crackerkrümel von einem Beistelltischchen. »Damals war *ich* leider noch nicht hier.«

Eine der Damen hilft mir, die leeren Kaffeetassen zusammenzuräumen, und folgt mir mit dem Geschirr in die Küche.

»Und Sie, *signorina*«, fragt sie mit engelsgleichem Blick, »genießen Sie es, mit dem *massaggiatore* zusammenzuleben? Ein echter *cavaliere*, nicht wahr?« Sie senkt den Kopf und schaut mich mit einem verschwörerischen Sind-wir-nicht-alle-ein-bisschen-in-Giorgio-verliebt-Blick an.

Ich mustere sie streng. »Signora, ich bin einunddreißig!«

»Och, ich frage ja nur«, verteidigt sie sich schulterzuckend.

Trotz allem wirkt sie auf mich sichtlich erleichtert darüber, dass ihr Schwarm offenbar keine Affäre mit seiner ausländischen Untermieterin hat, die nicht nur seine Tochter, sondern fast schon seine Enkelin sein könnte. Ich bin viel zu platt, um entrüstet zu sein.

»Und sonst, meine Liebe, hat es Ihnen denn ein anderer Italiener besonders angetan?« Ihre offene Neugierde ist fast rührend.

»Hm.« Ich stapele die leeren Tassen ins Spülbecken.

»Ah, verstehe. *Che bello,* wie schön, eine junge, kleine Liebe«, freut sie sich. Sie greift nach der Proseccoflasche auf dem Tisch und macht sich auf, sie zu entkorken und zurück zu ihren Freundinnen in den Flur zu verschwinden.

»Denkt euch nur«, höre ich sie zu meiner Fassungslosigkeit verkündigen, »unsere *signorina* hier hat schon einen jungen Verehrer gefunden.« Ich höre Ohs und Ahs, von denen ich mindestens die Hälfte als Erleichterung im Hinblick auf Giorgios Verfügbarkeit deute.

»Also *bitte*, die Damen«, rufe ich aus der Küche und marschiere mit frischen Sektgläsern bewaffnet in den Flur, um sie mit energischer Geste klirrend auf der Anrichte abzustellen.

»Wer ist denn der Glückliche?«, will eine der Damen wissen.

»Sag ich nicht.« Ich weiß nicht, ob ich amüsiert oder empört sein soll.

»Und wann sehen Sie sich wieder?«, fragt mich unbeeindruckt eine andere.

Ich zögere. »Weiß ich nicht«, gebe ich dann zurück.

»Wie, Sie wissen es nicht?«

»Wir sind nicht verabredet …« Langsam werde ich ungeduldig.

»Sie sind verliebt, aber nicht verabredet. Was ist das denn?«, ruft die Dame von vorhin aus der Küche pikiert. Offenbar traut sie meiner Geschichte nun nicht mehr und sieht Giorgio erneut in Gefahr.

»Es ist so«, ich gebe auf, »ich warte gerade auf seinen Anruf.«

»Ahhh, *capito.*« Kollektives verständnisvolles Nicken.

»Aber wenn er anruft«, eine Dame mit grauen Löckchen im hellblauen Satinmorgenmantel beugt sich vor, »machen Sie am besten Nägel mit Köpfen. Italiener muss man fordern, sonst tanzen sie einem auf der Nase herum. Entweder ersetzen Sie ihm die Mutter oder Sie werden immer nur *una stellina*, ein Sternchen, für ihn bleiben, verstehen Sie?«, redet sie eindringlich auf mich ein.

»Ich will ganz bestimmt nicht seine Mutter sein«, gebe ich erschrocken zurück. Das fehlte noch. Ich sehe mich schon in einer Kittelschürze, mit beachtlicher Wampe und kissenartigen Hängebrüsten in einer schäbigen Küche vor einem Herd stehen und Tomatensoße kochen.

»Eh, *cara,* so ist das nun mal in Italien. Wenn Sie einen Mann erobern wollen, müssen Sie besser sein als seine Mutter. Sonst werden Sie immer nur eine kurze Geschichte bleiben.«

Das fängt ja gut an.

In dieser Nacht schlafe ich nicht gut. Ich träume von Schwiegermüttern in bunten Kittelschürzen, von läutenden Telefonen ohne einen Anrufer in der Leitung und von besorgten Gesichtern um mich herum, die mir einreden, bloß nicht nur ein »Sternchen für ihn« zu bleiben. Mit entsprechend starkem Herzklopfen werde ich wach, als es draußen noch dämmerig ist.

Ich hüpfe unter die Dusche, ziehe meinen Ich-bleibe-heute-zu-Hause-Trainingsanzug an und gehe in die Küche. Trotz der frühen Stunde steht Giorgio bereits am Herd.

»Komm ja nicht näher!«, begrüßt er mich mit einer abweisenden Handbewegung. »Den Kaffee in diesem Hause koche von nun an nur noch ich.«

»Gestern Abend war ich dir aber nicht zu schlecht dafür«, brumme ich.

»Da hatte ich keine Wahl. Das war ein professioneller Notfall.«

»Ein recht großer Fanclub, deine professionellen Notfälle«, ziehe ich ihn auf.

»Ich bin noch jung und brauche das Geld.« Giorgio zwinkert mir zu und streicht sich durch die grauen Haare. »Süß und blond wie du?«

»Was?«

»Deinen Kaffee.«

»Ach so, ja immer, weißt du doch.« Diesen Witz habe ich ihm schließlich beigebracht.

Er stellt eine Tasse Kaffee mit reichlich Milch und Zucker vor mir ab und setzt sich zu mir an den Tisch. »*Allora bella,* was hat denn meine schöne Deutsche in den nächsten Tagen vor?«

»Nichts Besonderes, außer ins Büro zu gehen. Ich warte immer noch auf Paolos Anruf«, entgegne ich zögernd.

»*Cosa?* Was? Von diesem Neapolitaner? Hat der sich etwa noch nicht gemeldet?« Mein Vermieter schaut mich mitleidig an, als hätte ich ihm soeben erklärt, ich wolle mich lebendig begraben lassen.

»Wir haben uns doch gerade erst gesehen«, entgegne ich schwach. Verteidige ich eigentlich gerade mich oder Paolo?

»*Tesoro,* Schätzchen, wir haben heute Dienstag. Wann habt ihr euch getroffen? Vorgestern! Kannst du mir erklären, wieso ein Mann, der halbwegs klar im Kopf ist, mehrere Tage braucht, um eine schöne Frau anzurufen, die ihm zu Füßen liegt?« Er stemmt entrüstet die Hände auf der Tischplatte auf. »Das wäre ja so, als müsste man einen Paradiesbewohner noch darum bitten, den Mund aufzumachen, wenn die gebratenen Tauben durch die Luft fliegen«, beendet er in triumphierendem Ton seinen Vortrag und fügt mit erhobenem Zeigefinger hinzu: »Also, ich traue dem Kerl nicht!«

»Also, ich bin total verknallt in ihn«, nuschele ich niedergeschlagen und krümele mit hängenden Schultern ein paar Frühstückskekse auf die Plastikdecke unseres Küchentischs. »Du hast ja leider recht«, füge ich achselzuckend hinzu. »Ich verstehe langsam auch nicht mehr, warum er seit Rom nichts von sich hat hören lassen …«

»*Bella*«, Giorgio legt mir eine Hand auf den Arm, »das würde ich an deiner Stelle auch nicht verstehen. Aber was mich betrifft, möchte ich dich fröhlich sehen. Wir Italiener haben mehr zu bieten als Sägespänefresser und Kerle, die nicht wissen, was gut ist.« Er senkt den Kopf und fügt mit eindringlicher Stimme hinzu: »Wir Italiener sind nämlich leidenschaftliche Genießer. Du musst dir nur einen von den Richtigen aussuchen.«

Ich dachte bisher, das hätte ich.

21.

Renatos Feier findet in einer Wohnung in dem piekfeinen Viertel Brera statt, wo ich immer schon mal hinwollte. Abgesehen davon ist das die erste echte Party, zu der ich in Mailand eingeladen bin. Da sehe ich doch großzügig darüber hinweg, Renato als »nicht mein Typ« eingestuft und ihm einen Korb gegeben zu haben, und freue mich, dass er mich trotzdem eingeladen hat. Zur Feier des Tages habe ich mir sogar ein Taxi gegönnt und beobachte auf der Fahrt zur Party den Regen, der an die Autoscheibe trommelt.

Paolo hat mich inzwischen angerufen. Vorgestern oder am Tag davor, ich weiß es nicht mehr. Er war freundlich-liebevoll wie immer, aber irgendwie verhalten und behauptete, besonders viel im Job zu tun zu haben. Auch ein Treffen für das kommende Wochenende konnte oder wollte er mit mir nicht ausmachen.

»Familienfeiern«, informierte er mich knapp. »Aber wir sehen uns ja spätestens nächste Woche in Mailand. Danach können wir doch etwas zusammen unternehmen.«

Wir haben ein paar E-Mails hin- und hergeschickt, doch stehen Paolos kurze Einzeiler in keinem Verhältnis zu seiner sonst so fröhlichen, redseligen Art, die ich so an ihm mag. Daher klammere ich mich an die wenigen Lebenszeichen, die ich von ihm erhalte, und bin auf der anderen Seite irgendwie verunsichert über ihn. Und über uns.

Es gießt immer noch in Strömen, als ich am Ort des Geschehens ankomme. Beim Aussteigen aus dem Taxi muss ich höllisch aufpassen, nicht innerhalb von Sekunden meine sündhaft teuren Pumps zu ruinieren, die ich extra für diesen Abend hervorgekramt habe.

Ich stöckele über die Straße und hopse über den kleinen Bach, der sich am Bordstein gebildet hat, auf den rettenden Bürgersteig. Halb unter meinem Schirm hervor schaue ich an dem prunkvollen Gebäude hoch. Hier müsste Renatos Beschreibung nach die Geburtstagsparty steigen, die er zusammen mit einer Freundin in ihrer Wohnung gibt. Im zweiten Stock sind mehrere Räume hell erleuchtet. Die großen Fenster geben den Blick auf hohe Stuckdecken mit einem mächtigen Kronleuchter frei. Vereinzelt erhasche ich einen Blick auf elegante Personengrüppchen, die an den Fenstern vorbeiwandeln. Kurz: ohne Zweifel eine dieser Partys, von denen man sich als Zaungast immer wünscht, dabei zu sein.

Und ich *bin* dabei, stelle ich selbstzufrieden fest. Prima.

Nach mehrmaligem Klingeln ertönt endlich der Türsummer. Ich steige die geschwungene Treppe aus Marmor empor, drücke oben angekommen die nur angelehnte Tür auf, aus der Musik erklingt, und luge ins Wohnungsinnere. Lachen und Gläserklirren tönen mir entgegen. Niemand nimmt Notiz von mir, von Renato weit und breit keine Spur.

Ich betrete eine elegante quadratische Lobby mit tausend kleinen, in die Decke eingelassenen Lichtern und einem kleinen weißlackierten Jugendstilsofa auf der linken Seite der Halle. Ein philippinisches Hausmädchen in grauer Kutte mit weißer Schürze kommt wild gestikulierend herbeigeeilt und nimmt mir meinen Mantel ab, um ihn just an dem Haken aufzuhängen, neben dem ich sowieso gerade stand. Dabei redet sie ohne Unterlass auf mich ein. Ich stehe an der Wand an meinen nassen Mantel gedrückt und schaue ratlos zu der asiatischen Schönheit herunter, die mir in ihren Puschen ungefähr bis an die Brustwarzen reicht.

»Schusofplies«, gestikuliert sie weiter und lächelt mich scheu an.

»*Come?* Wie?« Was will sie bloß?

Sie deutet auf ihre Puschen. »Schusof.«

Ich schaue sie ratlos an.

»*Cosa?* Was?« Die Frau geht mir allmählich auf die Nerven.

»Sie bittet dich, deine Schuhe auszuziehen.« Renato lehnt, den Kopf in die linke Hand gestützt, im Türrahmen, der zum Partyraum führt, und nickt mir lässig zum Gruß zu.

»*Shoes off, please. Do you understand?*«, grinst er mich an. Er ist ganz in Weiß gekleidet, trotz der kühlen Temperaturen barfuß und trägt sein Hemd fast bis zum Bauchnabel aufgeknöpft.

Ach, das war Englisch.

»Ich soll die …« Entgeistert starre ich auf meine Füße und dann auf Renato. »Das kann nicht dein Ernst sein.«

»Annabella möchte es so«, entgegnet er gelassen. »Es ist ihre Wohnung.«

Ich überlege kurz, noch auf dem Absatz (und nicht erst auf der nackten Ferse) kehrtzumachen und wieder nach Hause zu gehen. Doch dafür bin ich zu neugierig auf Renatos Feier. Außerdem: Was soll ich am Samstagabend allein zu Hause vor mich hin leiden? Sogar mein bald siebzigjähriger Vermieter ist ausgegangen.

Daher schlüpfe ich ergeben aus den Schuhen und ziehe mein Geschenk für Renato aus der Tasche: ein Buch mit dem Titel »Was die Form deiner Fingernägel über deine Seele verrät«. Ich hielt es für passend.

Renato bedankt sich erfreut, legt das eingepackte Geschenk auf einem Tisch weiter hinten im Flur neben zahlreichen anderen noch ungeöffneten Präsenten ab und führt mich zu den anderen Gästen. Wir kommen in ein großes Wohnzimmer, in dem sich rund fünfzig nach dem letzten Schrei gekleidete Menschen tummeln. Alle auf Socken. Die Tatsache, ohne Schuhe dazustehen, degradiert die illustre Runde zur wohl lächerlichsten Partygesellschaft, die ich je gesehen habe. Vielleicht wäre es besser gewesen, unten auf der Straße stehen zu bleiben und sich *vorzustellen*, wie schick es hier oben zugehen mag.

Ein kleiner, leicht untersetzter dunkel gelockter Typ in Baggyhosen und Leinenhemd gesellt sich (auf Socken) mit einer Flasche und ein paar Gläsern in der Hand zu mir.

»Einen Drink?« Er schaut mich mit seinen dunklen, treuherzigen Augen fragend an.

Ich stimme begeistert zu. Die erste gute Idee heute Abend.

Der Baggytyp drückt mir zwei Gläser in die Hand und schenkt ein. Dann stellt er die Flasche auf einer Kommode ab und nimmt mir eines der Gläser wieder aus der Hand.

»Auf einen tollen Abend. Ich heiße übrigens Eduardo.«

»Ich bin Nina.« Das mit dem tollen Abend verkneife ich mir lieber erst mal. Ich nehme einen großen Schluck von dem Drink – und muss mich zügeln, ihn nicht angewidert in den Raum zu prusten. Stattdessen drehe ich mich, so schnell ich kann, zur Seite und spucke die süße Brühe zurück ins Glas.

»Bah, was ist das denn?«, frage ich.

»Alkoholfreier Prosecco. Schmeckt er dir denn nicht?« Baggy-Eduardo schaut mich gutmütig an.

Nicht schon wieder! Ich hätte es ahnen müssen. »Das Zeug ist widerlich. Warum bringst du mir denn so etwas?«

»Etwas anderes gibt es heute Abend nicht«, klärt Eduardo mich auf. »Dies hier ist eine alkoholfreie Party. Annabella möchte es so.«

Den Satz habe ich doch gerade schon mal gehört. Das kann ja heiter werden. Nicht nur, dass wir hier alle wie Witzfiguren ohne Schuhe herumstehen – wir können uns den Kummer darüber noch nicht einmal wegtrinken.

»Und warum nicht?«, entgegne ich ermattet.

»Annabella möchte keinen Alkohol in ihrer Wohnung.«

»Ach, und Schuhe auch nicht?«

»Nein, sie will nicht, dass die schlechten Energien von der Straße in ihre Wohnung getragen werden.«

»Wie wär's mit Putzen, wenn die Gäste wieder weg sind?«

»Darum geht es doch gar nicht«, lächelt mich Eduardo mitleidig an, »einen guten *spirit* in deiner Wohnung kannst du doch nicht einfach herbeiputzen. So etwas ist echte spirituelle Arbeit. Das kann Wochen, ja Monate dauern. Manche müssen sogar einen Guru dafür in ihre Wohnung bitten, der für positive Energien in den Räumen sorgt. Das können schon ein paar Sitzungen werden, bis alles im Fluss ist.«

Ach so, ich verstehe. Noch so einer von der Pranasorte.

Ich tue verständnisvoll, als gehöre das Buchen von Gurus für meine Wohnung zu meinen täglichen Übungen, und schaue mich heimlich suchend um.

Irre. Immer noch halte ich nämlich mein vollgespucktes Glas in der Hand, dessen ich mich gerne entledigen würde, und suche nach einem geeigneten unauffälligen Versteck.

»Wer bist du denn in deinen vorherigen Leben gewesen?«, höre ich die beiläufige Frage hinter mir, während ich gerade versuche, mein mit entschieden zu wenig Promille geladenes Glas auf der Fensterbank hinter einem weißen Vorhang loszuwerden.

Ich drehe mich zurück zu Eduardo, der mich konzentriert fixiert, offensichtlich, ohne von meiner Beschäftigung Notiz zu nehmen.

»Was meinst du?« Hoffentlich habe ich mich gerade verhört.

»Na ja, ich habe dich gefragt, ob du die Charaktere kennst, die du in deinen vorherigen Leben warst.«

Ich mustere ihn eindringlich und suche nach einem Zeichen, dass er mich gerade gehörig auf den Arm nimmt. Aber nichts zu entdecken.

»Warum sollte ich die kennen?«, frage ich vorsichtig.

»Das ist so immens wichtig«, schnauft mein Gegenüber voller Inbrunst, als hätte ich ihn gerade nach der Relevanz einer warmen Mahlzeit pro Tag befragt. »Die Kenntnis über deine vorherigen Leben gibt dir Aufschluss über dein Leben im Jetzt und lässt dich deine Ängste besser verstehen.«

Meine aktuellen Ängste drehen sich erstens darum, heute kein ordentliches Glas Rotwein mehr in die Hand zu bekommen, und zweitens um meine teuren Schuhe, die alleine und unbewacht etliche Meter von mir entfernt im Flur herumstehen. Ganz zu schweigen von meinen Ängsten in Liebesdingen. Ich beschließe, Eduardo meine Sorgen nicht mitzuteilen, sondern lieber über ihn zu sprechen.

»Aha, wer bist du denn früher so alles gewesen?«, gebe ich mich also interessiert.

»Ach«, er macht eine weitschweifende Handbewegung. »Ich bin schon so oft inkarniert worden, ich kann dir das alles gar nicht aufzählen«, informiert er mich mit gewichtiger Miene. »Aber am wichtigsten für meine Entwicklung war, dass ich um 1630 herum ein Indianerhäuptling im heutigen Amerika war. Mein Zwillingsbruder wurde in einer Schlacht von den Briten getötet. Daher meine ständige Rastlosigkeit: Ich suche und vermisse ihn bis heute.«

»Oh, das tut mir sehr leid«, sage ich bekümmert. Ein paar Augenblicke schweigen wir gemeinsam betroffen über den grausamen Tod seines Zwillingsbruders vor rund vierhundert Jahren.

»Was steht ihr denn hier so traurig herum?«, werden wir jäh aus unserer Meditation gerissen.

Eine bildschöne, hochgewachsene schlanke Frau mit roter Lockenpracht in wallenden Gewändern (und barfuß) baut sich neben uns auf und stemmt die Hände in ihre Wespentaille. Dann wendet sie sich mir zu. »Ich kenne dich nicht«, stellt sie pragmatisch fest. »Ich bin Annabella.« Sie streckt mir resolut die Hand entgegen.

»Ich heiße Nina.« Ich mustere die Frau, der ich unbeschuht ohne etwas Anständiges zu trinken in ihrer weißen, positiv aufgeladenen Wohnung ausgeliefert bin. Sie macht einen weitaus sympathischeren Eindruck, als ich in der letzten halben Stunde erwartet hätte. Ja, auf den ersten Eindruck mag ich sie sogar richtig.

»Schöne Wohnung, *complimenti*«, wechsele ich zum Smalltalk über.

»Danke, danke, ja, ich liebe sie auch.« Annabella schaut sich wehmütig um. »Leider bin ich viel zu selten hier. Immer unterwegs.«

»Wieso, wo bist du denn?«, will ich wissen.

»Auf Reisen. Ich bin Fotomodel. London, Paris, New York, Tokio – wo man halt gerade so gebucht ist, verstehst du?«, seufzt sie und schüttelt ein paar Locken zurück in den Nacken.

Ich gebe mich mitfühlend, als wäre dieses Jet-Set-Leben auch mein größtes Elend. Der letzte Flug vor meiner Abreise nach Mailand war der vor vielen Monaten nach Ibiza mit Earlyjet. Dabei wurde ich durch den Lautsprecher angebrüllt, ich säße nicht in den Reihen eins bis zehn und müsse daher noch warten, bis ich aufgerufen würde. Annabella hingegen sieht aus, als hätte man ihr einen Flug unter dem Niveau der Business Class noch niemals angetan.

»Tja, meine Lieben«, sie klatscht in die Hände, »dann amüsiert euch gut. Ich werde jetzt mal für die Musik sorgen. In der Küche ist ein Buffet aufgebaut, bedient euch.« Mit diesen Worten stürzt sie sich ins Getümmel ihrer Gäste und rauscht davon.

Ich folge Eduardo in die Küche, wo auf der Anrichte einige biologisch abbaubare Häppchen und Salate stehen. Während ich mir ein paar Snacks auf den Teller lade, bleibe ich mich dem Fuß an einer winzigen Fliesenkante hängen und spüre, ohne nachschauen zu müssen, dass meine gute Strumpfhose dabei draufgegangen ist. Die Laufmasche hat wie befürchtet bereits ihren Weg zum Knie gefunden.

»Ist was?«, will Eduardo wissen, der meine saure Miene erspäht hat.

»Nein, nein, alles okay«, beeile ich mich zu sagen.

Wir kehren mit unseren Tellern bewaffnet zurück in das große Zimmer, in dem das Licht inzwischen gedimmt, die Musik dafür lauter gedreht wurde.

Annabella bewegt sich in der Mitte des Raumes, als habe sie sich bereits in Trance getanzt. Nun sehe ich auch Renato wieder, der an einen Tisch gelehnt dasteht, seine Gastgeberin beobachtet und dabei an einem Joint zieht.

Ich traue meinen Augen kaum, aber tatsächlich: Renato raucht.

Eine Frau schleicht schwebend vorbei und streicht ihm wie selbstverständlich über die Hüfte. Er grinst sie an, hält ihr seinen Joint hin und wendet sich wieder der Tanzfläche zu, von wo aus ihn Annabella fixiert. Ich habe plötzlich das sichere Gefühl, dass Renato mit praktisch jeder Frau auf dieser Feier schon mal geschlafen hat. Und für alle, bei denen das nicht der Fall sein sollte, gilt: Was bis heute nicht ist, kann ja heute noch werden.

Nun erreicht mich auch der aufdringlich süße Haschgeruch, der durch den Raum wabert. Bei Eduardo ist inzwischen eine tütchenförmige Zigarette angekommen, an der er andächtig zieht, um dann Kringel in die Luft gen Himmel zu blasen.

Vermutlich Liebesgrüße an seinen Zwillingsbruder.

Damit habe ich für heute genug gesehen. Ich will nur noch nach Hause. Rasch stelle ich meinen Teller auf einem Tisch ab, gehe zur Garderobe, finde Mantel und Pumps und schlüpfe unbemerkt zur Wohnungstür hinaus.

Draußen hat es aufgehört zu regnen. Ich beschließe, die Tram zu nehmen und die paar Meter zur nächsten Haltestelle zu laufen. Die frische Luft tut mir gut. Von der anderen Straßenseite aus sehe ich, dass die Party, die ich soeben verlassen habe, in vollem Gange ist. Fast alle Partygäste scheinen zu tanzen, nur in der Fensternische ganz rechts drückt sich ein wild knutschendes Pärchen hinter der beschlagenen Fensterscheibe herum.

Ich ziehe mein Handy aus der Tasche und prüfe, ob mir ein Anruf entgangen ist, was nicht der Fall ist. Zu viele Familienfeiern – da hat man eben keine Zeit für andere Dinge. Auch nicht für mich, denke ich traurig.

Mit einem Mal komme ich mir wahnsinnig einsam in dieser grauen, unwirtlichen Großstadt vor. Diese Party hat mir weder als Zaun- noch als Partygast gutgetan.

22.

Am Tag darauf werde ich von Gelächter und Klirren aus der Küche geweckt. Ich blinzele zu meinem Wecker auf der Kommode hinüber und wundere mich: schon kurz nach zehn. Dabei ist es doch am Vorabend gar nicht so spät geworden.

Ich greife mir meinen Morgenmantel, statte dem Bad einen kurzen Besuch zwecks Katzenwäsche ab und wanke in die Küche. Dort sitzt mein senioriger, ewig junger Vermieter mit einer Dame am Küchentisch beim Frühstück, die eindeutig zu jung ist, um als meine Mutter gelten zu können. Beide offensichtlich frisch geduscht, mit noch feuchten Haaren und glänzenden Augen. Giorgio bemerkt mich als Erster. Seine Begleitung verstummt erschrocken, als sie mich in meinem Aufzug erblickt.

»*Buon giorno, cara*«, begrüßt er mich und schaut mich freundlich an.

Sollte ich erwartet haben, dass er uns Damen nun einander vorstellt, so hätte ich mich geirrt. Er frühstückt unbeeindruckt weiter.

»Guten Morgen, ihr beiden«, stammele ich daher bloß und weiß nun nicht so recht, wohin mit mir.

Die Dame am Tisch mustert mich neugierig. Offensichtlich hat sie ebenso wenig von meiner Existenz gewusst wie ich von ihrer, sodass wir nun beide erpicht auf Informationen sind. Aber Giorgio lässt uns genüsslich zappeln.

»*Caffè* jemand von euch?« Er hält die große *caffettiera* in die Luft und schaut uns fragend an.

»Hm, ja gerne.« Ein Espresso würde mir jetzt das Leben retten. »Darf ich mich zu euch setzen?«

»Certo.« Die Dame räumt geschäftig ein paar Dosen und Löffel von dem Platz, den sie mir zugedacht hat.

Ich setze mich neben sie. »Ich bin Nina, Giorgios Untermieterin«, stelle ich mich endlich selbst vor, während Giorgio eine winzige Tasse, gefüllt mit einer kleinen Pfütze dampfenden Gebräus, vor mir abstellt.

»Ah, Giorgio hat eine *Untermieterin*? Wie *nett*«, kommentiert die Signora.

»Ich bin Ilaria. Ich kann dir aber leider nicht so genau sagen, was ich für Giorgio bin«, fährt sie dann mit einer Portion Ironie in ihrem Tonfall dem sichtlich verdutzten Giorgio gegenüber fort. »Ich kann dir allerdings auch nicht genau sagen, was du für mich bist«, wendet sie sich dann an ihn. Sie nimmt einen genussvollen Bissen von dem *cornetto,* das vor ihr auf einem Teller gelegen hat, und fährt sichtlich belustigt fort: »Ich kann dir allerdings sagen, was du für mich sein *könntest.*« Sie macht eine kunstvolle Pause und schaut verschmitzt in unsere kleine Kaffeerunde: »Mein Vater!«

Ich muss so losprusten, dass mir der Espresso in die Nase steigt. Ilaria lacht ebenfalls. Ihr Gegacker ist ansteckend. Wir prusten und kichern und halten uns die Bäuche vor Lachen. Giorgios sichtbarer Ärger, aufgrund seines Alters Opfer eines Witzes geworden zu sein, macht die Sache nicht besser. Ich bekomme kaum mehr Luft und presse mir eine Serviette vors Gesicht, um dem verirrten Schluck Espresso in meiner Nase Herr zu werden.

»Seid ihr endlich fertig?«, fragt Giorgio schließlich mit leicht empörtem Unterton, als wir zum Luftholen etwas ruhiger werden und nur noch schwach vereinzelt nachkichern.

»Ja, bitte entschuldige, mein Lieber.« Ilaria legt ihm beschwichtigend eine Hand auf den Unterarm, »Wir sind fertig. Aber ich nicht mit dir«, fügt sie mit verschwörerischer Stimme hinzu und zwinkert ihm zu.

»Das ist gut so.« Giorgio hat nun wieder ein Schulbubengrinsen aufgesetzt und bekommt zu meinem riesengroßen Erstaunen rote Ohren, als er meinen prüfenden, von einem zum andern schielenden Blick auffängt.

Ich staune. Sollte es ernsthaft eine Frau geschafft haben, meinen umtriebigen Vermieter ...

»So!«, werde ich in meinen Gedanken unterbrochen. Ilaria trinkt schwungvoll ihre Tasse aus und setzt sie geräuschvoll auf dem Tisch ab. »Ich muss los.«

»Was? Jetzt schon?« Giorgio schaut verdattert auf die Küchenuhr über der Tür.

»*Yes*«, bestätigt Ilaria schlicht, greift nach ihrem Handy, das auf dem Tisch gelegen hat, schaut prüfend auf das Display und lässt es in die Tasche ihrer Strickjacke gleiten.

»Wo musst du denn an einem Sonntagmorgen bitte schön so dringend hin?« Giorgio scheint enttäuscht.

»Oh, *Giorgino mio,* das kann ich dir hier und jetzt leider nicht sagen.« Ihr humorvoller und dennoch deutlicher Ton duldet zweifelsohne keine Widerrede. Daher schauen wir ihr stumm zu, wie sie ihre Handtasche unter dem Tisch hervorangelt und aufsteht.

»Heute Nachmittag hätte ich wieder Zeit für dich. Kannst mich gerne anrufen. Aber bitte«, fügt sie beschwörend hinzu, »ruf mich auf dem *telefonino* an, auf dem Festnetz bin ich praktisch nie erreichbar. Okay?«

»Okay.« Giorgio schaut trauernd auf den Teller voller frischer Croissants und Teilchen, die jetzt unberührt stehen bleiben.

»*Bene. Allora,* wir sehen uns.« Ilaria beugt sich vor und

drückt Giorgio einen unerwartet zärtlichen Kuss auf den Mund, den er entgegennimmt wie ein Neugeborenes die mütterliche Brust. Doch da hat sich Ilaria auch schon wieder aufgerichtet, mir freundschaftlich die Schulter getätschelt und ist durch den Flur zur Tür hinaus.

Giorgio und ich bleiben alleine mit den *cornetti* zurück. Er guckt mich traurig an und zuckt hilflos mit den Schultern.

»Ich sage jetzt nichts dazu«, verkünde ich. »Machst du uns noch einen Kaffee?«

Langsam, ganz langsam näherte sich der Freitag mit dem besagten Kundenmeeting. Ich habe Paolo in den letzten Tagen kaum gesprochen, weil er sagte, er habe so viel zu tun und sei ständig auf Vertriebstour unterwegs. Zwar bin ich deshalb enttäuscht, konnte mich unterdessen aber sinnvoll ablenken. Zusammen mit Lidia habe ich die glorreiche Vertriebsstrategie für Napolone weiter ausgearbeitet und schriftlich festgehalten, denn Agenturchef Luigi hatte bisher nur die Grundzüge skizziert. Die Details verstünden sich praktisch von selbst, oder hätten wir etwa nicht die nötige Marketingkompetenz für dieses Projekt? Er gab uns noch zu verstehen, dass er darauf zählt, das wir einen tollen Job machen und er *wirklich* hofft, das Projekt nicht an Trixi Pezzuto aus Team B abgeben zu müssen.

Derart angespornt und positiv motiviert, haben Lidia und ich Tag und Nacht gearbeitet, um zwei Dinge zu vermeiden: erstens Trixi unser Projekt abtreten zu müssen und zweitens ab dann unweigerlich ohne Job dazustehen.

Spät am Abend vor dem Meeting klingelt mein Handy.

»*Ciao, bella,* ich bin's, Paolo. Ich wollte dir nur kurz Hallo sagen.«

»Hallo. Was für eine Ehre.« Mittlerweile gebe ich mich etwas zickig. Ich fühle mich, als ließe er mich am ausgestreckten Arm verhungern.

»Ich wollte dir nur sagen«, fährt Paolo ungerührt fort, »dass ich mich wahnsinnig freue, dich morgen wiederzusehen.«

»Aha.« Ich gebe mich weiterhin reserviert. »Das hast du mir in den letzten Tagen aber gut verheimlichen können.«

»Ja, und das tut mir sehr leid«, versucht Paolo sich zu entschuldigen. »Weißt du«, druckst er herum, »ich bin gerade in einer schwierigen Phase … Ich muss dir das mal in Ruhe erzählen, wenn wir uns sehen …«

»Hm«, zögere ich und sage dann doch: »Okay.«

»Hast du am Wochenende schon was vor?«

»Ja«, lüge ich.

»Das ist aber schade«, bedauert Paolo. »Ich habe mir für morgen Nachmittag extra noch ein paar Termine in Mailand organisiert, sodass wir uns danach treffen und vielleicht am Wochenende eine kleine Tour an die Seen im Norden machen könnten«, versucht er es weiter.

»Nun, das wird sich hier und da einrichten lassen.« Himmel, ich wünsche mir doch in Wirklichkeit nichts sehnlicher, als mit ihm zusammen zu sein.

»Das wäre schön«, antwortet Paolo. »Dann sprechen wir also morgen darüber, welche Lücken in deinem Terminkalender du mir reservieren könntest. Ich würde mich sehr freuen.«

Ich muss lachen. »Einverstanden«, sage ich. »Und … Paolo?«

»Ja?«

»Ich freue mich auch.«

23.

Am nächsten Tag bin ich schon früh in der Agentur. Lidia und ich haben verabredet, gemeinsam den Beamer aufzubauen, Handouts auszulegen und den gesamten Konferenzraum auf Perfektion zu überprüfen. Sich auf die Jungs vom IT-Support zu verlassen, wäre grob fahrlässig. IT-Kollegen haben immer das Privileg, ihre Prioritäten spontan neu sortieren zu können, um etwa drohende Server-Übel, Computercrashs oder sonstige Super-GAUs zu verhindern. Niemand wäre jemals in der Lage, ihnen nachzuweisen, dass sie im Serverraum nicht einfach nur Brot und Spiele konsumiert haben.

Somit rutschen Lidia und ich morgens um halb neun unter dem Konferenztisch herum und suchen Stecker, WLAN-Kabel, sonstige Zwischenadapter und USB-Verbindungen. Lauter Zeug, das sich die Computerbranche ausgedacht hat, um unbedarfte Frauen an ihre Grenzen zu bringen.

»Ziehst du mal hier?«, fordert Lidia mich auf. Sie klingt gestresst und außer Atem.

»Wo?«

»An dem schwarzen, langen Kabel.«

»Die sind alle schwarz.«

»Nein, die meisten sind dunkelgrau. Ich meine das schwärzeste. Guck mal bitte eben hoch.«

Ich krabbele unter dem Tisch hervor und unsere Blicke treffen sich auf Augenhöhe direkt über der Tischplatte.

»Hier, dieses Kabel mit diesem eckigen Stecker. Kannst

du es bitte greifen, wenn ich daran ziehe, und unten in die Buchse stecken?«

Ich hocke auf dem Boden und beobachte konzentriert wie eine Katze vor dem Mauseloch ein Knäuel von Kabeln, das sich auf einmal kollektiv zu bewegen beginnt. In der Tat, der Tanz geht von einem dicken schwarzen Kabel aus, das mit dem gesamten Haufen verknotet ist.

»Ich hab's. So, und welche Buchse?«, will ich wissen und rutsche auf den Knien herum, während ich verschiedene Steckdosendeckel am Boden absuche.

»Es ist ganz einfach, du musst nur … Aaaaah.«

Lidias Schmerzschrei lässt mich hochfahren. Ich knalle mit der Stirn von unten gegen die Tischplatte, genau an der Stelle, wo dummerweise ein kantiger Steg die Tischhälften zusammenhält. Taumelnd sinke ich zurück.

Lidia lässt sich neben mir auf dem Boden nieder. Aus ihrer rechten Hand tropft Blut, das sie versucht, mit einer Papierserviette aufzufangen.

»Was ist passiert?«, presse ich durch die vor Schmerz zusammengebissenen Zähne hervor.

»Ich habe in das Cuttermesser gegriffen.«

»Du hast was?«

»Ich habe in das Cuttermesser gegriffen. Es lag offen in meiner Laptoptasche.«

»Spinnst du, warum hast du das denn da reingetan?« Ich reibe mir die pochende Stirn, auf der bereits jetzt eine beachtliche Beule wächst.

»Ich habe für solche Meetings immer alles dabei, was man brauchen könnte. Klebestreifen, Stifte, Zettel, Cuttermesser …«

»Ersatzrock?«, frage ich und deute auf ihren hellen Rock, der mittlerweile einige Tropfen von der lädierten Hand abbekommen hat.

»Sch… nein!«, ruft sie entsetzt.

Ich schaue auf die Uhr. Erst kurz vor neun, uns bleibt noch gut eine Stunde.

»Komm: Kaffeepause, würde ich sagen.«

Wir robben unter dem Tisch hervor, versorgen Lidia mit weiteren Papierservietten und machen uns auf zur Bar an die Ecke, in der geschäftiges Treiben herrscht. Wie immer drückt sich hier jeder herum, der vor der Arbeit noch »auf einen Kaffee« ein paar Minuten Zeit schinden will.

Barista Francesca wuselt hinter der Theke hin und her.

»*Buon giorno,* Nina. Was hast du denn da am Kopf?« Sie beugt sich über den Tresen näher zu mir herüber und begutachtet meinen Schädel. »Das sieht ja schlimm aus. Hast du dich gestoßen?«

Ohne die Antwort abzuwarten, schüttelt sie ungläubig den Kopf und schiebt mir einen Becher mit Eiswürfeln über den Tresen, während sie mit der anderen Hand zwei Tassen unter die Kaffeemaschine stellt und auf den Startknopf drückt. Dann erblickt sie Lidia, die gerade eine ihrer Servietten auswechselt.

»*Mio dio*, habt ihr euch gestritten? Was hast du denn gemacht?«

»Hast du vielleicht ein Pflaster für mich?«, entgegnet Lidia.

Francesca seufzt laut und kramt aus einer Schublade ein Set mit betagtem Verbandszeug hervor. Die umstehenden Gäste am Tresen beobachten uns amüsiert.

Francesca reicht Lidia ein Pflaster, kommt um den Tresen herum und macht sich mit einem feuchten Lappen an ihrem Rock zu schaffen. In der Tat, die Flecken verblassen ein wenig. Ich stehe daneben, halte mir das Eis an den Kopf und gebe den beiden wertvolle Tipps, als mir plötzlich jemand auf den Rücken tippt. Ich fahre herum.

»Paolo«, jubele ich lauter als gewollt und mache ein paar Schritte auf ihn zu.

Fast unmerklich zuckt er zurück und reißt warnend die Augen auf. Erst jetzt fällt mein Blick auf Sergio Conti, der direkt neben ihm steht, und ich komme wieder zu Sinnen. Vor mir befindet sich schließlich mein Kunde. Von unserer Liaison sollte möglichst nicht gleich die ganze Agentur erfahren …

»*Buon giorno,* Paolo«, rappele ich mich auf zu sagen, »*buon giorno,* Signor Conti. Willkommen in Mailand.«

Conti junior reicht mir die Hand. »Guten Morgen, Signorina. Danke, wir sind, wie Sie sehen, etwas zu früh dran, daher wollten wir noch kurz einen Kaffee trinken. Was ist Ihnen beiden denn passiert? Sind Sie dieses Mal in Mailand überfallen worden?«

Er blickt neugierig von mir zu Lidia, die sich gerade höflich dankend und mit hochrotem Kopf der energischen Wischversuche von Francesca zu erwehren versucht und einen Schritt auf uns zumacht.

»Das ist meine Kollegin Lidia Massini, die Account Managerin für Napolone«, stelle ich Lidia vor. »Ja, wir hatten … ähm … in der Agentur eben einen kleinen Zusammenstoß.«

»Miteinander?«, fragt Conti ungläubig.

»Nein«, fährt Lidia hastig dazwischen, »mit der Konferenztechnik.«

»Ah, *ho capito.* Ich habe verstanden.« Paolo nickt, auch wenn er sichtlich gar nichts verstanden hat, und begutachtet mit zärtlichem Blick meine Beule am Kopf.

Ich merke, dass ich rot werde. Nur zu gerne würde ich ihn jetzt berühren oder ihm am besten gleich um den Hals fallen.

»Ja, und dort sollten wir jetzt auch dringend weitermachen, nicht wahr, Nina?«, holt mich Lidia aus meiner Trance und zieht mich am Ärmel.

»Äh, ja, richtig.« Ich greife nach meiner bisher unangerührten *tazzina,* die Francesca irgendwann vor uns abgestellt haben muss, und stürze den Espresso ungesüßt und in einem Ruck hinunter.

Lidia tut es mir nach, während ich bereits in meiner Hosentasche nach Kleingeld suche.

»Die Rechnung geht auf mich«, informiert mich Paolo.

Ihm in die Augen zu blicken, lässt mich ungefähr so taumeln wie der Kopfschlag unter dem Konferenztisch.

»*Grazie, a dopo.* Bis gleich«, verabschieden wir uns und stürzen aus der Bar.

Eine halbe Stunde später haben Lidia und ich Kabel, Stecker und Co. dort angebracht, wo sie hingehören, und betrachten zufrieden unser Werk. An jedem Platz liegen Block, Bleistift (in Agenturfarben) und ein fein säuberlich zusammengehefteter Ausdruck unserer Präsentation. Der Beamer läuft und wirft unser erstes Präsentations-Chart mit der Aufschrift *»Benvenuti«* (ebenfalls in Agenturfarben) an die dafür vorgesehene Leinwand.

Ich blättere schnell durch die Folien, um zu überprüfen, ob alles passt. Auf den hinteren Seiten stoße ich zu meinem Erstaunen auf Motive, die ich noch nie gesehen habe.

»Wo kommen diese Bilder her?«, frage ich Lidia, die gerade mit einer Thermoskanne Kaffee in der Hand zur Tür hereinkommt.

Sie blickt auf die Wand und verzieht verärgert das Gesicht. »Ach ja, die hat Maria gestern Abend noch reingereicht, sie wurden von einer externen Agentur zusammengebaut. *Zum krähenden Hahn* oder irgend so was«, gibt sie zurück. »Ich bin immer noch stinksauer darüber.

Ich musste alle Handouts neu ausdrucken und ringeln und war deshalb bis kurz vor elf im Büro. Eine echte Frechheit«, schiebt sie wütend nach und setzt die Kanne energisch auf dem Tisch ab.

Bevor ich antworten kann, betritt Luigi Monetti das Zimmer. Mit standesgemäß langsamem Gang gockelt er um den Tisch herum und schaut sich dabei prüfend um.

Wie schön, auch der noch. Ein Chefbesuch am Morgen vertreibt Kummer und Sorgen.

»Guten Morgen. Sind *sie* schon da?«, fragt er knapp und setzt selbstverständlich voraus, dass wir wissen, wen er wohl meint.

»In der Agentur noch nicht, aber wir haben sie eben schon in der Bar getroffen«, informiert ihn Lidia.

»In der Bar wart ihr?« Luigi hebt eine Augenbraue. »Ach, wie nett. Na, dann wollen wir doch mal hoffen, dass hier alles gut vorbereitet ist«, fügt er wichtig hinzu und dreht sich zur Tür.

Plötzlich hält er inne, betrachtet mit konzentrierter Miene den Tisch und richtet mit spitzen Fingern einen neben einem Block platzierten Bleistift exakt parallel zur Tischkante aus. Dann stolziert er gebieterisch aus dem Raum.

»Ich hätte das Cuttermesser an den Bleistift binden sollen«, stöhne ich.

»Ärgere dich nicht«, beschwichtigt mich Lidia, »ist doch schön, wenn er sich auch um die Details kümmert.«

»Um die Details kümmert? Der Kerl kümmert sich um gar nichts, dafür weiß er genau, wie er uns portionsweise unsere Unzulänglichkeiten aufzeigen kann. Soll er doch Trixi den Tisch decken lassen.«

Auf dem Sideboard neben uns klingelt das Telefon.

Es ist Lisa vom Empfang. »Eure Gäste sind da. Luigi holt sie gleich persönlich im Foyer ab.«

Ich danke ihr und lege auf. Lidia und ich schauen uns erwartungsvoll an.

»Jetzt kommt er also«, meint sie trocken, »da bin ich ja mal gespannt.«

»Hm, jetzt kommt er«, sage ich.

24.

Unser Strategiemeeting nimmt einen entspannten Verlauf. Luigi ist in Bestform und stellt unsere Präsentation vor, als hätte er sie selbst geschrieben. Auch Stefano lässt erahnen, welche seiner Fähigkeiten es wohl waren, die ihn damals zur Führungskraft gemacht haben, bevor er sich für immer erschöpft zurückgelehnt und seine rahmengenähten Schuhe auf dem Schreibtisch abgelegt hat.

Unsere Kunden zeigen sich offensichtlich angetan von unserer Arbeit. Nach den Strategien, die wir in Neapel vorgestellt haben, lassen wir nun ausgefeilte, auf verschiedene Werbewege zugeschnittene Ideen folgen. Und die kommen sichtlich gut an.

»Hier, meine Herren, zeigen wir Ihnen den Dummy eines Stoppers, der in den Supermärkten an die Regalbretter gehängt wird. Auch hier steht wieder die Kommunikation süditalienischer Leichtigkeit und Lebensart im Fokus. Der Kaffeekäufer wird so am *Point of Purchase,* also dort, wo er einkaufen geht, an unsere klassische Werbung erinnert, die er parallel im TV zu sehen bekommt.« Luigi lässt es sich nicht nehmen, jedes Detail unseres Kampagnenvorschlages zu präsentieren, den eine arme Praktikantin aus der Grafik in der letzten Nacht ausgedruckt, zurechtgeschnitten und zusammengebastelt hat.

Als Alternative zu dem dezenten Regalstopper schiebt Luigi gleich noch den Entwurf eines teppichgroßen Bodenaufklebers hinterher, der mit der Aufschrift »Stopp, Kaffeepause!« zu dem Regal lenkt, in dem die heilige Ware steht.

»Hm«, Paolo wiegt zurückhaltend den Kopf. »Nur muss man die Supermärkte erst mal dazu bringen, diese Werbemittel auch einzusetzen. Aus Nächstenliebe passiert so was heutzutage schließlich nicht mehr. Der Kampf um die Supermarktregale ist der härteste überhaupt …«

»Womit Sie mich auf den Bereich Vertrieb bringen, lieber Herr Rossi. Auch dazu haben wir uns erlaubt, einige Ideen zu entwickeln«, fällt Luigi ihm ins Wort. »Schließlich wären wir keine Agentur für integratives Marketing, wenn wir unsere Kunden nur mit ein paar Posters und einem gutgemeinten Spot in die Manege schicken würden.«

Er wendet sich Lidia zu, die zweite Präsentation auf dem Projektor anzuklicken, und startet mit dem Slide »Perfektes Marketing im Vertrieb«.

Sergio Conti beugt sich vor und stützt interessiert die Unterarme auf die Tischplatte, Paolo guckt offensichtlich überrumpelt vom einen zum anderen.

Ich muss zugeben: Luigi macht seine Sache extrem gut. Aus seinem Mund hört sich die Kampagne geradezu mitreißend und unverzichtbar an. Auch Paolo und Sergio, die ein ums andere Mal mit kritischen Fragen einfallen, akzeptieren letztendlich jeden Vorschlag als sinnvoll.

»Mir gefallen Ihre Vorschläge sehr gut«, lässt Conti uns gar nicht erst lange zappeln, nachdem Luigi seine Präsentation mit dem Slide *»Grazie«* (in Agenturfarben) beendet hat. »Es sind viele Ideen dabei, die es mir wirklich antun, jedoch sollten wir all diese Dinge zusammen mit unserem Großhändler Pienzo diskutieren, der den Vertrieb über Kampaniens Grenzen hinaus für uns steuert. Was meinst du dazu, Paolo?«

»Nun ja …«, Paolo zögert etwas, »auch ich finde, dass viele gute Vorschläge dabei sind. Da kommt viel Arbeit auf uns zu, Pienzo davon zu überzeugen, dass er seine Vorgehensweise überarbeitet, und ihm ins Handwerk reinzureden. Schließlich wollen wir bei ihm *gelistet* bleiben«, fügt er hinzu. »Den internationalen Vertrieb schaffe ich mit meinem Team nicht ohne einen starken Partner.«

»Keine Sorge, mein Freund«, Sergio lacht und tätschelt Paolo die Schulter, »niemand erwartet von dir, dass du innerhalb kürzester Zeit unseren gesamten Vertrieb auf den Kopf stellst. Nun bring erst mal in Ruhe dein wichtigstes Projekt über die Bühne, dann kannst du dich ja wieder Napolone zuwenden«, zieht er ihn augenzwinkernd auf.

Welches wichtigste Projekt?

Alle Augen ruhen neugierig auf Sergio. Auch Paolo blickt auf und schaut Sergio mit einem undefinierbaren Gesichtsausdruck an.

»Mein bester Freund und Kollege Paolo, wenn ich mir diesen privaten Exkurs erlauben darf«, beeilt sich Conti fortzuführen, die Hand immer noch auf Paolos Schulter, »kann sich in der nächsten Zeit nicht allzu intensiv um eine neue Vertriebsstruktur kümmern, da er etwas anderes vorzubereiten hat, nicht wahr, Paolo?« Conti lächelt wieder geheimnisvoll.

Erwartungsvolles Schweigen. Paolo presst die Lippen aufeinander.

»Unser Herr Rossi wird nämlich in wenigen Monaten … *heiraten.*«

In mir tut sich eine ohrenbetäubende Stille auf. Mir ist, als hätte ich einen donnernden Schlag auf den Kopf bekommen. Alles in meinem Hirn rauscht. So laut, dass ich nichts mehr hören kann und alles um mich herum ganz ruhig wird. Wie durch eine Wand nehme ich den fröhlichen Beifall Luigis und Stefanos wahr, Lidias verhaltenes Glückwunsch-Zwinkern und Maria, die keine Miene verzieht. Mein Herz schlägt so heftig, dass ich glaube, jeder im

Raum müsste es hören. Ich versuche ruhig zu atmen, um nicht ohnmächtig vom Stuhl zu kippen, und spüre Paolos brennenden Blick auf mir, der mich zwischen dem Händeschütteln und den *»Auguri«*-Rufen meiner Kollegen immer wieder anstarrt.

Irgendwann wird es wieder ruhiger und Luigi versucht mit einem rhetorischen Bogen von den privaten zu den beruflichen Projekten den Vertriebsfaden wieder aufzunehmen.

Ich erhebe mich stumm und verlasse den Raum.

Irgendwie schaffe ich es bis zum WC, wo ich die Tür hinter mir zuziehe und mich dann an der Wand neben den Heizkörper sinken lasse. Ich spüre gar nichts mehr. Ich weiß nicht mal, was ich denken soll. Merke nur, dass mir die warme Heizung an meinem zitternden Körper guttut. Ich lehne den Kopf gegen den Drehknauf der Heizung und warte, dass ein paar Tränen kommen. Aber nichts passiert.

Ich weiß nicht, wie lange ich so dagesessen habe. Irgendwann klopft es. Es ist Lidia, die die Chance einer Zigarettenpause genutzt hat, um mich zu suchen.

»Nina, es gibt keine Worte für das, was hier gerade passiert«, sie schüttelt mich an der Schulter, »aber du *musst* zurück ins Meeting kommen. Du musst jetzt durchhalten und dich wieder blicken lassen. *Noch* könnten alle denken, du hast etwas länger auf der Toilette gebraucht, noch ist keinem etwas aufgefallen … außer dem glücklich Verlobten vielleicht«, fügt sie verächtlich schnaubend hinzu.

Sie packt mich und zieht mich aus dem WC hinaus. Eine Kollegin kommt in den Waschraum und mustert uns neugierig, während Lidia mich an der Hand hinter sich herschleift.

Irgendwie überstehe ich tatsächlich schweigend und schwer atmend die letzte Stunde unseres Meetings. Die Fingernägel bohre ich die ganze Zeit über in die Handflächen, aber es tut nicht weh. Ich spüre gar nichts.

Als sich die Gruppe endlich anschickt, vom Tisch aufzustehen, um mit den üblichen Vereinbarungen über die nächsten Termine bis hin zum Smalltalk über das Wetter in Mailand und Neapel das Treffen zu beenden, schleiche ich grußlos aus dem Raum in mein Büro. Zum Glück ist Simona bereits frühzeitig in die Pause gegangen, anstatt mich mit neugierigen Blicken zu bedrängen. Ich fahre meinen Rechner runter, packe Tasche und Mantel und verlasse die Agentur.

Draußen herrscht ein leichter Nieselregen, der mir mein erhitztes Gesicht kühlt und mir guttut. Ich muss ein paar Minuten warten, bis ein freies Taxi vorbeifährt, dessen Fahrer mich wahrnimmt und Lust hat, mich mitzunehmen. Dann geht es in Mailands Freitagnachmittagsstau wie in Zeitlupe nach Hause.

Vor meinem Palazzo angekommen, drücke ich dem Taxifahrer mit einem matten »Stimmt so« drei Scheine in die Hand und werfe die Autotür hinter mir ins Schloss. Während ich vor der Eingangstür stehe und nach meinem Hausschlüssel krame, hält ein weiteres Taxi vor dem Gebäude.

Paolo steigt aus.

»Nina, bitte warte!«, ruft er.

Mit zitternden Fingern fummele ich endlich die Schlüssel hervor und schließe die Tür auf. Bevor ich in der Lobby bin, steht Paolo bereits hinter mir. Ich versuche schwach, die Haustür vor ihm zuzudrücken, doch er ist bereits hereingeschlüpft.

»Nina, bitte.« Er greift mich am Arm.

»Fass mich nicht an«, stöhne ich und schüttele ihn ab.

Cheng, der Pförtner, kommt hinter seinem Hausmeisterverschlag hervor und mustert uns misstrauisch.

»Nina, ich …«

»Lass mich«, rufe ich nun lauter als beabsichtigt.

»*Signolina,* alles okay bei Ihnen?« Cheng tritt näher und greift ängstlich nach einem Besen, der an der Wand lehnte.

»*Ti prego,* ich bitte dich, lass mich dir erklären …«

»Erklären?«, brülle ich nun und laufe auf die Treppe zu, »da gibt es doch nun wirklich nichts mehr zu erklären!«

»Doch, glaube mir. Ich …«

»Sag nichts mehr, bitte«, wehre ich verzweifelt ab und nehme gleich zwei Stufen auf einmal, »sag nie wieder etwas zu mir. Ich will nie wieder von dir hören.« Meine Stimme überschlägt sich und ist zu einem hysterischen Kreischen angeschwollen.

Paolo springt die Treppenstufen hoch, Cheng mit dem Besen wild fuchtelnd hinterher.

»Signole, plego, plego!«, ruft er Paolo mit seinem asiatischen Akzent nach, doch der läuft einfach weiter.

Ich habe die Wohnungstür erreicht und hantiere bebend mit dem Schlüsselbund herum.

»Nina, lass uns reden.«

»Nein, geh! Lass dich nie wieder blicken!« Ich brülle, ich schreie.

»Nina, bitte schick mich so nicht weg, gib mir …«

»Signole, plego!«

»Verschwindeee!«

»Nina!«

»Signole.«

»Neeeiiiin! Geeeh!«

»Bitte …«

In diesem Moment wird die Wohnungstür von innen geöffnet. Zwei Arme packen mich und ziehen mich herein. Ich höre Giorgios Stimme. Ein schlichtes: »Bitte verlassen Sie sofort dieses Haus. Gehen Sie.« Dann die Wohnungstür, die hinter mir geschlossen wird, und Giorgios Brust, an die ich gezogen werde. Er riecht nach Kaloderma, so wie mein Opa früher immer gerochen hat.

Endlich kann ich weinen.

25.

Am Wochenende werde ich krank. Mein Handy habe ich abgeschaltet und mich verkrochen. Ich liege im Bett und quäle mich zwischen unruhigen Schlafphasen und den unerträglichen Stunden, in denen ich einfach nur daliege und schluchze. Giorgio schleicht hin und wieder auf Zehenspitzen in mein Zimmer, um mir abwechselnd Kekse, Obst oder Rotwein ans Bett zu stellen, doch nichts davon rühre ich an.

Am Sonntag kommt überraschend Lidia vorbei. Giorgio führt sie in die Küche und weckt mich. Ich bin ihm sehr dankbar, dass er sie nicht direkt zu mir ins Zimmer geschickt hat, wo ich verheult und unter einem Berg von zerknüllten Papiertaschentüchern begraben mein trauriges Dasein friste. Ich ziehe mir schnell ein paar Klamotten über, mache mich halbwegs lebendig zurecht und koche Lidia und mir eine Kanne Tee. Ich freue mich, dass sie hergekommen ist. Immerhin sind wir eigentlich nur Kolleginnen und kennen uns noch nicht so lange.

Lidia kauert am Küchentisch und fummelt an ihren Fingernägeln herum.

»Mir hat das so wahnsinnig leid getan, was da passiert ist, Nina«, fängt sie an, »Glaub mir, als Signor Conti sagte, Paolo Rossi werde bald heiraten, dachte ich, ich falle um vor Schreck. Ich wusste überhaupt nicht, wo ich hingucken soll.«

»Frag mich mal«, nuschele ich zurück.

Ich schütte den Tee in zwei Tassen und setze mich zu ihr

an den Tisch. Ich kämpfe gegen den Kloß im Hals an, der mir schon wieder hochkommen will, und trinke schnell einen Schluck Tee. Das spült die Tränen runter.

»Ich weiß gar nicht«, stottere ich dann, »was ich denken soll. Mein Kopf ist wie leergefegt. Ich kann es einfach nicht glauben. Warum hat er das gemacht?«

»Was gemacht?«

»Das … alles, das mit mir. Wenn er doch heiratet? Was sollte das mit mir?«

»Ein kleines Abenteuer, bevor es ernst wird? Männer neigen manchmal zu einer solchen Torschlusspanik.«

»Aber mit jemandem, mit dem man beruflich zu tun hat? Warum ein solches Risiko eingehen?«, setze ich an. »Immerhin gefährdet er damit ein wichtiges Projekt der Contis, die Sache kann jederzeit rauskommen …«

Lidia rührt etwas Zitrone und Zucker in ihre Tasse. »Eigentlich ist das Risiko für ihn nicht sehr groß«, resümiert sie dann. »Du bist in Mailand, das ist weit weg. Ihr habt euch in Rom getroffen, das ist auch weit weg. Seine Verlobte hätte nie davon erfahren. Bisher hat sie es ja auch nicht erfahren, denke ich. Und die Contis auch nicht.« Sie nippt nachdenklich an ihrem Tee. »Es sei denn, du setzt jetzt zur Rache an und haust ihn in die Pfanne.«

»Wofür? Davon hätte doch keiner was.« Ich muss wieder schlucken und ringe um meine kippende Stimme. »Lidia, ich kannte Paolo nicht sehr gut, wahrscheinlich kannte ich ihn überhaupt nicht. Aber dieser Mann hat mich wie ein Blitzschlag getroffen, weißt du? Es hat sich alles so … so *richtig* mit ihm angefühlt. Vielleicht hätte ich etwas ahnen müssen, nachdem er mich nach unserem Treffen in Rom so selten angerufen hat. Habe ich aber nicht.« Weiter komme ich nicht. Ich stehe auf, reiße ein Küchentuch von der Rolle am Waschbecken und putze mir geräuschvoll die Nase.

»Zugegeben«, sagt Lidia, als ich mich wieder zu ihr an den Tisch setze, »er ist ein toller Mann. Das ist mir auch gleich aufgefallen.«

»Tja«, ich gucke in meine dampfende Tasse, »das nützt mir jetzt aber nichts. Ich muss ihn wohl vergessen. Abhaken. Ende.« Hastig putze ich mir wieder die Nase.

»Das fürchte ich auch. Es sieht ganz danach aus.« Lidia nimmt meine Hände in ihre. »Nina, ich kann dir gar nicht sagen, wie leid mir das tut. Ich hatte mich so gefreut für dich. Gerade weil du neu in Italien und so aufgeblüht bist in den letzten Wochen. Und, weil ich«, sie zögert einen Moment, »weil ich mich so gerne mit dir zusammen über etwas Neues freuen wollte …«

Ich schaue sie fragend an. Etwas Neues?

»Worüber wolltest du dich denn mit mir freuen?«

»Na ja, dass es bei dir gut läuft und bei mir gut läuft.« Sie druckst herum. »Du, vielleicht ist es gerade etwas unpassend, dass ich es dir sage, aber ich bin wieder schwanger.«

Ich rutsche einen Stuhl weiter, sodass wir nun über Eck am Tisch sitzen, und nehme sie in die Arme.

»Doch, Lidia, es ist sogar sehr passend, dass du mir das sagst. Ich freue mich riesig mit dir.« Ich drücke sie an mich. Ja, sogar in meinem Kummer kann ich sagen: Ich freue mich wirklich sehr für sie.

Lidia schnieft. »Hoffentlich geht alles gut«, seufzt sie und drückt meine Schultern.

»Dieses Mal bestimmt, Lidia. Dein Körper weiß jetzt, wie's geht. Dieses Baby lässt er nicht mehr los.« Ich zwinkere ihr aufmunternd zu. Auch wenn ich eigentlich keine Ahnung habe, wovon ich da gerade rede. Aber es klingt gut.

»Ich wünschte, du hättest recht«, schnieft sie weiter.

»Bestimmt!«, versichere ich, »und darüber können wir uns jetzt zusammen freuen.«

Zwei Tage später raffe ich mich wieder auf, in die Agentur zu gehen. Entgegen meiner Laune ist das Wetter wunderbar: strahlend blauer Frühlingshimmel und Sonnenschein vom Allerfeinsten. Würde man jetzt auf das Dach des Mailänder Doms steigen, könnte man bestimmt spielend bis zu den Alpen schauen. Dieses Wetter ist blanker Hohn in Anbetracht meiner zerschmetterten Gemütslage.

Zu allem Übel sind Stefano und Simona sogar bereits körperlich anwesend – ihre Arbeit haben sie hingegen noch nicht aufgenommen, als ich gegen halb zehn ins Büro komme. Beide sitzen vor den noch ausgeschalteten Rechnern an ihren Schreibtischen und diskutieren über die dunklen Monitore hinweg irgendwelche Urlaubsanträge.

Als ich eintrete, verstummen sie und starren mich an.

»Guten Morgen.«

»Guten Morgen«, brumme ich zurück.

Stille. Schweigend beobachten sie mich dabei, wie ich meine Tasche auf dem Tisch ablege, meinen Mantel aufhänge und meinen Rechner anschalte.

»Ist was?«, frage ich genervt.

»Wie geht es dir heute, liebe Nina?«, erkundigt sich Simona übertrieben höflich.

»Gut, wieso?«, gebe ich knapp zurück und schaue mit zusammengekniffenen Augen interessiert auf die sich drehenden Icons auf meinem Monitor, als könnte ich bereits die Börsenkurse von heute Abend ablesen.

Hat Stefano ihr irgendetwas erzählt? War mein Verhalten letzten Donnerstag doch so offensichtlich? Im schlimmsten Fall könnte er sogar einen Zusammenhang zwischen Contis Hochzeitsbemerkung und meinem Verschwinden erahnen. Manchmal sieht es so aus, als könnte sich mein Planner-Chef vielleicht doch noch zu einem echten Analysten aufschwingen. Nicht auszudenken!

Stefano räuspert sich. »Sag mal, Nina. Was war denn da am Donnerstag los?«

Shit! Und die Fragerei auch noch vor Simona.

»Wieso?«

»Na ja, du bist so plötzlich abgehauen …« Stefano legt den Kopf schief und kneift die Augen zusammen. »Und vor allem: Kaum warst du weg, ist Paolo Rossi aus dem Raum gerannt. Ungefähr so, als wäre er auf der Flucht. Oder auf einer *Verfolgung*«, fügt er zynisch hinzu.

Simona kann ihre Neugier kaum verbergen.

Mist, Mist, Mist! Paolo ist mir ja nachgefahren. Dass sein Verschwinden noch eher aufgefallen sein könnte als meins, ist mir noch gar nicht eingefallen. Nun müssen die Meetingteilnehmer tatsächlich nur noch eins und eins zusammenzählen, um zu wissen, was läuft. Der Versuch, mich hier rauszureden, käme wohl eher hilflos daher. Also schweige ich. Und zucke mit den Schultern.

»Ich bin nach Hause gefahren, das Meeting war ja vorbei«, antworte ich so selbstverständlich wie möglich.

»Ah, das Meeting war vorbei. *Ach so!*«, zieht Stefano mich auf und trommelt mit den Fingern auf den Tisch.

Simona mustert mich eindringlich. Ist das etwa Mitleid in ihrem Blick? Haben die hier wirklich alle kapiert, was läuft? Ich klicke mein E-Mail-Programm an und fixiere angespannt die eingegangenen Mails, ohne sie zu lesen.

»Nina«, beginnt Stefano wieder, »kann ich dir helfen?«

Ich begegne seinem Blick und schaue in sein aufrichtig besorgtes, freundliches Gesicht. Wieder spüre ich einen Kloß im Hals und würde mich jetzt am liebsten in seine Arme werfen und trösten lassen.

Stattdessen schüttele ich nur den Kopf und lache auf. Es klingt drei Nuancen bitterer als beabsichtigt.

»Nein«, sage ich, »vielen Dank.«

Die nächsten Tage verbringen wir alle drei außergewöhnlich schweigend, jeder angespannt in seine Arbeit vertieft. Irgendwie kommen wir so durch die Woche.

Als ich am Freitagabend erschöpft von der Arbeit nach Hause komme, steht – angelehnt an den Salzstreuer – ein dicker Brief für mich auf dem Küchentisch.

Auf dem Umschlag ist kein Absender. Doch auch wenn ich seine Handschrift noch nie gesehen habe, weiß ich sofort, von wem das Schreiben ist.

Post von Paolo.

Mir läuft es eiskalt den Rücken herunter.

Ich widerstehe dem Drang, den Brief trotzig in tausend Stücke zu reißen und ihn ungelesen in den Mülleimer zu werfen, wie sie es in den Hollywood-Filmen immer tun.

Stattdessen öffne ich den Umschlag mit dem Käsemesser und zitternden Fingern und ziehe einen in der Mitte gefalteten Bogen Papier hervor.

»Liebe Nina«, lese ich atemlos, »es gibt keine Worte, die ausreichen, um auszudrücken, wie leid mir das tut, was letzte Woche passiert ist. Es gibt aber auch keine Worte, die ausreichen, um zu beschreiben, wie glücklich ich in den Tagen davor in Rom mit Dir war. Glücklich darüber, dass wir uns getroffen haben.

Aber ich war auch voller Angst. Immerhin war meine Situation, nachdem wir uns kennengelernt haben … sagen wir: nicht einfach.

Ich möchte Dir hier und jetzt in diesem Brief nur eines sagen: Ich habe mich von Cristina getrennt. Ich werde sie nicht heiraten.

Stattdessen möchte ich Dir gerne meine Situation erklären. Ich möchte Dir mein Leben vorstellen. Ich möchte Dir gerne alles über Paolo erzählen.

Bitte gib mir noch eine Chance. Bitte komm zu mir.
P.«

Zwischen dem gefalteten Briefbogen steckt ein Flugticket nach Neapel.

»Du willst da ernsthaft hinfliegen?« Giorgio legt die Stirn in tiefe Falten und schlägt mit der zusammengerollten Sonntagszeitung auf die Tischkante.

»Ich denke schon …« Ich rühre in meinen Haferflocken, quetsche wie gewohnt eine halbe Banane hinein und gieße noch etwas Milch hinzu, wobei Giorgio mich wie immer angewidert beobachtet.

»Lass sie doch«, ruft Ilaria vom Herd, die heute den Kaffee für uns kocht. Es ist übrigens das erste Mal, seit ich bei Giorgio wohne, dass ich eine Frau zweimal hintereinander zum Frühstück bei uns antreffe.

»Lass Nina sich doch ein paar schöne Tage mit diesem Mann machen«, insistiert Ilaria und balanciert vorsichtig die noch gurgelnde *caffettiera* an den Tisch. »Was ist daran auszusetzen?«

»Ilaria!« Giorgio rollt mit den Augen. »Der Kerl hat nur mit ihr *gespielt* und jetzt möchte er gerne weiterspielen. Das ist alles.« Er haut erneut mit der Zeitung auf den Tisch. »Nina, bitte fahr nicht zu diesem Playboy. Ich kenne diese Kerle …«

»Diese Kerle kennst du so gut wie dich selbst, oder?« Ich muss grinsen.

»Genau …« Er stockt, denkt kurz nach und kneift dann wie ertappt die Augen zusammen. »Nichtsdestotrotz«, fährt er fort, »lass dich von jemandem warnen, der sich auskennt. Bleib schön hier bei mir und lass Neapel dort, wo es ist. Außerdem ist die Stadt gefährlich«, fügt er trotzig hinzu, als müsste er noch weitere Argumente hervorkramen, um mich von diesem Trip ins sichere Unglück abzuhalten.

»Aber er hat ihr doch sogar ein Ticket mitgeschickt. First Class!«, versucht Ilaria es erneut.

»Na und?« Giorgio wird langsam ungehalten. »Was hat das denn schon zu sagen?« Dann fügt er beschwichtigt hinzu: »So einer *bella ragazza* würde ich jede Woche ein Ticket schicken. Herrlich! Jede Woche bringt mir der Himmel buchstäblich eine hübsche blonde Deutsche direkt …«

»Es reicht, danke.« Ilaria funkelt ihn erzürnt an. »Ich bedaure, dass es für dich stattdessen jede Woche nur eine brünette Mittvierzigerin zum Frühstück gibt.«

»*Amorino,* so war das doch gar nicht gemeint«, kuscht Giorgio prompt, »ich wollte doch nur sagen …« Er druckst herum und sucht nach Worten. »Das war rein *theoretisch*!«

»Rein theoretisch«, ergreife ich schüchtern das Wort, »möchte er mich vielleicht aber *wirklich* gerne sehen. Paolo, meine ich jetzt.« Ich zucke mit den Schultern. »Vielleicht liegt ihm ja doch etwas an mir«, bemerke ich hilflos. Schließlich hoffe und denke ich seit vorgestern nichts anderes mehr.

Ilaria legt mir eine Hand auf den Arm. »Das denke ich eben auch, *tesoro.* Vielleicht liegt ihm *wirklich* etwas an dir.« Sie wirft Giorgio einen widerspenstigen Blick zu und nippt energisch an ihrem Espresso. »Jedenfalls«, fährt sie fort und setzt klirrend ihre Tasse ab, »schadet es überhaupt nicht, wenn Nina hinfliegt. Würde sie es nicht tun, wird sie sich lange Zeit die berühmte Was-wäre-gewesen-wenn-Frage stellen. Falls es doch ein Reinfall wird: Mehr Kummer als jetzt wird sie dann auch nicht mehr haben«, schließt sie ihre pragmatischen Überlegungen.

»Vielleicht hast du recht.« Er schaut uns verschmitzt

über den Tisch hinweg an. »Was ist schon gegen ein süditalienisches Schäferstündchen einzuwenden? Ich wäre der Letzte, der sich gegen so etwas wehren würde.«

Mit zittrigen Händen hocke ich am nächsten Tag im Büro an meinem Schreibtisch und lösche zum wohl zehnten Mal einen E-Mail-Entwurf an Paolo.

»Lieber Paolo, ich freue mich ...«

Nein.

»Guten Tag, Paolo, Danke, dass Du mir ...«

Auch nicht.

»Ich bin nicht sicher, aber vielleicht können wir ja mindestens ...«

Puh!

Schließlich schreibe ich: »Nächstes Wochenende also in Neapel?«, und drücke auf »Senden«.

Ich atme tief durch, lege den Kopf in die Hände und lasse ihn auf die Schreibtischplatte sinken.

War das jetzt gut?

...

Zwei Minuten später ertönt das vertraute Pling meines Rechners.

Eine eingehende Nachricht.

»Meine Liebe,

was für eine Nachricht zum Start in den Tag. Ich buche Dir sofort ein Hotel und reserviere uns für Freitagabend einen Tisch im Blooms.

Freue mich sehr aufs Wochenende!

P.«

26.

Beim Einchecken auf dem Mailänder Flughafen frage ich mich, wie ich es geschafft habe, die Woche zu überstehen. Irgendwie habe ich die Tage mehr schlecht als recht rumbekommen. Giorgios beschwörende Reden Abend für Abend, bloß gut auf mich aufzupassen, seine Informationen über italienische Gigolos im Allgemeinen und seine Meinung über Neapolitaner im Speziellen haben ihre Wirkung nicht verfehlt: Ich bin heillos durcheinander.

Während ich an den Sicherheitskontrollen meine Cremetuben und Schminkutensilien in einen kleinen Gefrierbeutel umpacke und versuche, meinen Gürtel aus den viel zu engen Hosenschlaufen zu zerren, gehe ich im Geiste noch mal Giorgios Verhaltensregeln für Frauen, die ihr Gesicht wahren wollen, durch, die er mir geradezu gebetsmühlenartig eingebläut hat:

1) Keine Szenen
2) Kein Betteln
3) Keine Tränen
4) Denn: Ein Mann, der nicht will, der will wirklich nicht.

Sollte mein Vermieter mit seiner Gigolo-Annahme in Bezug auf Paolo recht behalten, würde ich laut Giorgio mit einem souveränen, zügigen Abgang unter Einhaltung seiner vier Regeln mehr Würde bewahren, als wenn ich ihm lautstark und womöglich noch tränenreich die Meinung sagen würde. Ich bin nicht sicher, ob ich diesen Rat im Fall der Fälle beherzigen werde.

»Flüssigkeiten, Laptop, irgendwelche auf dieser Liste aufgeführten Gegenstände im Gepäck?«, reißt mich eine barsche Stimme aus den Gedanken.

Mein Blick streift eine Abbildung mit Messern, Pistolen und entzündlichen Lacken, die mir die dunkelblau gekleidete Frau vom Sicherheitspersonal vor die Nase hält. Ich schüttele den Kopf. »Nein, nichts dergleichen«, gebe ich zurück.

Ich gehe durch die Magnetschranke, die so aufgeregt fiept, als hätte ich ein ganzes Juweliergeschäft geplündert. Eine resolute Dame mit Handschuhen tastet mich grob am gesamten Körper ab und ich ernte die Mahnung, sie werde den Bundesgrenzschutz rufen, wenn ich weiterhin unter ihren Händen zurückzucke. Ich gebe mich also geduldig ihren Fingerspielen hin und frage mich, warum sich Millionen Flugreisende Tag für Tag so anfassen lassen müssen.

Im Flieger habe ich einen Platz in der ersten Klasse. Keine Frage: Paolo will offenbar ein Zeichen setzen. Kein Zeichen, das Giorgio sonderlich beeindruckt hätte (»Sei vorsichtig, *bella,* das lässt der Kerl sich alles in Naturalien zurückzahlen«), aber ich fühle mich geschmeichelt und betrachte das als Teil seiner Wiedergutmachungsgeste. Oder zumindest als den Versuch dazu.

Zu meiner Genugtuung wird bald wenige Reihen hinter mir der kleine Röckchenvorhang zugezogen, der mich vom Pöbel in der Holzklasse trennt. Dann bekomme ich ein paar Snacks und Getränke gereicht. Ich schlürfe meinen Tomatensaft und denke an Paolo.

Die Woche über habe ich seine Mails und SMS praktisch nicht beantwortet. Was wir zu bereden haben, sollten wir von Angesicht zu Angesicht klären. Mir war nicht danach, die Situation mit Smalltalk via PC oder Telefon zu verwässern, auch wenn ich mich nach seiner Stimme gesehnt habe wie eine ausgetrocknete Primel nach einem Schluck Wasser. Anzurufen hätte es ihm erst recht leicht gemacht. Fand Giorgio zumindest. Also habe ich es gelassen.

Knapp eine Stunde später setzt der Pilot zur Landung auf Neapel an. Mein Magen spielt verrückt. Ich bin so aufgeregt, dass ich Angst habe, von einer der weißen Tüten Gebrauch machen zu müssen, die griffbereit vor mir in der Sitztasche stecken. Als sich die ersten Passagiere erheben und eilig ihre Handys einschalten, als wären sie monatelang verschollen gewesen, drücke ich mich in meinen Sitz und wünschte, der Pilot würde durchgeben, dass wir erneut durchstarten und zurückfliegen müssen.

Aber nichts dergleichen passiert. Während sich die Maschine leert, stehe ich langsam auf und trotte hinter der Menschenreihe her in Richtung Ausgang. Da ich nur Handgepäck dabeihabe, gehe ich am Gepäckband vorbei und trete durch die Schwingtür in die mir bekannte Flughafenhalle.

Paolo ist das Erste, was ich sehe.

Er steht mit all den anderen Wartenden, Taxifahrern und Reiseführern ein paar Meter abseits in einer Art Halbkreis in der Halle. Trotzdem fällt er mir ins Auge, als wäre ein Lichtspot auf ihn gerichtet. Mein Magen dreht sich mir erneut um.

Auch Paolo hat mich sofort gesehen und kommt langsam auf mich zu. »Ciao, wie geht's?«, begrüßt er mich schlicht und schaut mich unsicher lächelnd von oben bis unten an, als müsste er prüfen, ob ich auch am Stück angereist bin.

»Hallo«, gebe ich matt zurück und starre ihn an, als käme er vom Mars. Ich kann den Blick nicht von ihm lassen. Ihn so zu sehen, ohne ihn anzufassen, tut mir bis in die letzte Körperzelle weh. Alle Ruhe und sämtliche Lässigkeitsparolen Giorgios fließen von mir weg wie Lava aus dem Vesuv.

Auch Paolo ist sichtlich nervös.

Die Sekunden vergehen, in denen wir uns schüchtern weiter mustern. Dann streckt er die Hand nach mir aus und greift nach einer Haarsträhne, die mir wirr vom Kopf abgestanden haben muss. Er fährt sie entlang bis zu meiner Schulter, wo er seine Hand liegen lässt. Dann fasst er mit der anderen Hand nach mir und zieht mich zu sich heran.

Endlich!

Ich sinke an seine Brust, als wären wir Magneten. Giorgio würde schimpfen wie ein Rohrspatz, wenn er mich so sehen könnte.

Irgendwann lösen wir uns wieder voneinander.

»Komm, lass uns gehen«, sagt Paolo ruhig.

Er nimmt mir meine Tasche ab und greift nach mir. Hand in Hand gehen wir über den Flughafen zum Parkplatz, wo sein Wagen steht.

Bereits nach wenigen Metern Fahrt stecken wir im völlig außer Rand und Band geratenen Feierabendverkehr fest. Um uns herum ist die Hölle los: Autos schieben sich Zentimeter für Zentimeter voran und das Hupen der umliegenden Wagen wird zum Dauerrauschen. Paolo lehnt sich entspannt in seinem Sitz zurück, eine Hand am Lenkrad, und schiebt sein Auto ruhig und sicher im Schritttempo vorwärts.

Mein Blick ruht auf seiner Rechten, die auf dem Schaltknüppel liegt, und ich muss mich zügeln, ihn nicht zu berühren. Das Schweigen zwischen ihm und mir inmitten dieses lauten Verkehrschaos ist geradezu absurd. Es gibt so viel zu sagen und irgendwie ist doch alles klar.

Paolo schaut mich an. »Hast du Hunger?«

»Und wie«, antworte ich.

Wir erreichen eine der Umgehungsstraßen, auf der der Verkehr endlich etwas zügiger fließt. Nach ein paar Kilometern fährt Paolo ab und lotst uns durch Neapels Innenstadt hinunter zum Hafen. Vor einem modernen Hochhaus biegt er ab und fährt in die Tiefgarage.

»Ich zeige dir heute eines der schicksten Restaurant Neapels«, sagt er. »Das wird dir gefallen.«

Von der Tiefgarage aus nehmen wir den Fahrstuhl in den zehnten Stock des Gebäudes und gelangen in ein elegantes Lokal mit breiter Fensterfront und Blick über den Hafen und den östlichen Teil der Stadt, der dort unten im Halbdunkel schimmert.

Ein Kellner, der Paolo gut zu kennen scheint, kommt herbeigeeilt und führt uns an einen kleinen Ecktisch direkt am Fenster. Ein Wimpernschlag später steht eine Flasche Champagner vor uns.

»Na«, ich schaue mich beeindruckt um, während Paolo die Flasche entkorkt und uns einschenkt, »den Abend hast du ja perfekt geplant.«

»Keine Pannen mehr«, erwidert er und erhebt sein Glas. »Auf einen schönen Abend, Nina. Ich bin sehr froh, dass du hergekommen bist.«

Wir trinken einen Schluck und setzen schweigend unsere Gläser ab. Ich spiele nervös mit meiner kunstvoll gefalteten Stoffserviette und schaue der Kerze zwischen uns auf dem Tisch beim Flackern zu.

»Nina, ich würde dir gerne noch erklären«, beginnt Paolo stockend und sammelt imaginäre Krümel von der frischen Tischdecke.

»Heute nicht, Paolo«, unterbreche ich ihn sanft, »die wichtigsten Fakten kenne ich und«, ich zögere, »im Grunde geht es doch nur darum, ob ich dir *glauben* kann, oder?«

Er lacht bitter. »Ja, im Grunde hast du recht. Manchmal glaube ich mir mittlerweile selbst nicht mehr. Ich habe einigen Menschen sehr, sehr wehgetan in der letzten Zeit und ein paar Wochen lang ein schlimmes Doppelleben geführt. Es gibt kaum eine Entschuldigung dafür, außer dass«, er schaut auf und nimmt meine Hand, »das Leben manchmal andere Wege mit einem geht, als man es selbst geplant hat.«

Der Kellner bringt eine Platte mit Antipasti, die er zwischen uns auf dem Tisch abstellt. Offenbar scheint Paolo die Speisefolge vorab vereinbart zu haben, was mir ganz recht ist. In so einem edlen Lokal hätte ich die Speisekarte wohl sowieso nicht verstanden. Nun lasse ich mir einen der Scampi in Öl schmecken und genieße den herrlichen Blick auf die Stadt. Irgendwo da draußen sitzt nun die verlassene Braut. Cristine? Cristina? Eine Frau, die sich auf eine Hochzeit gefreut hat und nun plötzlich alleine dasteht.

Meinetwegen.

Meinetwegen?

Es fühlt sich nicht gut an, die vielzitierte »lachende Dritte« zu sein. Zum Lachen ist mir dabei jedenfalls nicht.

Paolo hält immer noch meine Hand.

»Wo ist deine Exverlobte denn jetzt?«, will ich wissen.

Paolo schluckt über diese Frage. »Sie ist«, setzt er stockend an, »sofort aus meiner Wohnung ausgezogen und zu ihren Eltern zurückgegangen, als ich ihr gesagt habe, dass ich sie nicht heiraten kann.« Er schluckt erneut. »Ich habe ihr erklärt, dass ich jemand anderen getroffen habe. Das war ein riesiger Schock für sie. Es ist dann alles ganz schnell gegangen. Und jetzt«, er atmet tief aus, »ist sie weg.«

»Jemand anderen getroffen …«, wiederhole ich nachdenklich seine Worte.

»Hm, jemand anderen getroffen. Dich. Einen verdammt schlechten Start habe ich mit dir hingelegt«, fügt er hinzu.

»Och, ich fand unseren Start gar nicht so schlecht. Den in Rom, meine ich«, necke ich grinsend bei der Erinnerung an unsere gemeinsamen Stunden in der Ewigen Stadt.

Paolo lacht. »Stimmt, der Kurztrip war tatsächlich nicht schlecht.« Er wird wieder ernst. »Aber ich hätte von Anfang an mit offenen Karten spielen müssen. Ich habe einfach die Kurve nicht gekriegt. Ich war zu feige, eine Entscheidung zu treffen. Die Wahrheit zu sagen. Bis ich dazu gezwungen war. Es musste wohl so kommen, wie es gekommen ist. Armer Sergio! Er ist völlig schockiert über das, was passiert ist.«

»Hmmm«, grummele ich nur. Wenn ich an den Moment denke, als Sergio Conti im Meeting von Paolos Heirat gesprochen hat, krampft sich mir immer noch alles zusammen.

»Ich habe viel Vertrauen um mich herum zerstört«, redet Paolo weiter und drückt meine Hand. »Nina«, sagt er dann mit einem fast flehenden Unterton in der Stimme und beugt sich noch weiter über die Tischecke zu mir, »meinst du, wir können noch mal starten? Meinst du, du könntest die Reset-Taste für mich drücken?«

Ich lächele ihn an und genehmige mir noch einen Schluck Champagner. »Ich werde darüber nachdenken«, antworte ich.

»Dürfte ich mal kurz nachhelfen?«, fragt Paolo und beugt sich zu mir herüber.

Über einen derart erschlichenen Kuss würde Giorgio sich jetzt sicher fürchterlich aufregen. Ich finde es auch aufregend und darüber hinaus absolut hilfreich für meine Entscheidungsfindung.

Während wir uns wieder voneinander lösen, habe ich

plötzlich das Gefühl, beobachtet zu werden. Ich drehe mich um.

In der Tat.

Auf der anderen Seite des Lokals stehen drei Herren wie angewurzelt im Raum und starren zu uns herüber: Conti Senior in Begleitung eines weiteren eleganten Herrn älteren Semesters und mein Oberboss Luigi Monetti.

Mir zieht sich vor Schreck alles zusammen.

Was macht mein Chef zusammen mit diesem Kunden hier?

»Hör mal, Nina, und morgen könnten wir …«, höre ich Paolo von ferne, der gerade damit beschäftigt war, unsere Gläser nachzufüllen. Dann stockt er und folgt meinem perplex hin- und herwandernden Blick von ihm zu den Herren und wieder zurück. Ich spüre förmlich, wie Paolo erstarrt. *»Cazz…«*, setzt er leise zu dem bösen Schimpfwort an.

Conti und sein Begleiter auf der anderen Seite des Lokals scheinen ebenfalls erstarrt zu sein. Ich sehe den aufgeregten Blick, mit dem der Firmeninhaber auf den mir unbekannten Herrn einredet. Dieser schaut nach wie vor wie zur Salzsäule erstarrt zu uns herüber. Daneben der irritierte Luigi, der sich dann sichtlich einen Ruck gibt und auf uns zukommt.

»Guten Abend, Nina«, begrüßt er mich nonchalant. »Was machst du denn hier?« Seine Stimme klingt absolut neutral.

»Wir essen hier zu Abend«, pariere ich sachlich.

»Herr Rossi …« Luigi wendet sich Paolo zu und reicht ihm die Hand.

Paolo erhebt sich zum Gruß.

Inzwischen sind die anderen beiden Herren näher gekommen. Conti Senior beäugt mich argwöhnisch.

»Guten Abend, Signor Conti«, grüße ich artig.

Er nickt sowohl mir als auch Paolo zu, ohne eine Miene zu verziehen. Dann legt er die Hand auf Luigis Oberarm und bedeutet ihm, zur anderen Seite des Lokals zurückzugehen, wo bereits ein Kellner an einem Tisch in der Ecke steht und den Herren die Stühle zurechtrücken will.

Der dritte Herr im Bunde, eine distinguierte, respekteinflößende Erscheinung, bleibt unterdessen wortlos und demonstriert seine beeindruckende Präsenz durch schlichte Anwesenheit. Zweifellos kennt er Paolo und bedenkt ihn mit einem Blick, der mich frösteln lässt. Dann wendet er sich grußlos ab und folgt Conti und Luigi, die im Begriff sind, an ihrem Tisch Platz zu nehmen.

Paolo und ich schauen uns an.

»Was zum Teufel machen die hier?«, sage ich, denn ich habe mich als Erste gesammelt. Wie verdammt klein ist diese Welt eigentlich? Was Zufälle betrifft, bevorzuge ich eher einen Sechser im Lotto.

»Ich habe keine Ahnung.« Paolos Antwort klingt wie ein Fluchen.

»Wie kann es sein«, ich stütze fassungslos die Stirn in die Hand, »dass mein Agenturchef an einem Freitagabend beim Kunden aufschlägt und ich davon überhaupt nichts weiß? Wir *arbeiten* doch zusammen.«

»Das hier ist wohl echte Chefsache«, gibt Paolo zurück und fährt sich mit beiden Händen übers Gesicht. »Ich wusste von diesem Treffen nämlich auch nichts. Ich vermute, selbst Sergio ist nicht informiert, denn er hätte mir davon ganz sicher erzählt. Vor allem«, fährt er fort, »weißt du noch nicht, wer die dritte Person im Bunde ist.«

Ich schaue ihn neugierig an.

»Salvatore Pienzo. Unser Großhändler, Conti seniors bester Freund seit ungefähr hundertfünfzig Jahren und, ganz nebenbei, Cristinas Vater.«

»Der Vater deiner Ex?«, platze ich lauter heraus, als ich wollte, und zucke zusammen.

Unwillkürlich drehe ich mich um. Das Lokal ist so gut gefüllt, dass die drei Herren uns auf keinen Fall hören können. Conti senior hat ebenfalls den Kopf gedreht und schaut in unsere Richtung. Er mustert mich ruhig und regungslos und wendet sich dann langsam wieder den Männern an seinem Tisch zu, die in eine angeregte Unterhaltung vertieft zu sein scheinen.

»Na ja«, Paolo richtet sich auf und reibt die Hände aneinander, »nun ist es eben so. Ich habe mich von Cristina getrennt und kann essen gehen, mit wem ich will«, sagt er in einem trotzigen Ton, als wollte er sich selbst von diesem Recht überzeugen. »Offenbar wollen die beiden meinem ehemaligen Schwiegervater Monettis Vertriebsstrategie ans Herz legen.«

»Ohne *dich*?«, frage ich fassungslos. »Du bist immerhin der Vertriebschef für Napolone.«

»Ja, aber ich habe mich gerade von der Tochter unseres Großhändlers getrennt«, gibt Paolo ruhig zurück. »Da bin ich vielleicht heute nicht der richtige *Sparringspartner* für solche Ideen.«

Er gibt dem Kellner einen Wink, die Rechnung zu bringen.

»Komm, *bella*«, er nimmt seine Serviette vom Schoß, legt sie neben seinen noch halb vollen Teller mit dem Hauptgang und zwinkert mir zu, »wir lassen uns von denen nicht aufhalten. Den Absacker nehmen wir woanders.«

Später stehe ich in meinem Hotelzimmer im Bad, wische mir das Make-up aus dem Gesicht und denke über den Abend nach. Was für ein Pech, ausgerechnet bei einem so wichtigen Friedensabendessen von meinem Chef entdeckt worden zu sein. Aber meine Güte: Ich erledige meinen Job mehr als gut und mein Privatleben ist meine Sache.

Paolo schien das ähnlich zu sehen, jedenfalls erholte er sich bald von seinem ersten Schreck, nachdem wir das Restaurant verlassen hatten. Es wurde dann ein richtig schöner, geradezu ausgelassener Abend mit ihm.

Auf die Nacht allein im Hotel habe ich bestanden. Es wäre nicht gut gewesen, wenn ich derart beschwipst mit zu ihm nach Hause gefahren wäre. Oder wenn ich ihn mit auf mein Zimmer genommen hätte, je nachdem. Zwar hat es in seinem Auto vor dem Hoteleingang kurze Zeit so ausgesehen, als würden meine Pläne leidenschaftlich durchkreuzt, aber irgendwie ist es mir gelungen, alleine hier oben anzukommen. Ich brauche zumindest ein paar Stunden oder eine Nacht, um über alles nachdenken zu können. Auch wenn ich jetzt erst mal eiskalt duschen muss, um wieder zu klarem Verstand zu kommen.

27.

Wie verabredet fahre ich am nächsten Morgen mit dem Taxi zu Paolos Wohnung. Er hat mir versprochen, ein üppiges deutsches Frühstück für mich zuzubereiten, wie er es bei seinen Geschäftsreisen nach Deutschland fassungslos zur Kenntnis genommen hat. Für Italiener ist es absolut unverständlich, welche unsüße Massen wir Nordeuropäer morgens verdrücken können. Im Stiefelland dagegen bekommen sie gerade eben ein Hörnchen herunter, das mit derart süßen Cremes und Pasten gefüllt ist, dass man meinen könnte, vor Zucker quietschen zu müssen.

Wie schon bei meinem ersten Besuch in Neapel kommt für mich die Taxifahrt vom Zentrum der Stadt, wo mein Hotel liegt, in das feine Posillipo im Westen einem Wechsel in eine andere Welt gleich: Man biegt um eine Straßenecke und das eben noch quirlige Stadtzentrum mit seinen dunklen, bald beängstigenden Gassen, wühligen Marktständen und finsteren Passanten weicht plötzlich offenen, geradezu prachtvollen Straßen mit gepflegten Wohnhäusern, Anlagen und der an Ferien erinnernden Atmosphäre am Meer.

»Machen Sie Urlaub hier bei uns in *Napoli,* junge Frau?«, spricht mich der gutgelaunte Taxifahrer an, dessen süditalienischen Akzent ich kaum verstehe. Neugierig beäugt er mich im Rückspiegel auf der Rückbank.

»So ungefähr«, gebe ich zurück, »ich besuche … Verwandte«, beeile ich mich zu sagen.

»Sie haben Familie in Napoli?«, fragt er weiter.

»Hm, ja. Na ja, angeheiratet«, sage ich.

Schön, diese Vorstellung, denke ich.

»Ah, *ho capito,* verstanden.« Der Taxifahrer seufzt. »Ich habe auch Verwandte in Deutschland. Dort leben viele Italiener. Man verdient da besser. *Però,* aber«, er schüttelt bekümmert den Kopf, »das Wetter ist einfach zu schlecht da oben, wissen Sie. *Manca il sole!* Die Sonne fehlt!«, ruft er, formt die rechte Hand zur Artischocke und schüttelt sie in meine Richtung, um auszudrücken, wie kompliziert ihm die Wetterlage im Norden erscheint.

Ich überlege kurz, ob ich ihm eine Diskussion über Lebensqualität, Sicherheit und saubere Städte aufzwingen soll, beschließe dann aber, dass er das vermutlich als so unangenehm deutsch empfinden wird wie einen Hamburger Regenschauer im Hochsommer.

»Ja, das Wetter ist wirklich schön hier bei euch«, lenke ich dann jedoch ein und blicke Richtung Meer.

Heute ist ein wunderbar milder Tag, die Sonne scheint und wird hin und wieder von ein paar Wölkchen davon abgehalten, allzu aufdringlich zu werden.

»*Eccoci qua.* Da sind wir«, höre ich ihn kurz darauf von vorne rufen.

Wir stehen in einer kleinen Seitenstraße vor einem modernen, hellen Backsteingebäude, das ringsum von üppig bepflanzten Balkons umgeben ist.

Ich bezahle, trete vor das Eingangstor des Gebäudes und drücke den Klingelknopf mit der Aufschrift *»Interno 6«,* wie Paolo es mir gesagt hat. Ich sehe, dass höchstens die Hälfte der Hausbewohner ihren Namen an die Türschilder haben schreiben lassen. Aus Sicherheitsgründen, vermute ich.

Der Türsummer ertönt und ich betrete den Innenhof. Im Hauseingang nehme ich die Treppe in den zweiten Stock.

In der Wohnungstür steht Paolo.

Er trägt Jeans und ein eng anliegendes Poloshirt und hat sich ein Küchenhandtuch lässig über die Schulter geschwungen.

»Guten Morgen, meine Liebe«, begrüßt er mich, drückt mich kurz an sich und gibt den Türrahmen frei, um mich eintreten zu lassen.

Die Wohnungstür führt direkt in ein geräumiges Wohnzimmer mit einer großen Fensterfront. Blickt man durch die Bäume am Rande des Grundstücks hindurch, kann man das Meer erahnen.

Der Esstisch im Wohnzimmer ist perfekt gedeckt mit Brötchen in allen Varianten, Fruchtsaft, Käse, Wurst und verschiedenen Gläsern mit Marmelade und Honig.

»Mit dem Frühstück hast du aber nicht zu viel versprochen«, lobe ich Paolo, »ich fühle mich wie zu Hause.«

»Das sollst du auch«, gibt er fröhlich zurück und marschiert in die anliegende Küche.

Ich folge ihm, schwinge mich auf die Küchenanrichte und gucke ihm zu, wie er umständlich Spiegeleier brät, deren Zubereitungsart er mehreren aus dem Internet ausgedruckten Rezeptseiten entnimmt. Ich bin gerührt.

»Du hast ja wirklich an alles gedacht.« Ich beuge mich zu ihm hinüber, stibitze ein paar Blätter Petersilie, die er gerade hackt, und stecke sie mir in den Mund.

»Ich muss dich doch beeindrucken«, antwortet er und legt das Schneidemesser auf das Brett. »Ich habe viel wiedergutzumachen, ob da wohl ein Frühstück ausreicht?«

»Zumindest ist ein Frühstück ein guter Anfang dafür«, meine ich.

Paolo kommt auf mich zu und nimmt meine Knie in seine Hände. Ich nehme ihm das Handtuch von der Schulter und ziehe damit seinen Kopf zu mir heran. Endlich küssen wir uns. Unendlich lange. Schließlich schiebt er sich zwischen meine Beine, packt mich an den Hüften und trägt mich eng umschlungen aus der Küche.

Ins Schlafzimmer.

Hinterher liegen wir aneinandergekuschelt in seinem riesigen Bett, gucken aus dem Fenster Richtung Meer und futtern eine Tafel Schokolade, die wir in seinem Nachttisch gefunden haben. Der Frühstückstisch ist einfach zu weit weg.

Ich blicke mich im Schlafzimmer um und versuche Spuren der Frau ausfindig zu machen, die bis vor Kurzem noch hier gewohnt haben mag. Ich kann jedoch nichts entdecken. Keine Fotos, keine Schleifen oder Blümchen, die auf die Hand einer Frau hinweisen würden.

»Seit wann wohnst du hier?«, möchte ich wissen.

»In dieser Wohnung?« Er rechnet nach. »Seit ungefähr acht Jahren. Als Conti mich zum Vertriebschef gemacht hat, ist mir auch der Sprung in die bessere Wohngegend gelungen«, erklärt er nicht ohne Stolz.

»Und vorher?«

»Wann vorher?«

»Ganz vorher. Wo hast du früher gelebt? Wo wohnen deine Eltern?«

»Uff«, er stockt, »daran mag ich kaum denken.« Er richtet sich auf und windet sich. Schließlich greift er erneut in den Nachttisch und holt ein Päckchen Zigaretten hervor.

»Darf ich?«

»Du rauchst?«

»Nur, wenn ich nervös bin.«

»Warum bist du nervös?«

»Ich mag nicht an meine Kindheit denken.«

Ich nehme ihm die Packung sanft aus den Fingern, lasse

meine Hand über den Matratzenrand baumeln und schleudere die Zigaretten unters Bett.

»Musst du ja nicht«, sage ich, »ich habe bloß gefragt, wo du vorher gewohnt hast.«

»Ich will dir aber von mir erzählen«, erwidert er, »du sollst alles wissen. Keine Geheimniskrämereien mehr, das hat nur geschadet.«

Ich male mit den Fingern imaginäre Kringel auf seine Brust und warte ab. Eine Zeit lang schweigen wir beide und hängen unseren Gedanken nach.

»In Santa Maria Capua Vetere.«

»Bitte?«

»Dort bin ich groß geworden. Ein Vorort von hier.« Er räuspert sich. »Nina, wenn du die Gassen im Zentrum von Neapel trostlos findest, hast du das Umland noch nicht gesehen.«

Er greift über mich rüber, nimmt sich noch einen Riegel Schokolade aus der Packung, die neben mir liegt, und beißt davon ab.

»Weißt du, hier in Neapel hat viel Unheil seine Wurzeln. Die Camorra mag hier ihren Sitz haben, aber ihre Äste und Ästchen, die wachsen bis ins Umland. Arbeitslosigkeit, illegale Mülldeponien, Massen junger Leute, die nichts zu tun und keine Perspektive haben. Das alles findest du da draußen. Weißt du, warum so viele junge Menschen der Camorra zulaufen? Aus Langeweile. Aus banaler Langeweile.« Er lacht bitter und knabbert frustriert an seinem Schokoriegel.

»Und deine Familie?«, frage ich vorsichtig. »Was macht die?«

»Meine Mutter ist vor über zehn Jahren gestorben. An Krebs. Hatten plötzlich ganz viele bei uns in der Nachbarschaft, keine Ahnung, was da über uns gekommen ist. Und mein Vater … der ist zurück zu meinen Großeltern nach Kampanien gegangen und lebt wahrscheinlich mehr schlecht als recht von seiner mickrigen Rente. Wir haben keinen Kontakt mehr«, fügt er hinzu.

Ich beschließe, nicht zu fragen, weshalb. »Hast du Geschwister?«, will ich hingegen wissen.

»Ja, zwei Schwestern und einen älteren Bruder«, zählt er auf. »Meine Schwestern haben beide geheiratet und fristen ein trostloses Hausfrauendasein an der Seite ihrer Männer, die trinken und sie betrügen. Ich unterstütze meine fünf Nichten und Neffen, wo ich nur kann, und hole sie ab und an zu mir. Mein Bruder hingegen hasst mich. Aus Neid natürlich. Er arbeitet in einer Fabrik in der Nähe von Salerno. Dass ich es bis hierher geschafft habe«, er macht eine Geste auf seine Wohnung und zum Meer, »hat bei ihm weiß Gott keinen Freudentaumel ausgelöst.«

»Du hast dich bei den Contis hochgearbeitet und eine echte Karriere hingelegt. Sicher hart für drei Geschwister, die auf der Strecke geblieben sind«, bestätige ich ihm.

»Ja, ganz sicher.«

»Und dann kam Cristina …«, ermuntere ich ihn zaghaft. Ich will jetzt alles wissen, die ganze Geschichte.

Paolo lacht.

»Nicht sofort.« Er schaut mir verschmitzt in die Augen und streicht mir über die Haare. »Ich gestehe«, er hebt entwaffnend die Hände zur Decke, »sie war nicht die erste Frau in meinem Leben.«

Wir lachen beide.

»Aber sie war die erste von Bedeutung für mich.« Er wird wieder ernst. »Die erste Frau, bei der ich das Gefühl hatte, *angekommen* zu sein. Nicht mental. Eher materiell, wenn man das so sagen kann. Mit ihr hatte ich das Gefühl, endlich in die richtigen Kreise gelangt zu sein. Dorthin, wo ich immer hinwollte. Keine hysterischen Capua-Vetere-Mädchen mit zu viel Make-up und leicht entflammbaren Klamotten, sondern eine Frau mit Klasse und Stil. Dabei hatte Cristina keine Ahnung, was da draußen los ist. Sie interessiert sich für nichts, was in irgendeiner Art und Weise unangenehm ist. Sie kann es sich leisten wegzuschauen, musste nie wirklich arbeiten, hat alles und was sie noch braucht, das kaufen ihr ihre reichen Eltern. Ihre Oberflächlichkeit und Ahnungslosigkeit waren geradezu erleichternd für mich. Sie hat mich meine Herkunft vergessen lassen.«

»Wie lange wart ihr zusammen?«

»Etwas über drei Jahre. Pienzo, ihrem Vater, war ich immer ein Dorn im Auge. Für ihn war ich ein armer Dahergelaufener aus der Pampa, auch wenn ich eine Art Protegé seines Busenfreunds Conti bin. Cristina und ich haben uns auch auf einem der berühmten Sommerfeste der Contis kennengelernt. Na ja.« Er holt tief Luft. »Jedenfalls dachte ich irgendwann, ich müsste ein Zeichen setzen und um ihre Hand anhalten. Auch wenn die Leidenschaft zwischen uns längst auf der Strecke geblieben war. Unsere Verlobung war eher der nächste Schritt in einer logischen Abfolge statt eine Entscheidung aus Liebe. Cristina hatte erwartet, dass ich sie frage. Alle hatten das erwartet. Also habe ich sie gefragt.«

»Wann wäre die Hochzeit gewesen?«

»Im Juli.«

»Meine Güte. Im Juli schon.« Ich atme tief durch und reibe mir nervös die Finger. »Na, da kann ich aber gut verstehen, dass ihr Vater dich gestern alles andere als freundlich begrüßt hat«, füge ich zynisch hinzu. »Wenn ich an seinen Blick denke, wird mir immer noch heiß und kalt.«

»Hmm«, er zögert, »so hat Pienzo mich oft angeschaut. Ich hätte es ihm niemals recht machen können. Weder so noch so. Daher … du kamst gerade richtig.«

»Meinst du?«

»Nein, das *weiß* ich.«

Wieder küssen wir uns und ich kuschele mich erneut an seine Schulter.

Ich mag der Grund einer zerstörten Verlobung sein, aber ich gestehe: Es fühlt sich gut an. Es fühlt sich richtig und geradezu wunderbar mit ihm an.

»Was mache ich denn jetzt mit diesem riesigen Frühstück?«, unterbricht Paolo meine tiefgründigen Gedanken. »Von dem ganzen Zeug, das da draußen auf dem Tisch steht, könnte ich eine Woche leben.«

»Lade alles auf ein Tablett und bringe es mir ans Bett«, befehle ich kurzerhand, ziehe die Bettdecke bis zum Kinn herauf und schiebe mir gemütlich zwei Kissen in den Rücken.

»Jetzt wird unser Frühstück richtig englisch, ja? Aber okay, du bist mein Gast. Und der Gast ist König.« Paolo schwingt sich aus dem Bett und geht langsam zur Tür.

Ich sitze da und starre wie gebannt auf seinen nackten Rücken, den markanten, perfekt geformten Po, die muskulösen Beine und kann die Augen nicht von ihm lassen.

In der Tür hält er plötzlich inne, dreht sich langsam zu mir um und erwidert meinen musternden Blick mit zusammengekniffenen Augen. Ich spüre, dass ich rot werde, und fühle mich ertappt.

»Eines noch«, sagt er andächtig und lehnt sich, wie Gott ihn schuf, grinsend an den Türrahmen, »deinen Kaffee – wie hättest du den gerne?«

28.

Nach dem Frühstück unternehmen wir einen Spaziergang durch Posillipo. Wir schlendern eine Panoramastraße mit fast ständigem Blick aufs Meer entlang, kehren hier und da auf einen schnellen Espresso ein und genießen das milde Sommerwetter. Es fühlt sich an, als wären wir auf einer Urlaubsinsel unterwegs. Unglaublich, dass ich immer noch in derselben Stadt sein soll, durch deren düstere, trostlose Seitengassen ich mir erst vor wenigen Stunden den Weg zu einem Taxistand gebahnt habe.

»Soll ich dir mein Boot zeigen?«, fragt Paolo in unser entspanntes Ferienschweigen hinein.

»Ach, ein Boot hast du auch? Du lebst ja wirklich gediegen«, necke ich ihn überrascht.

Paolo zwinkert mir stolz zu. »Man tut, was man kann«, grinst er.

Dann führt er mich um die Ecke zu einem Wohnblock, an den sich eine enge, steile Treppe schmiegt. Diese führt hinunter zu einem kleinen, privaten Bootssteg. Hier liegen ein bis zwei Dutzend kleinere Boote vertäut – von Nussschalen mit einfachem Motor bis hin zu Zweimaster-Segelschiffen.

Paolos Boot entpuppt sich als motorbetriebenes Schlauchbootgefährt mit eleganten Holz- und Chrombeschlägen.

Ich staune beeindruckt. »Schönes Teil«, bemerke ich, »kann man damit auch längere Strecken fahren?«

»Ja klar, das ist ein Speedboot«, gibt er zurück. »Wenn die See ruhig ist, fahre ich damit den ganzen Golf von Neapel ab. Sogar bis rüber nach Capri.« Er schaut aufs Meer hinaus und zurück zu mir. »Hast du Lust?«

»Auf Capri?«

»Ja.«

»Wie lange ist es bis dorthin?«

»Na, über eine Stunde werden wir schon unterwegs sein.« Paolo wiegt den Kopf hin und her und wirft einen Blick auf seine Armbanduhr. »Hm, also heute bei Tageslicht zurückzukommen, würden wir in der Tat nicht mehr schaffen.«

»Deshalb kaufen wir uns da drüben auf der Insel eine Zahnbürste und suchen uns für die Nacht ein Dach über dem Kopf, oder wie?«, will ich halb ungläubig, halb fasziniert wissen. Paolos Abenteuerlust ist ansteckend.

»Ja, so ungefähr.« Er stemmt die Hände in die Hüften. »Willst du?«

»Und ob!« Ich bin Feuer und Flamme.

Paolo nestelt in seiner Hostentasche nach seinem Schlüsselbund und schließt eine behelfsmäßige Klappe seines Bootes auf, die als Sperre vor ungebetenen Eindringlingen zu fungieren scheint. Wir klettern auf den Planken herum und bereiten unsere Expedition vor. Ich krame Rettungswesten und Sitzpolster unter den Bänken hervor, während Paolo den Motor kontrolliert.

»Da hinten in dem Kasten«, weist er mich an, »habe ich sogar Proviant.«

Der Bordproviant besteht aus zwei Flaschen Cola, einer goldenen Dose Prosecco und einer Tüte Chips. Immerhin: Nach unserem üppigen Frühstück sollte das für die nächste Stunde Fahrt ausreichen.

»Nimm dir noch eine Windjacke aus der Kiste unter der Rückbank, für alle Fälle«, befiehlt Paolo, der halb unter der Motorkonstruktion liegt und an ein paar Rädchen schraubt.

Ich mache es mir auf dem Sitz neben dem Steuerrad bequem. Paolo rappelt sich auf und wischt sich die Hände an seiner Jeans ab.

»Signorina, bist du bereit?«

»Aye, aye, Captain, ich bin startklar«, gebe ich zurück und öffne die Dose Prosecco.

»Okay, dann Abfahrt.«

Paolo startet den Motor, setzt sich neben mich ans Steuerrad und lenkt uns langsam vom Bootssteg weg auf das offene Wasser. Schon nach wenigen Metern bläst uns die klare, salzige Seeluft ins Gesicht. Ich bin überrascht, wie schnell unser kleines Boot ist. Rasch entfernt sich der Anleger von uns, die Menschen und Autos auf der Panoramastraße werden zu winzigen Punkten.

Ich nuckele an dem Prosecco und lehne den Kopf an Paolos Schulter. Der hat einen Arm um mich gelegt und dreht mit der anderen Hand lässig in kleinen Bewegungen am Steuerrad.

Links von uns liegt die Stadt, von deren Lärm und Getöse nichts mehr zu uns herüberdringt. Ich sehe große Fähren im Hafen liegen, die nach Sardinien oder sonst wohin fahren, und bald kommt der gigantische Vesuv näher und näher, der fast bis zur Hälfte dicht an dicht mit Häusern besiedelt ist.

»Es ist herrlich, ich bin echt begeistert.« Ich drücke Paolo an mich. »Was für ein traumhafter Tag.«

»Ja, nicht wahr? Finde ich auch.« Paolo erwidert meine Umarmung und küsst mich auf den Hals.

Mit halbem Auge nach vorne blickend küssen wir uns eng umschlungen und veranstalten eine kleine Slalomfahrt Richtung Capri. Wir sind ausgelassen wie zwei Schulkinder. So tuckern wir eine Weile fröhlich durch Neapels Bucht.

Plötzlich ein Stottern.

Ein Husten.

Dann Stille.

Nur noch das Schunkeln der Wellen gegen das Boot ist zu hören.

Wir lösen uns voneinander und schauen überrascht hinter uns Richtung Motor. Der hingegen tut gerade gar nichts mehr.

Paolo klettert über den Sitz nach hinten und macht sich an dem Gerät zu schaffen. Er drückt ein paar Knöpfe und dreht an einem Hebel, doch der Motor bleibt ruhig.

»Hm, ich fürchte, der ist im Eimer.« Paolo dreht sich mit besorgtem Gesicht zu mir um.

»Genau!« Ich grinse ironisch. »Diese James-Bond-Nummer kannst du vielleicht den Damen aus dem Umland hier aufbinden, aber nicht mir«, höhne ich fröhlich und rekele mich auf dem Beifahrersitz. »Was hat der Kapitän denn jetzt Schönes mit mir vor?«, möchte ich gut gelaunt wissen.

Paolo schaut mich ratlos an und klettert wieder vor auf den Fahrersitz. »Nina, ich mache keinen Spaß. Der Motor ist hin.«

»Du verarschst mich.«

»Nein, ich schwöre es dir. Es ist wirklich so.«

»Aber ein Motor gibt doch nicht so einfach ohne Vorwarnung den Geist auf.«

Er zuckt die Schultern. »Selten. Aber es kommt vor …«

»Gibt es da nicht noch solche Kordeln, an denen man ziehen kann, um den Bootmotor wieder ans Laufen zu bringen?« Das habe ich irgendwann mal im Fernsehen gesehen.

»Bei alten Motoren vielleicht. Bei den neuen Modellen gibt es einen Zünder und wenn der nicht funktioniert, funktioniert er eben nicht«, erklärt mir Paolo geduldig.

Ich schaue ihn fassungslos an und spähe dann aufs Meer hinaus. Plötzlich finde ich es nicht mehr so witzig, so weit draußen in einer Nussschale auf dem offenen Meer zu schunkeln.

»Was machen wir denn jetzt?«, will ich wissen und muss schlucken.

»Jetzt rufe ich die Küstenwache an«, erwidert er und zückt sein Handy. Offensichtlich hat er noch Empfang hier draußen, Gott sei Dank.

Paolo tippt in seinem Handymenü herum und klemmt sich das Telefon mit angespannter Miene zwischen Ohr und Schulter, während er mit beiden Händen eine Seekarte entfaltet, die unter seinem Sitz verstaut war. Ich höre ihn mit einer Person am anderen Ende der Leitung verhandeln, dann legt er auf.

»Also«, beginnt er sachlich, »alles in Ordnung. Sie kommen in höchstens einer Stunde hier raus, um uns abzuschleppen. Wir sollen den Anker werfen und warten. Zum Glück läuft in den nächsten Stunden kein großes Schiff in den Hafen ein oder aus, das uns über den Haufen fahren könnte.«

Seine ruhige Stimme verfehlt ihre Wirkung nicht. Ich atme erleichtert tief durch und greife nach seiner Hand.

»Ist es denn nicht gefährlich, wenn wir hier draußen vor Anker liegen?«

»Na ja, es ist nicht toll, aber auch nicht gefährlich.« Er schüttelt den Kopf. »Nein, die Küstenwache ist ja auf dem Weg zu uns. Du brauchst wirklich keine Angst zu haben«, versichert er mir und streicht mir über den Kopf.

»Okay«, akzeptiere ich und nippe an meinem Prosecco. »Und nun?«

»Und nun«, Paolo zieht mich zu sich heran, »spielen wir einen James-Bond-Film nach.«

29.

Seit ich in Mailand lebe, fühle ich mich zwischen meiner Arbeit und dem, was ich privat so treibe, wie zwischen zwei Welten hin- und hergebeamt. Jedes Mal ist mir, als müsste ich mich erst schütteln, mir kurz klarmachen, wo ich bin, und entsprechend vom Arbeits- in den Sonst-was-Modus umschalten.

Montagmorgens ist der Knopf zum Umschalten in den Arbeitsmodus immer besonders schwer zu bedienen. Deshalb sitze ich, obwohl es schon gleich zehn Uhr ist, immer noch wie hypnotisiert vor meinem Rechner und träume von Paolo.

Unser Wochenende war einfach phantastisch. Irgendwann nach unserer Bruchlandung auf dem Wasser hat uns die Hafenpolizei abgeschleppt und wir bekamen ganz nebenbei eine Führung durch den Hafen von Neapel. Da Capri für uns, oder vielmehr für unser defektes Boot, nun nicht mehr erreichbar war, unternahmen wir einen spontanen Ausflug nach Pompeji und gingen abends in einem verträumten Lokal an der Küste frischen Fisch essen. Als Paolo mich am Sonntag zum Flughafen brachte, trennten wir uns so frisch verliebt, als hätte es nie Probleme zwischen uns gegeben.

Inzwischen lese ich die vor gut einer Stunde eingegangene Mail zum dritten Mal, ohne sie zu verstehen. Daher wechsele ich meine Tätigkeit und beginne verträumt ein paar Hauspostumschläge aufzureißen, die jemand auf meinem Schreibtisch abgeworfen hat. Wie gut, dass weder

Simona noch Stefano bereits zur Arbeit gekommen ist, sodass ich hier in Ruhe vor mich hin trödeln kann.

»Na, hat dir jemand Nettes geschrieben?« Lidia kommt ins Büro. »Du guckst so verklärt.«

»Hmmm.« Ich schaue sie vielsagend an. »Wie geht's dem Baby?«, will ich stattdessen wissen.

»Gut, denke ich«, antwortet sie. »Gerade ist es vier Zentimeter groß, etwa so lang wie eine Raupe.«

»Aha, schön. Schokolade für die gefräßige Raupe gefällig?« Ich schiebe ihr eine offene Tüte mit Schokopralinen zu, die ich gestern in einem Anfall von Heißhunger teuer am Flughafen erstanden habe.

»*Mio dio,* bloß nicht!«, wehrt Lidia ab. »Schokolade stopft viel zu sehr.«

»Wie bitte?«

»Ich meine, dann geht gar nichts mehr. Verstehst du?« Nun schaut sie vielsagend zurück.

»Inwiefern geht nichts mehr?« Ich verstehe nur Bahnhof.

»Ah«, schnaubt sie, »Ver-stopf-ung, *capito?* Das ist nun mal so in der Schwangerschaft.«

»Echt? So was habe ich ja noch nie gehört.«

»Klar, es gibt schließlich genügend andere schöne Dinge, über die man lieber reden möchte, aber derzeit ist das nun mal das das Erste, was mir einfällt. Und müde bin ich, sag ich dir.« Sie winkt in einer erschöpften Geste ab. »Ich bin zu nichts mehr zu gebrauchen. Am Freitag habe ich mich heimlich eine Stunde unter den Tisch im Konferenzraum gelegt und geschlafen.«

»Na ja, solange du dir dabei nicht den Kopf gestoßen hast«, spotte ich, als Anspielung auf unser Fiasko von neulich.

»Nee!« Sie lacht auch. »Aber fast wäre Schlimmeres passiert: Ich bin wach geworden, weil Marta reinkam und am Projektor rumgefummelt hat. Zum Glück hat sie mich nicht bemerkt. Die hätte das doch sofort gepetzt.«

»Was, dass du schwanger bist?«

»Das weiß doch noch keiner hier. Nein, dass ich während der Arbeitszeiten schlafe.«

»Zumindest bist du gerade unkündbar, kannst dich also getrost wieder hinlegen«, scherze ich.

»Hm«, sie erhebt sich im Tempo einer alten Frau, »hoffentlich bleibt das auch alles so, wie es ist.«

»Ach, bestimmt«, gebe ich zurück, »das wird schon.« Wie ich dieses Das-wird-schon-Gefasel hasse, aber manchmal fällt einem eben nichts Besseres ein.

Lidia offenbar auch nicht. »Genau«, sagt sie. »Ach so«, wechselt sie dann das Thema, »weshalb ich zu dir gekommen bin: unsere Arbeit.«

»Ach die«, wehre ich ab, »wen interessiert die schon?«

Lidia lacht. »Die Kreation ist mit den Layouts fertig, für die wir uns im letzten Meeting entschieden haben. Wir können also mit der Produktion starten, sobald der Kunde die Entwürfe freigibt. Maria möchte in den nächsten Tagen zur Abnahme nach Neapel fliegen.«

»Ach, schade, das hätte ich sonst auch gerne für sie erledigt«, witzele ich. Offenbar will Maria mich in Neapel nicht mehr dabeihaben.

»Ja, das denke ich mir. Aber nun lass Maria auch mal einen Tag Sonne tanken. Die überarbeitet sich sonst noch«, gibt Lidia ungewohnt lässig zurück.

Die Raupe scheint ihr gutzutun.

»Ich bin wieder da«, brülle ich in den Flur, als ich nach Hause komme.

»Na, Gott sei Dank«, tönt Giorgios ironische Stimme aus

dem Schlafzimmer. »Ich wusste ohne dich schon gar nichts mehr hier in Mailand anzufangen.« Er kommt etwas verschlafen in den Flur gewankt. »Daher war ich bis heute Mittag in den Bergen und habe bis eben Siesta gehalten.«

»In den Bergen? Mit Ilaria?«, will ich wissen.

»Um Himmels willen, nein. Wenn ich die Frauen jetzt auch noch mit in meine Berge nehme, habe ich ja überhaupt keine Fluchtpunkte mehr im Leben.«

Ich nicke mitleidig.

»Dein *camorrista* hat gegen sechs hier angerufen«, wechselt Giorgio das Thema. »Ich habe ihm erzählt, dass du um diese Zeit deiner ehrlichen Arbeit nachgehst.«

»Was hast du eigentlich gegen ihn, du kennst ihn doch gar nicht?« Dass er Paolo so am Telefon abfertigt, gefällt mir überhaupt nicht.

»Stimmt! Ich kenne ihn nicht. Das eine Mal, als ich ihn hier bei uns im Treppenhaus gesehen habe, musste ich ihn wegjagen, um meine kleine Deutsche zu beschützen«, fügt er heldenhaft hinzu, »daher finde ich, könnte er sich hier ruhig mal vorstellen.«

»Aha.« Ich verharre ungläubig. »Giorgio, ich finde deine Gedankengänge derart konfus, dass ich eventuell Alkohol brauche, um dir folgen zu können.«

»Du meinst, wir sollten einen *aperitivo* trinken gehen?«

»Wenn Luca uns wieder in seine Bar lässt?«

»Ich schicke Ilaria vor, dann wird er uns schon nichts anhaben«, räsoniert Giorgio unbekümmert und wählt ihre Nummer.

Eine Stunde später trippeln wir aufgeregt über die Schwelle von Lucas Bar. Ilaria steht bereits am Tresen und ist mit dem *barista* in ein lebhaftes Gespräch verwickelt. Vor ihr stehen drei Gläser Prosecco auf Eis.

»Ich habe schon bestellt, meine Lieben«, begrüßt sie uns beide mit Küsschen.

Luca schaut uns streng an. »Traut ihr euch also wieder hierher?«, fragt er.

»Ich verspreche dir von nun an Besserung«, nuschelt Giorgio demütig.

»Ein Leben in Mailand ohne Lucas Bar ist kein Leben ...«, unterstütze ich meinen Vermieter im Kampf um unsere Rechte am Tresen.

Luca hebt nur die Augenbrauen und stellt als Zeichen, dass er unsere Entschuldigungen akzeptiert hat, ein Schälchen mit Erdnüssen und eines mit schwarzen Oliven vor uns ab. Dann wendet er sich wieder den Weingläsern zu, die noch poliert werden müssen.

»Jetzt erzähl«, raunt mir Ilaria mit gesenkter Stimme zu. Sie greift sich zwei Proseccogläser, trägt sie zum hintersten Tisch in der Bar und gibt mir zu verstehen, dass ich ihr folgen soll. »Wie war dein Wochenende? Ich will alles wissen.«

Giorgio trottet mit seinem Glas in der Hand hinterher wie ein in die Jahre gekommener Schäferhund.

»Ich will auch wissen, was passiert ist«, mault er und zieht sich einen Stuhl heran, »immerhin bin ich für die Deutsche hier in Italien verantwortlich.«

Ich ignoriere Giorgios letzten Gedanken zum Thema Verantwortungsgefühl und fasse für die beiden in groben Zügen das in Neapel Erlebte zusammen.

»Höre ich da etwa heraus, dass du diesen Kerl *rangelassen* hast?«, schimpft Giorgio, als ich mit meinem Kurzbericht fertig bin.

»Euch hat dein *Chef* mit dem Vater seiner *Ex* gesehen?«, unterbricht ihn Ilaria aufgeregt. Sie wirft sich in ihrem Stuhl zurück und verschränkt die Arme über der Brust.

»Oh, oh, das ist aber gar nicht gut …« Sie atmet tief durch und schaut mich bekümmert an.

Ich nehme einen Schluck Prosecco und denke nach. Jetzt, unter Ilarias besorgtem Blick, steigt auch in mir wieder dieses ungute Gefühl von Freitagabend auf.

»Wieso sollte es Conti interessieren, dass ich was mit seinem Vertriebsleiter habe?«, versuche ich es hingegen trotzig.

»Schlimmer finde ich, dass der Signore mit dem Vater von Paolos ehemaliger Verlobter befreundet und auch noch geschäftlich verbandelt ist«, entgegnet Ilaria. »Gerade da unten im Süden, wo sich alle immer gegenseitig einen Gefallen tun. Conti hat diesem Pienzo jedenfalls garantiert keinen Gefallen getan, als er die Frau in die Stadt geholt hat, die mal eben der Grund für die geplatzte Hochzeit seiner Tochter ist.«

Ich schaue ostentativ Luca beim Polieren der Gläser zu. Was Ilaria da sagt, ist nicht das, was ich jetzt hören will.

»Nun gut«, wiegele ich dann ab, »es wird alles nicht so heiß gegessen, wie es gekocht wird.«

»Da hast du recht«, stimmt Ilaria mir zu, »oder vielmehr: hoffentlich.«

30.

Am Mittwoch sitze ich zusammen mit Stefano an seinem Pult, um ein paar Unterlagen mit ihm durchzusprechen. Da erscheint Marta in der Tür.

»Du möchtest bitte zu Luigi Monetti ins Büro kommen«, fordert sie mich wie gewohnt grußlos auf.

Ich zucke zusammen. Luigi? Was will der denn von mir?

Auch Simona wirkt hinter ihrem Monitor wie ein aufgeschreckter Hase und schaut von einem zum anderen.

Stefano richtet sich auf. »Worum geht es?«, fragt er Marta.

»Weiß ich doch nicht«, antwortet sie unwirsch. »Das wird Luigi ihr dann schon sagen.«

Stefano zieht verärgert die Stirn in Falten. »Ich bin für Nina verantwortlich und für unsere Projekte in erster Linie auch«, informiert er Marta streng.

Die zuckt nur mit den Achseln und geht.

Ich schaue Stefano an.

»Dann gehe ich jetzt mal besser los«, sage ich schwach. Mir schwant nichts Gutes.

»Okay«, erwidert Stefano. »Viel Erfolg.«

Wie immer sitzt Luigi konzentriert hinter seinem Laptop, als ich sein Büro betrete. Er blickt auf und entgegen meiner Erwartung erhebt er sich sofort, bedeutet mir, an seinem Konferenztisch Platz zu nehmen, und schließt die Tür.

Jetzt überschlägt sich mein Magen. Hier läuft definitiv etwas schief.

»Nina«, Luigi setzt sich in der Tischkurve neben mich und legt alle zehn Fingerspitzen aneinander. »Lass mich gleich zur Sache kommen …« Entgegen seiner Aussage stutzt er erst mal und holt tief Luft. »Du unterhältst eine Beziehung zu Paolo Rossi.«

War das eine Frage? Eine Feststellung? Eine Anschuldigung?

Mein Hirn bildet nur ein einziges Wort. Dieses jedoch in Massenproduktion: Scheißescheißescheißescheiße.

Ich sage daher erst mal gar nichts und halte stumm Luigis Blick stand.

Der Agenturchef lehnt sich in seinem Sessel zurück und verschränkt die Arme. »Ich meine«, er denkt kurz nach, »ich habe keine Tomaten auf den Augen. Als wir uns am Freitagabend zufällig getroffen haben, war mir sofort klar, was da läuft. Aber ich hab mir halt gedacht, was soll's, solange die beiden ihren Job gut machen. So ist das Leben. Wir sind alle nur Menschen. Bloß«, Luigi beugt sich vor, stützt die Arme auf der Tischplatte ab und verschränkt geschäftsmäßig die Finger, »Conti senior hat mich gestern Abend angerufen.«

Here we go. Das Damoklesschwert baumelt jetzt direkt über mir. Ich reibe meine klammen Hände aneinander und schweige weiter.

»Conti«, fährt Luigi fort, »hat mich höchstpersönlich aufgefordert, dich von Napolone abzuziehen.«

Nun ist es heraus. Ich bebe.

»Warum?«, höre ich mich zu meinem Erstaunen fragen.

Auch Luigi scheint überrascht über meine kesse Rückfrage. »Weil … äh …« Er fühlt sich offenbar nicht wohl mit der ganzen Angelegenheit. »Conti hat nur kommuniziert, er möchte nicht mehr von der Dame betreut werden, die eine Affäre mit seinem Vertriebsleiter hat. Mehr hat er dazu nicht gesagt und es steht mir auch nicht zu, da weiter nachzufragen.«

»Okay«, sage ich. »Und nun?«

Luigi zieht die Schultern hoch.

»Dein Vertrag hier bei uns läuft noch zwei Monate, richtig?«

»Drei«, korrigiere ich ihn.

»Aha, drei …« Luigi denkt nach. »Es ist nur so«, fährt er fort, »AdOne Hamburg hat dich für das Napolone-Projekt nach Mailand entsandt. Ich habe für drei Monate kein anderes Projekt, auf das ich dich so ad hoc setzen könnte.«

»Verstehe.« Ich bin gefeuert. Was für ein Albtraum.

»Aus diesem Grund«, redet Luigi weiter, »bin ich gezwungen, dich ab sofort freizustellen. Besprich die Sache mit deinem Chef in Hamburg und frag ihn, ob du dort möglichst bald wieder einsteigen kannst. Ansonsten bitte ich dich, dass du in den nächsten Tagen deinen Job an Stefano übergibst und dann …« Er zögert.

»… die Biege machst«, führe ich bitter seinen Satz zu Ende.

Luigi muss unwillkürlich grinsen. »So ungefähr, ja.« Er lehnt sich wieder in seinem Sessel zurück.

Ich stehe auf und wende mich zur Tür.

»Nina?«

Ich drehe mich um. Luigi hat bereits sein Handy entriegelt und scheint die eingegangenen Mails durchzusehen. Er blickt auf.

»Mir tut es leid, dass es so gekommen ist«, sagt er, »wirklich.«

Damit finde ich den Agenturchef zum ersten Mal in meinem Leben richtig nett. Schade, dass es dazu erst meines Rausschmisses bedurft hat.

Ohne zurück in mein Büro zu gehen, stürme ich aus der Agentur. Ich ziehe mein Handy aus der Hosentasche und hacke Paolos Nummer in die Tasten. Alles, was ich jetzt will, ist seine Stimme hören.

Ich biege um die Ecke von Francescas Bar, gehe noch einen Straßenblock weiter und verschanze mich in einem Bushaltestellenhäuschen.

Mein Handy klingelt.

»Paolo!«, hauche ich atemlos ins Telefon.

»Nina, ich soll entlassen werden«, höre ich ihn aufgeregt sagen.

»Was, du auch?«

»Conti senior hat mich heute Morgen zu sich gerufen und mir ein Ultimatum gestellt: mein Job oder die Beziehung zu ›der deutschen Werbemaus‹, wie er dich genannt hat«, fügt Paolo mit einem verbitterten Lachen hinzu.

Im meinem Kopf beginnt sich alles zu drehen. Bei all diesem Chaos wundert es mich, wie sehr ich mich ausgerechnet über die Werbemaus ärgere. Als wenn es darauf noch ankäme …

Schweigen.

»Hast du gerade ›Was, du *auch*?‹ gesagt?«, fragt Paolo dann.

»Ja. Ich bin von dem Napolone-Job freigestellt. Conti hat unserer Geschäftsleitung mitgeteilt, dass er nicht mehr von mir betreut werden will«, informiere ich Paolo.

»Ach, du Schande«, stöhnt er.

»Warum macht er das?«, frage ich verzweifelt. »Das mit uns kann ihm doch egal sein …«

»Nein, das kann es nicht«, erklärt mir Paolo. »Schließlich hat er uns zusammen mit Pienzo im Restaurant gesehen. Conti verliert vor dem Großhändler sein Gesicht, wenn er unsere Verbindung durch Nichtstun praktisch unterstützt.

Wahrscheinlich fühlt er sich schuldig, weil wir uns über ihn kennengelernt haben. Und das möchte er nun zumindest ein Stück weit wiedergutmachen. Conti braucht Pienzo«, fügt Paolo hinzu. »Die beiden sind nicht nur befreundet – unser Unternehmen ist auf Pienzo angewiesen.«

Ich hole tief Luft und merke, dass ich drauf und dran bin loszuheulen. »Können wir uns sehen?«, stammele ich.

Kurze Stille.

»Ja«, sagt Paolo dann. »Ich nehme mir bei Napolone frei und versuche einen Flug nach Mailand zu bekommen. Dann reden wir in Ruhe.«

31.

Am nächsten Vormittag landet Paolo in Mailand. Ich schwänze die Arbeit oder eher das bisschen, das es vielleicht noch für mich zu tun gibt, und hole ihn vom Flughafen ab, von wo aus wir mit der Tram Richtung Stadtzentrum fahren. Wir reden nur wenig. Paolo hat einen Arm um mich gelegt und krault meinen Nacken, während ich mich gegen ihn lehne und dabei aus dem Fenster schaue. Ich bin einfach nur erschöpft und habe vergangene Nacht eindeutig zu wenig geschlafen.

Am Domplatz steigen wir aus und bummeln durch Mailands Haupteinkaufsmeile zwischen sommerlich gestimmten Menschenmassen beim Pre-Urlaubs-Shopping. Es fühlt sich an, als würden wir nicht dazugehören.

Wir gehen bis zu einem kleinen Park und legen uns dort auf Paolos Jacke auf die Wiese. Dort sind wir umringt von zig anderen Pärchen, die im Gras herumliegen und in den Tag hineinleben. Mit unseren ernsten Gesichtern stehen wir an einem so wunderschönen Sommertag wohl alleine da.

Ich lege den Kopf auf Paolos Schulter und blicke gen Himmel.

»Was, wenn wir zusammen ins Ausland gehen?«, frage ich buchstäblich ins Blaue hinein.

Paolo lacht. »Und dort?«, will er wissen.

»Machen wir was Neues, alle beide.« Mir ist die Idee erst in dem Moment gekommen, als ich sie ausgesprochen habe.

»Klingt zwar nach einem aufregenden Ausreißerdasein, aber sorry …« Paolo richtet sich auf und schaut mich an. »Das ist nichts für mich, Nina.« Er reißt einen Grashalm aus und kaut darauf herum. »Ich habe Verpflichtungen in Neapel, meine Neffen und Nichten brauchen mich, ich habe meine Wohnung dort …«

»Dein Boot«, füge ich verärgert hinzu.

»Und vor allem«, Paolo scheint meinen Seitenhieb gar nicht bemerkt zu haben, »ich kann kein Englisch, geschweige denn irgendeine andere Sprache als Italienisch.«

Ich verzichte auf eine Grundsatzdebatte über das Erlernen von Fremdsprachen und lege mich enttäuscht auf den Rücken ins Gras.

Eine Taube fliegt direkt über mir vorüber. Zum Glück enttäuscht sie mich nicht auch noch und behält ihre Reste vom Abendessen für sich.

»Hast du schon in Hamburg gefragt, ob du bald wieder dort anfangen kannst?«, fragt Paolo.

»Nein«, gebe ich zurück, »ich habe noch gar nichts unternommen. Zu Hause weiß noch keiner, was hier gerade abläuft. Ich habe mich heute noch nicht mal von der Arbeit abgemeldet.«

»Es ist aber wichtig, dass du deinen Stammarbeitgeber so schnell wie möglich fragst, ob du wiederkommen kannst.«

»Willst du mich etwa loswerden?«, maule ich ihn heftiger an als gewollt. »Soll ich gehen?«

»Äh … nein.« Paolo schüttelt konsterniert den Kopf. »Natürlich nicht. Nur – es ist wichtig, dass du einen Job hast.«

»Ich könnte mir doch auch hier einen suchen«, schlage ich trotzig vor.

»Klar könntest du das.« Paolo redet auf mich ein wie auf ein verstörtes Pferd, »aber du kennst die Joblage in Italien inzwischen. Hier gibt es praktisch nichts. Auf Bewerbungen reagiert kein Mensch, und wenn du endlich einen Job findest, kommst du mit dem Nettolohn kaum über die Runden – bei den Mieten hier«, fügt er hinzu.

Ich streiche mir die Haare aus der Stirn. »Was sollen wir dann machen?«, frage ich.

»Versuch deinen Job in Hamburg zurückzubekommen. Und dann komme ich dich dort besuchen.«

»In Hamburg. Ist ja auch gleich nebenan«, schnaube ich so wütend, dass Paolo zusammenzuckt.

»Nina«, er ringt um Fassung und nimmt meine Hand, »du bist jetzt viel zu aufgeregt. Ich kann das gut verstehen, ich bin es auch.« Mit einer hilflosen Geste streichelt er mir über die Wange. »Wir werden schon eine Lösung finden. Wir … wir *lieben* uns doch, oder etwa nicht?«, fragt er.

Ich schaue ihn an. Da war es, das magische Wort. Warum kommt das erst jetzt, in dieser Situation?

Paolo schaut mich traurig an. Er scheint gerade genau das Gleiche zu denken.

»Lass uns eine Pause machen und Mittagessen gehen«, schlägt er dann sachlich vor. »Mit leerem Magen kommt man nicht weit.«

Eine halbe Stunde später schließe ich die Tür zu Giorgios Wohnung auf. Ich habe Glück: Mein Vermieter ist bereits unterwegs in ein verlängertes Wochenende in den Bergen. Dieses Mal hat er sogar Ilaria mitgenommen. Waren die Kletterausflüge bisher sein Heiligtum, hat er seine Meinung plötzlich wie ein Fähnchen im Wind geändert und Ilaria eine komplette Wanderausrüstung geschenkt, damit sie ihn begleiten kann.

Paolo und ich gehen in die Küche. Ich werfe uns ein paar Kalbsschnitzel mit Salbei in die Pfanne und backe Weißbrot im Ofen auf. Paolo stibitzt eine Flasche Rotwein aus Giorgios Sammlung, schenkt uns zwei Gläser ein und bringt mir das meine zum Herd, wo ich gerade mit der Gasflamme kämpfe.

»Auf uns.« Er lächelt mir aufmunternd zu und trinkt einen Schluck.

Ich stelle mein Glas zur Seite, schlinge die Arme um ihn und vergrabe das Gesicht an seinem Hals. Paolo drückt mich an sich.

Dann schaltet er Herd und Ofen aus.

»Wo ist denn dein Zimmer?«, flüstert er.

Später liegen wir nebeneinander auf meinem kleinen Einzelbett in der Zimmerecke und schauen aus dem Fenster. Paolo raucht. Auch ich nehme ein paar Züge, obwohl ich noch nie geraucht habe. Passt aber irgendwie gerade zu unserer Stimmung.

»Als Conti mich gestern zu sich gerufen hat, um mir dieses Ultimatum zu stellen, dachte ich, mich rammt ein Bus«, fängt Paolo an zu reden. »Was für ein Schock. Ich arbeite schon so lange für ihn und nun behandelt er mich *so*«, fährt er verbittert fort.

»Wie hast du reagiert?«

»Ich habe ihm gesagt, ich müsse darüber nachdenken.«

»Und was hat Conti daraufhin gemeint?«

»Er hat gefragt, was es da nachzudenken gebe. Er meinte, mal eben die Tochter unseres Geschäftspartners sitzen zu lassen und mit einer Frau loszuziehen, die er selbst durch seine Werbeaufträge nach Neapel geholt hat, sei die größte Respektlosigkeit, die ich ihm antun konnte. Schließlich habe er mich immer wie seinen eigenen Sohn behandelt und so weiter. Der ganze Sermon älterer Herren eben …«

»Respektlos?«

»Ja, respektlos. Conti fühlt sich Pienzo gegenüber verantwortlich für das, was passiert ist.«

Ich zucke mit den Schultern, so gut das im Liegen eben geht und schüttele ungläubig den Kopf.

»Das ist Neapel, weißt du«, erklärt Paolo mir. »Katholisches Süditalien. Niemand möchte gerne kurz vor seiner Hochzeit sitzen gelassen werden, aber wenn dir so was als Frau passiert ...«, er zieht die Stirn kraus, »das ist schon eine recht heftige Sache«, fügt er leise hinzu.

Im Geiste stelle ich mir eine dunkelhaarige Schönheit vor, die weinend vor dem Brunnen an einer kleinen Piazza sitzt, während die Dorfgemeinschaft spottend mit Fingern auf sie zeigt und an ihr vorübergeht. Das ist doch absurd. In welchen Zeiten leben wir denn?

»Das ist doch absurd«, sage ich also, »in welchen Zeiten leben wir denn?«

»Doch«, beharrt Paolo. »Die Zeiten sind im Süden von Italien eben noch ein bisschen anders. Cristina ist geradezu depressiv, es geht ihr sehr, sehr schlecht. Sie hasst mich fürchterlich für das, was ich ihr angetan habe.«

»Und woher weißt du das so genau?«, frage ich ruhig. Dabei sind meine Nerven zum Zerreißen gespannt.

Kurzes Stocken.

»Ich war bei ihr«, kommt sofort die schlichte Antwort.

Mit einem Ruck richte ich mich auf, reiße mir meine Decke bis zu den Schultern hoch und drücke mich mit dem Rücken gegen die Wand.

»Du warst *bei ihr*?«

»Nun ja, ich ...« Auch Paolo richtet sich nun auf und wir sitzen uns auf meinem Bett gegenüber. »Ich fand ... nach der Sache mit Conti gestern und nachdem mich ihr Vater neulich so hasserfüllt angestarrt hat, dachte ich, ich müsste ein klärendes Gespräch mit Cristina führen.«

»Wie nach der Sache mit Conti *gestern*? Heißt das, du warst gestern bei ihr?«, frage ich aufgebracht.

»Äh … ja. Gestern. Und heute bin ich dann zu dir geflogen.«

»Ach, alles hübsch der Reihe nach, oder wie?« Mittlerweile bin ich vom Bett aufgesprungen, greife nach meinem Morgenmantel und werfe ihn mir über. »Erst mit Chefchen sprechen, dann den Segen der Ex abholen und zum Schluss die Werbemaus in Mailand besuchen, die du am liebsten zurück nach Hamburg schicken möchtest«, schreie ich ihn an.

»Nina, komm mal runter …«

»Ich soll runterkommen? Sag mal, tickst du noch ganz richtig?« Ich bin stinkwütend. »Wie springst du eigentlich mit mir um?«, brülle ich weiter. »Ich habe deinetwegen den Job verloren! Ich habe dich gebeten hierherzukommen, weil ich mit dir zusammen Pläne schmieden wollte, wie es weitergeht, wie wir zusammenbleiben können – und du? Du kriechst bei deiner Ex zu Kreuze, in der Hoffnung, es irgendwelchen alten Herren rechtmachen zu können.«

»Nina, ich *lebe* von diesen alten Herren. Ich brauche verdammt noch mal meinen Job!«

»Ja, und deine Rente und deine gebügelten Hemden und Capri um die Ecke – das brauchst du alles. Bloß nicht aus dem Trott kommen oder gar eine neue Sprache lernen müssen oder was auch immer«, schimpfe ich verbittert.

»Nina, ich habe meine Verlobung für dich aufgelöst!«, versucht es Paolo erneut.

»Vielen Dank auch. Nachdem du eine ganze Weile ein Doppelleben geführt hast und ich hier oben in Mailand saß, ohne zu verstehen, warum du auf meine Anrufe kaum reagierst.«

»Ich habe Zeit gebraucht. So einfach war das alles nicht.«

»Zeit? Weißt du was: *Nimm* dir alle Zeit der Welt.« Meine Stimmlage fällt plötzlich ab. Ich lasse mich auf einen Stuhl vor dem Fenster fallen und lege die Hände in den Schoß wie meine Oma ihr Strickzeug.

»Paolo, ich mag nicht mehr.« Ich schaue ihm direkt ins Gesicht.

Paolo sitzt kerzengerade auf dem Bettrand. Nur ein Stück Laken bedeckt seine Hüften wie bei einem der Engel auf dem Deckenfresko in der Sixtinischen Kapelle. Sein Gesicht ist ausdruckslos.

»Wie, du *magst* nicht mehr?«, fragt er ähnlich tonlos.

Ich atme tief ein und aus. »Ich kann das nicht mehr, Paolo«, sage ich ruhig. »Dieses Auf und Ab. Erst himmelhochjauchzend und im nächsten Moment zu Tode betrübt«, erkläre ich weiter. »Ich werde Italien verlassen müssen, weil ich hier keinen Job mehr habe, aber du möchtest nicht mit mir gehen. Und dein Chef will unsere Beziehung verhindern, weil er sich dem Brautvater gegenüber verantwortlich fühlt. Da frage ich dich: Welche Zukunft haben wir? Wo soll das hinführen?«

»Jetzt mal ganz ruhig«, versucht Paolo mich aufgeregt zu beschwichtigen. »Nina, jetzt … wirf nicht gleich alles hin. Wir … wir schaffen das!«

»Wie denn?«, will ich wissen.

»Wir … wir könnten …«

»Siehst du! Wir könnten *gar nichts*, Paolo. Conti hat dir ein Ultimatum gestellt: ich oder dein Job. Vielleicht war dir das noch gar nicht klar – aber du hast dich bereits entschieden.«

Ich muss es penetrante acht Mal klingeln lassen, bis Lidia endlich das Telefon abnimmt.

»Pronto?«, höre ich sie gut gelaunt sagen.

»Lidia, ich bin's – Nina.«

»He, so spät am Abend. Ist was passiert?«

»Ich bin gefeuert und habe mich von Paolo getrennt.«

Stille.

»Bist du noch dran?«

»Ja, aber nur körperlich. Mental bin ich gerade umgefallen.«

»Das kenne ich«, pflichte ich ihr bei, »so geht es mir seit Tagen.«

»Nimm dir ein Taxi und komm her«, befiehlt Lidia mir.

Die Wohnungstür zu Lidias schöner Wohnung in dem schönen Palazzo in der schönsten Ecke von Mailand wird mir von einem wunderschönen Mann geöffnet. Dieser wunderschöne Mann stellt sich mir mit ebenso wunderschöner Stimme als Lidias Ehemann vor.

Mir ist wunderschön zum Heulen zumute.

Lidia kommt mir im Flur entgegengelaufen, nimmt mich in die Arme und führt mich ins Wohnzimmer zum Sofa. Sie fegt eine weiße Näharbeit von der Sitzfläche, die selbst mein ungeübtes Auge als Babyausstattung identifiziert.

»Ein Jäckchen für die Raupe?«, frage ich schwach.

»Eine Maus mittlerweile, ja«, bestätigt sie. Dann setzt sie sich neben mich und nimmt meine Hände in ihre. »Erzähl«, fordert sie mich auf. »Und fang ganz vorne an.«

Als ich mit meiner Berichterstattung fertig bin, hebt Lidia endlich wieder den Kopf, den sie vor ungefähr einer Viertelstunde schockiert in beiden Händen vergraben hat. Ein paar Sekunden der Stille vergehen.

»Warum hast du mir neulich nichts von dem Aufeinandertreffen in dem Restaurant in Neapel erzählt?«, ist das Erste, was sie wissen möchte. »Das ist ein absoluter Knaller.«

»Keine Ahnung.« Ich weiß es wirklich nicht. »Ich hatte es wohl vergessen. Oder verdrängt. Ich war so beduselt von dem schönen Wochenende, das danach kam ...«

»Wie kann es sein«, räsoniert Lidia weiter, »dass Luigi zu einem Kundentreffen fährt, ohne dass auch nur einer aus dem gesamten Team von Napolone etwas davon gewusst hat – und dass er zu allem Überfluss im selben Lokal essen geht, in dem ihr sitzt?«

Ich zucke ratlos mit den Schultern. »Zufall?«, wage ich einen Versuch. »Schlimmer, verteufelter, verdammter Zufall.«

»Huh, nicht so fluchen.« Zu meiner Belustigung bekreuzigt sich Lidia eilig. Dann denkt sie schweigend nach.

»Wer mag dieses Treffen in Neapel organisiert haben? So etwas macht Luigi ja nicht selbst«, überlegt sie. »Hat jemand etwas von dir und Paolo geahnt?«, fragt sie dann sachlich.

»Also«, überlege ich, »Stefano hat mich nach dem Kundenmeeting bei AdOne ausgefragt, weshalb ich damals so fluchtartig abgehauen bin. Und Maria vielleicht«, füge ich hinzu. »Die scheint mich zu beobachten, seitdem wir gemeinsam in Neapel beim Kunden waren.«

Lidia denkt weiter nach. »Hast du Paolo jemals eine private E-Mail über unseren Firmen-Account geschrieben?«

Ich stutze. »Hä? Ja, *immer.* Wieso?«

»Waaaas?«, ruft Lidia aufgeregt dazwischen und hält schützend beide Hände über den Bauch, als hätte sie Angst, dass ich auch ihrer Raupenmaus eine Mail geschickt haben könnte. »Bist du wahnsinnig?«, redet sie aufgeregt weiter, »alle E-Mails, die von außen bei AdOne eintreffen, gehen auch im Chefsekretariat ein.«

»Bitte?« Ich bin fassungslos. »Das kann nicht sein.«

»Doch, das ist bei uns so«, erklärt Lidia, »das müsstest

auch du wissen, das steht in unserer IT-Policy, die jeder Mitarbeiter bei AdOne unterschreiben muss.«

»Himmel, das war für mich Fachchinesisch auf Italienisch. Das liest doch keiner«, protestiere ich schwach.

»Sollte man aber«, entgegnet Lidia trocken.

Jajajaja, denke ich gereizt, Lidia studiert bestimmt auch immer die AGB, die in jedem Kaufhaus aushängen. Außerdem weiß sie, was Holistik ist …

Meine Kollegin ist aufgestanden und wühlt in einer Schreibtischschublade nach einer Mappe. »Hier ist es«, sagt sie und reicht mir ein paar Unterlagen. »Ich vermute, du hast den gleichen Schrieb unterzeichnet.«

Sie tippt auf einen Unterpunkt auf Seite vier, in dem in der Tat steht, dass zu Sicherheitszwecken und zur Aufrechterhaltung der Geschäftsprozesse im Krankheitsfall von Mitarbeitern alle eingehenden E-Mails auf einem für die Abteilungsleiter bei Bedarf einsehbaren Account eingehen.

Holistischer Shit. Mein Leben ist eine ganzheitliche Katastrophe.

Ich reibe mir die müden Augen. »Das ist nicht gut.« stöhne ich.

»Nein, das ist es nicht«, bestätigt Lidia. »Nichtsdestotrotz fürchte ich, dass genau darin die Lösung für den ganzen Schlamassel zu liegen scheint, Nina. Ich glaube nämlich, da wollte dir jemand schaden. Aus welchem Grund auch immer.«

32.

Am Montagmorgen renne ich geradezu ins Büro und drücke so hastig den Startknopf meines Rechners, als ginge es dabei um meine persönliche Sauerstoffversorgung. Langsam, viel zu langsam fährt der Rechner hoch, während ich aufgeregt auf der Tischplatte herumtrommele.

Ich öffne mein E-Mail-Programm und filtere alle eingegangenen Mails von Paolo heraus.

Das könnte sie sein. Die Brand-Mail:

»Meine Liebe,

was für eine Nachricht zum Start in den Tag. Ich buche Dir sofort ein Hotel und reserviere uns für Freitagabend einen Tisch im Blooms.

Freue mich sehr aufs Wochenende!

P.«

Uff. Ich scrolle ein bisschen weiter. Daneben gibt es noch einige andere kurze Mails von Paolo, die irgendwie alle das Gleiche besagen – dass er sich auf das Wochenende mit mir freut, dass er an mich denkt, dass er hofft, es gehe mir gut und so weiter.

Kurz: Anhaltspunkte, die einem Außenstehenden ein klares Bild über Paolo und mich verschaffen.

Hat Stefano die Mail gelesen? Oder Maria? Oder sogar Luigi? In meinem Kopf schwirrt es. Warum sollte mir jemand schaden wollen? Beruflich war ich doch in dieser Agentur für niemanden eine Gefahr. Schließlich war von Anfang an klar, dass ich nur vorübergehend zu AdOne

Milano komme und nach ein paar Monaten wieder abziehe. Privat? Eifersucht auf Paolo? Wäre das Maria zuzutrauen? Gut, wir konnten uns offensichtlich nie leiden, aber warum sollte sie so weit gehen?

»Guten Morgen, Nina«, werde ich in meinen Überlegungen unterbrochen. Stefano betritt das Büro, in der Hand einen winzigen Pappbecher für einen Espresso to go. Er schließt die Tür, stellt den Becher und seine Tasche auf seinem Schreibtisch ab und setzt sich auf einen freien Stuhl unmittelbar neben mir.

»Luigi hat mich darüber informiert, dass du uns verlassen wirst«, kommt er direkt zur Sache. Er schaut mich betroffen an.

Ich ziehe argwöhnisch die Augenbrauen hoch.

»Das ist sehr schade, Nina, so plötzlich.«

»Hat er dir auch gesagt, weshalb?«, frage ich distanziert.

»Er hat mir nur erzählt, dass der Kunde künftig von einer anderen Person betreut werden möchte. Ich kann das kaum glauben, Nina. Du hast doch einen guten Job gemacht. Ist etwas vorgefallen, das ich wissen müsste?«

Würde mich das jemand fragen, der mir diese ganze Misere eingebrockt hat?

Ich schaue Stefano ins Gesicht. Seit wir uns kennen, haben wir uns wirklich gemocht und immer einen offenen Umgang miteinander gehabt.

»Ich muss gehen, weil ich eine Affäre mit Paolo Rossi habe. Das passt Conti nicht«, kläre ich Stefano kurz auf.

»Mit dem Vertriebsleiter von Napolone?« Stefano wirft sich in seinem Stuhl zurück und schlägt die Hände über dem Kopf zusammen. »Wie hast du das denn hinbekommen? Du warst doch nur ein einziges Mal in Neapel.«

»Es hat gereicht«, nuschele ich.

»Ich hatte neulich kurz einen Verdacht, als du aus dem Meeting abgehauen bist, dachte mir dann aber, dass es unmöglich sein kann, eben weil … Schließlich warst du nur zu *einem* Termin in Neapel.« Stefano schaut aus dem Fenster und denkt nach.

»War in dem Meeting denn nicht die Rede davon, dass Rossi demnächst heiratet?«, fragt er dann.

»Ja, das war geplant«, sage ich. »Aber soweit ich weiß, wird weder die Hochzeit stattfinden …« Wer weiß, was Paolo für neue alte Wege einschlagen könnte?, denke ich bitter. »Noch«, fahre ich fort, »bin ich momentan mit ihm zusammen.«

»Das tut mir leid! Das hört sich alles gar nicht gut an.« Stefano guckt mich neugierig an und wartet sichtlich auf weitere Erklärungen.

Aber ich habe jetzt genug erzählt. Ich schweige.

»Kannst du denn wieder«, setzt Stefano erneut an, »in deinen alten Job in Deutschland einsteigen?«

»Ich habe meinem Chef in Hamburg eine Mail geschrieben, dass ich frühzeitig zurückkommen möchte«, sage ich. »Er hat geantwortet, Arbeit habe er für mich genug… Daher bin ich heute nur noch mal kurz reingekommen, um mit dir eine Projektübergabe zu machen«, kehre ich brüsk *back to business*, bevor mir die Tränen kommen.

»Okay«, sagt Stefano nach einer kurzen Pause und erhebt sich. »Ich finde es sehr schade, dass du gehst. Wir hatten eine gute Zeit zusammen.«

Wenige Stunden später packe ich bei AdOne Milano meine Tasche und fahre meinen Rechner herunter.

»Und du willst mich wirklich mit Stefano alleine lassen?«, beschwert sich Simona. »Das kannst du mir nicht antun.«

»Ich bin dazu gezwungen, meine Liebe, leider …« Ich knöpfe meine Tasche zu.

»Komm her.« Simona streckt die Arme aus. Ich muss mich tief zu ihr hinunterbeugen, damit wir uns ein paar Sekunden lang fest drücken können. Als ich sie loslasse, hat sie Tränen in den Augen.

»Alles Gute für dich.«

Ich nicke tapfer.

Stefano reicht mir die Hand. »Wenn ich dir irgendwie, womit auch immer, helfen kann – du hast meine Nummer«, sagt er zum Abschied.

Im Treppenhaus auf dem Weg zum Ausgang kommt mir plötzlich die Wut hoch wie ein Blitzschlag. So sang- und klanglos werde ich nicht einfach von hier weggehen. So kann ich mich einfach nicht abservieren lassen.

Es gibt da noch etwas, das ich wissen will.

Ich drehe auf dem Treppenabsatz um und gehe ein Stockwerk höher in die Chefetage. Gewollt energisch marschiere ich den Gang mit dem flauschigen Teppichboden entlang, stürme in Martas Vorzimmer und laufe grußlos und ihren Protest ignorierend an ihr vorbei in Luigis Büro.

Der Agenturchef blickt konsterniert von seinem Monitor auf.

»Ich gehe jetzt«, informiere ich ihn.

Luigi schaut mich an, als wollte er fragen: »Na, und?« Das Freisetzen von Mitarbeitern ist offenbar sein täglich Brot.

»Ich gehe jetzt«, wiederhole ich, »und wollte dir daher Tschüss sagen.«

»Okay«, sagt er schließlich gedehnt, »mach's gut.« Er schielt in Richtung Bildschirm.

»Eine letzte Sache noch, Luigi.«

Er blickt erneut auf und atmet tief durch.

»Unser zufälliges Treffen in Neapel neulich … Wer hat das organisiert? Es ging doch sicher um die Vertriebsstrategie, nicht wahr?«

Luigi ist nun sichtlich angefasst. »Meine Reisen bucht Marta«, informiert er mich ungeduldig. »Eigentlich war das Treffen vertraulich. Aber jemand musste für mich die Tagesagenda aufbereiten, weil ich keine Zeit dazu hatte. Daher hat das … Maria gemacht.«

Maria!

»Auch den Restaurantvorschlag? Das Abendessen im Blooms?«

Luigi runzelt gereizt die Stirn. »Ja, Maria hat den gesamten Tagesablauf koordiniert. Nina, jetzt …« Luigi steht auf.

Mir droht ein Bürorauswurf.

»Okay, okay, ich gehe ja gleich«, beschwichtige ich ihn und drehe mich in Richtung Tür. »Sicher habe ich einen Fehler gemacht, etwas mit dem Kunden anzufangen. Aber ich habe den Eindruck, Opfer einer Intrige geworden zu sein. Marias Intrige. Ich vermute, dass sie aus Neid oder irgendwelchen anderen Gründen meine E-Mails gelesen und euch in das Lokal geschickt hat, in dem ich mit Herrn Rossi saß.«

Ich habe jetzt nichts mehr zu verlieren.

Luigi schaut mich böse an, macht den Mund auf und klappt ihn wieder zu.

»Du kannst jetzt gerne denken, das sei nur mein persönliches Problem«, fahre ich hastig fort und klemme mir hektisch eine Haarsträhne hinters Ohr, »aber das ist es nicht. Es ist unser aller Problem. Immerhin ist eine Sache aufgeflogen, die unseren Kunden, Herrn Conti, sehr verärgert hat. Es hat Schaden über AdOne gebracht. Und das ist nicht nur meine Schuld. Maria hat uns allen damit geschadet.«

Für eine Sekunde schauen Luigi und ich uns stumm an. Er sitzt da wie vom Donner gerührt.

»Und du«, füge ich hinzu, »du warst der Bauer auf dem Schachbrett für ihre Intrige.«

Ich drehe mich um und stürme aus dem Raum.

Jetzt nur noch den Gang entlang, um die Ecke durch die Zwischentür zum Treppenhaus und weg.

Aber bis dahin komme ich nicht.

Ich sehe sie schon von Weitem, wie sie dort vorne an der Garderobe ihre Jacke aufhängt und nun im Begriff ist, ihr Halstuch aufzuknoten.

Warum muss ich diese Frau jetzt noch treffen? Hätte sie nicht einfach in der Mittagspause verhungern können?

Während ich noch abwäge, ob ich einen Fluchtsprung durch die Bürotür neben mir machen soll, hat sie mich schon erblickt. Ich verlangsame meinen Schritt. Sie grinst mich höhnisch mit zusammengekniffenen Lippen an.

»Noch da?«, säuselt sie schlicht und prüft mit einer herablassenden Geste den Sitz ihrer Frisur im Garderobenspiegel.

Ich stehe nun direkt vor ihr. Unmöglich zu verbergen, wie nervös ich bin, ich pruste förmlich. »Nein«, gebe ich dennoch frech zurück. Der einzige Protest, der mir spontan einfällt.

»Besser so«, sagt Maria schlagfertig, »denn was wir hier brauchen, sind gute, verlässliche Mitarbeiter. Wie ich höre, hast du AdOne reichlich Ärger eingebrockt.«

Worte wie Peitschenhiebe.

Ich starre sie an und bin für einen Moment fassungslos. Dann sammele ich mich.

»Warum, Maria?«

»Wie bitte?« Sie schaut mich hochmütig an.

»Warum, will ich wissen. Warum hast du Luigi ins

Blooms geschickt?«, pokere ich. Streng genommen kann das alles immer noch Zufall gewesen sein. Ich habe keine Beweise.

»Ich weiß nicht, was du meinst«, erwidert Maria kalt.

»Und ich glaube, du weißt es ganz genau«, erwidere ich ruhig.

Dann gehe ich an ihr vorbei und drücke die Tür nach außen auf.

»Alles Gute für dich«, höre ich sie hinter mir hersäuseln. »Auch *privat* natürlich.«

Zerschmettert bummele ich zum letzten Mal durch Mailand. Unterwegs halte ich in einem Reisebüro an, um gleich für morgen einen Rückflug zu buchen. Hier gibt es für mich nichts mehr zu tun. Meine Zeit in Italien ist um.

Während die Reisebüromitarbeiterin mir die Flugunterlagen ausdruckt, betrachte ich die Werbeaushänge an den Wänden der Agentur. Mein Blick fällt auf ein buntes Poster. Zirkus Fantini ist wieder in der Stadt. Ich schwelge in Erinnerungen. Mein Zirkusbesuch mit Aldo scheint Lichtjahre her zu sein. Damals war ich gerade erst in Mailand angekommen. Wie viel ist seitdem passiert.

»Rapple dich wieder auf, wenn du auf die Nase fällst«, erinnere ich mich an die Worte , die Aldo mir im Zirkus mit auf den Weg gegeben hat. Ich atme seufzend aus, bezahle das Flugticket, das die Mitarbeiterin auf den Tresen legt, und spaziere auf die Straße.

Nur wie soll ich mich aufrappeln? Ich fühle mich am Boden zerstört und sehe kein Licht am Ende des Tunnels. Paolo fehlt mir.

In einem spontanen Anfall von Nostalgie halte ich ein Taxi an und nenne dem Fahrer Aldos Adresse.

Kurz darauf steige ich vor meiner ersten Unterkunft hier

in der Stadt aus. Der Gehweg ist übersät mit Scherben von Bierflaschen und Zigarettenstummeln, die die Besucher der Disco unter meinem ehemaligen Zimmer auf die Straße geworfen haben.

Ich betätige die Türklingel der Grandis, aber es scheint niemand zu Hause zu sein. Nur von ferne, bilde ich mir ein, höre ich Poppy kläffen.

Also bummele ich die Straße entlang und schaue mir die Gegend an, in der ich meine ersten Tage in Mailand verbracht habe. An einem Häuserblock bleibe ich stehen. Mir kribbelt es kurz im Magen, dann gebe ich mir einen Ruck und biege in die Gasse ein, in der – Renato wohnt.

Ohne jede Fragen aus der Gegensprechanlage wird mir geöffnet. Renato scheint keine Angst vor ungebetenen Gästen zu haben.

In der Tat: Er freut sich, mich zu sehen, als ich endlich im vierten Stock bei ihm angekommen bin.

»Nina, was für eine Überraschung! Komm rein. Was verschafft mir die Ehre?«, fragt er und schließt die Wohnungstür hinter mir.

»Ich will dir nur schnell *addio* sagen«, gebe ich zurück. »Morgen verlasse ich die Stadt.«

»Ach, schon?«, sagt er. »Willst du einen Tee?«

»Gerne«, sage ich. »Zitronengras mit Bio-Ingwer, falls du hast.«

»Habe ich zufällig da.«

Ich muss innerlich grinsen.

Renato schüttet Wasser aus einer gläsernen, mit bunten Kristallen gefüllten Karaffe in einen Topf und entzündet die Gasflamme am Herd. Dann holt er zwei Tassen aus der Spüle und wäscht sie beide mit einer schmuddeligen Holzspülbürste ab.

»Also«, beginnt er, »wie war Mailand für dich?«

»Heftig«, seufze ich und lasse mich auf ein Sitzkissen am Boden sinken. »Es war eine interessante, aufregende Zeit, aber ich fühle mich mit allem gescheitert, was ich angefasst habe.«

»Na, na, na«, beschwichtigt mich Renato. »Was für harte Worte.«

»Aber so ist es«, beharre ich.

»Dann hast du das wohl angezogen«, lehrt mich Renato. »Schließlich sind wir in diesem Universum, um zu lernen. Vom Leben zu lernen.«

»Welch ein Trost«, antworte ich sarkastisch.

»Ja, so ist das im Leben.« Renato kippt das dampfende Teewasser in die beiden Tassen. »Du musst erst durch die Scheiße gehen, um wachsen zu können.« Er stellt die Tassen auf einem Hocker ab und lässt sich neben mich auf ein Sitzkissen gleiten. »Sag mal, welches Sternzeichen bist du eigentlich?«

»Widder, warum?«

»Widder? Eine Kämpfernatur. Ach, dann mach dir keine Sorgen, du rappelst dich schon wieder auf.«

Jetzt fängt der auch noch mit dem Rappeln an.

Schweigend trinken wir den Tee und hängen unseren Gedanken nach.

»Wie war deine Ausstellung mit den *donne ciccione?*«, will ich dann wissen.

»Ist super gelaufen«, freut sich Renato. »Ich arbeite schon an der nächsten Kollektion. Willst du sie mal sehen?« Er deutet mit dem Kopf Richtung Treppe, die nach oben in das mir noch gut bekannte Atelier führt.

Ich kann mir ein Lachen nicht verkneifen. »Lieber nicht«, lehne ich ab, »es hat mir gereicht, hier am Boden zu liegen.« Ich stelle meine leere Tasse zurück auf den Hocker. »Danke für den Tee«, sage ich und stehe auf.

Renato erhebt sich und folgt mir zur Tür, wo ich im Begriff bin, mir die Schuhe anzuziehen.

Ich stelle mich auf die Zehenspitzen, Renato legt mir beide Hände auf meine Schultern. Wir küssen uns.

Musste jetzt irgendwie sein.

Ich rieche seinen Duft, der mich wie ein altbekanntes Lied in eine Zeit vor ein paar Monaten versetzt.

»Alles Gute für dich, Nina.« Renato streicht mir väterlich über den Kopf. »Wird schon.«

Am Abend finden mich Giorgio und Ilaria mit der Restflasche Rotwein, die Paolo und ich am Samstag übrig gelassen haben, alleine am Küchentisch vor. Ich muss ein jämmerliches Bild abgeben, wie ich in Jogginganzug und Puschen im grellen Energiesparlampenlicht an der billigen Resopalplatte des Tisches vor mich hin bechere.

Ich habe bereits zwei Gläser auf nüchternen Magen intus und bin fürchterlich melancholisch.

»Was ist denn hier los?«, fragt Ilaria entsetzt und wirft ihre Jacke auf einen Stuhl.

»Ich reise morgen ab«, gebe ich tonlos zurück. »Ich muss euch verlassen.«

»Wie bitte? Warum?«, fragt Ilaria und legt einen Arm um mich.

Giorgio setzt sich wortlos zu mir an den Tisch und schaut mich erschrocken an.

Ich berichte den beiden von den Ereignissen der letzten Tage, in denen mein kleines Leben zusammengebrochen zu sein scheint. Ilaria und Giorgio hören entsetzt zu.

»Wie schlimm«, fasst Ilaria zusammen, als ich geendet habe, und schaut Giorgio hilfesuchend an.

Der tätschelt mir den Arm. »Lass mich mal einen Moment mit meiner kleinen Untermieterin alleine«, bittet er sie.

Ilaria verlässt den Raum und schließt die Tür hinter sich. Ich höre sie ins Bad gehen.

»*Bella,* sei nicht traurig.« Giorgio nimmt sich ein Glas von der Anrichte und schenkt sich ebenfalls einen Schluck von seinem Wein ein. »Du bist noch so jung. Es werden garantiert andere kommen. Mir war dieser Neapolitaner sowieso nicht sympathisch«, fügt er fast ein bisschen zufrieden hinzu.

Ich schweige traurig.

»Glaubst du, dass du in Hamburg wieder Arbeit finden wirst?«

»Ja, ja«, bestätige ich schnell. »Das ist das geringste Problem, in meiner Agentur wieder einzusteigen.«

»Das ist das Wichtigste, meine Liebe. Das ist doch schon mal die halbe Miete«, meint Giorgio sichtlich beruhigt. »Und wenn es dir besser geht, kommst du mich in Mailand besuchen.«

»Ob ich hier noch mal herkommen möchte …«, klage ich verbittert.

»Du musst, *bella,* ich habe nämlich etwas Wichtiges mit dir vor.«

Ich schaue ihn neugierig an. Was meint er?

»Ich will es noch mal versuchen«, setzt Giorgio zu einer Erklärung an. »Stell dir vor, ich habe Ilaria tatsächlich gefragt, ob sie mich heiraten möchte. Und wer sollte da meine Trauzeugin sein, wenn nicht du?«

33·

Zum Flughafen gönne ich mir ein Taxi. Der Taxifahrer hat eine besonders schöne Strecke durch Mailands beste Wohngegenden gewählt. Ich lehne mich auf dem Sitz zurück, blicke aus dem Fenster und versuche, meine letzte Fahrt durch die Stadt zu genießen.

Wir fahren an eleganten Wohnhäusern mit bunt bepflanzten Balkons und kleinen Geschäften am Straßenrand vorbei. Danach passieren wir einen lang gestreckten Park mit Spielplätzen, gepflegten Wiesen und Parkbänken, auf denen ein paar Senioren den Sommer genießen. Vor einer Bar an der Straßenecke sitzen ein paar junge Frauen fröhlich lachend um einen Bistrotisch herum und trinken Kaffee. Mit einem Mal sehne ich mich nach meinen Freundinnen zu Hause.

Freundin!

Erschrocken fahre ich aus meinem Sitz hoch.

Ich habe eine der treuesten Seelen in Mailand total vergessen. Hastig wühle ich nach meinem Handy und wähle ihre Nummer.

»Pronto?«

»Lidia, *scusa*, es tut mir ja so leid! Ich reise bereits ab.«

»He, schön dich zu hören. Warte, ich verstecke mich eben in unserem privaten Besprechungsraum«, flüstert sie.

Ich höre sie aus ihrem Büro huschen und die wenigen Schritte in Richtung Materialraum nehmen. Eine Tür wird leise geschlossen.

»So«, sagt sie dann. »Nun gehst du also …«

»Hm, das war's«, sage ich zynisch. »Ich bin raus.«

»Meinst du, dass jemand deine E-Mails kontrolliert hat, wie wir es vermutet haben?«

»Ja, ich glaube«, gebe ich zurück, »dass es Maria war.«

»Aber warum?«

»Keine Ahnung, Lidia. Ich weiß es wirklich nicht. Neid? Irgendeinen Judas gibt es wohl einfach in jedem Unternehmen«, witzele ich verbittert.

»Na, dann hast du ja sogar Glück noch mit dem einen Verrat gehabt«, gibt Lidia trocken zurück. »Ein Judas verrät doch *dreimal,* bevor der Hahn kräht«.

Ich muss lachen.

Der krähende Hahn.

Der krähende Hahn?

Mich durchzuckt ein Geistesblitz, bei dem sich mir die Nackenhaare aufstellen.

»Lidia«, rufe ich aufgeregt, »du hattest mir doch neulich erzählt, die retuschierten Bilder seien von einer Agentur gekommen, die ›Der krähende Hahn‹ hieß, stimmt's?«

»Äh«, sie denkt nach, »ja: *›Il gallo che canta‹* hieß der Laden, meine ich …«

»Hör mal«, fahre ich aufgeregt fort, »hast du Zugriff auf die abgelegten Scans aller Rechnungen auf dem Server? Kannst du mal gucken, ob deren Rechnung schon eingegangen ist? Bitte!«

»Äh, jaaa, schon«, antwortet Lidia lang gezogen, »dafür muss ich nur zurück ins Büro. Ich weiß zwar nicht, warum du das wissen willst, aber ich rufe dich gleich wieder an.«

Sie legt auf.

Drei angespannte Minuten vergehen.

Kommschonkommschonkommschon.

Es klingelt.

»Nina, ich bin's«, höre ich nun die auch aufgeregte

Stimme Lidias, »pass auf. Die Rechnung ist sogar schon im System freigegeben: Dreiundzwanzigtausend Euro für Bildbearbeitung *Napolone* von der Agentur ›Der krähende Hahn‹ aus Parma. Aber nun halte dich fest …« Sie senkt die Stimme.

Meine Nerven sind zum Zerreißen gespannt und das Herz klopft mir bis zum Hals.

»Inhaber der Agentur ist ein Luciano *Galli*! Marias Nachname. Ob das ihr Bruder ist, oder so?«

»Oder nur Zufall?«, frage ich. »Ganz schön viele Zufälle um Maria herum …«

Galli bedeutet auf Deutsch »Hähne«. Beschränkt lustiges Wortspiel, seine Agentur *Il gallo che canta* – Der krähende Hahn zu nennen, denke ich.

»Vor allem«, pflichtet Lidia mir unterdessen bei, »eine solch hohe Summe für die paar Bilder, die der geliefert hat?«

»Vielleicht gibt dieser Luciano der schönen Maria zu Hause am Küchentisch ein paar Scheinchen davon zurück, sollten sich die beiden tatsächlich kennen«, überlege ich weiter.

»Nina, ich zittere vor Aufregung«, wispert Lidia.

»Und ich erst«, gebe ich zurück. »Sag mal, solche hohen Summen muss Luigi doch freigeben. Ist seine Unterschrift auf der Rechnung?«

Ich höre Lidia scrollen und tippen.

»Ja, hier unten ist was hingekritzelt. Ob das *seine* Handschrift ist …«

»Lidia, darf ich dich um einen letzten Gefallen bitten?« Ich habe da eine Idee. »Bitte druck die Rechnung aus, markiere das Unterschriftengekritzel schön leuchtend gelb und lege es Luigi einfach anonym in den Posteingangskorb«, bitte ich meine Freundin. »Falls wir beide uns hier irgendeinen falschen Alarm ausgedacht haben sollten, wird das Ding einfach in den Müll fliegen, falls nicht – wird es seinen Weg nehmen.«

»Das mache ich«, flüstert Lidia ängstlich, »du kannst dich auf mich verlassen.«

»Das hab ich immer getan, Lidia. Vielen Dank für alles.«

Ich lege auf und atme bebend ein und aus. War es das? Hat mich Maria womöglich wegen dieser Sache beruflich aus dem Weg räumen wollen? Haben Lidia und ich da vielleicht etwas richtig Großes aufgedeckt? Schon möglich, bloß:

Selbst wenn – Paolo habe ich trotzdem verloren.

34.

Normalerweise ist es bei Liebeskummer und sonstigen Enttäuschungen so, dass einen jede Straßenecke, jeder Supermarkt und vor allem das eigene Zuhause an das erinnert, was passiert ist. Mir ergeht es nicht so. Bei mir gleicht das vielmehr einer bösen Urlaubserinnerung, einem dumpfen Gefühl im Magen, weil da etwas verdammt schiefgegangen ist.

Dabei ist das alles jetzt schon fast einen Monat her.

Mailand.

Es kommt mir vor, als hätte mein Aufenthalt in Italien in einem anderen Leben stattgefunden. Ich habe mich einfach von dort weggebeamt und nichts in Hamburg erinnert mich mehr an Giorgio, Lidia, Renato oder … an Paolo.

»Ich gehe zum Bäcker, soll ich jemandem was mitbringen?«, fragt meine Kollegin am Schreitisch gegenüber und reißt mich aus meinen düsteren Überlegungen.

Mittagszeit in Hamburg.

Hier gehen wir mittags nicht essen, geschweige denn hinterher noch einen Espresso trinken. Hier verschlingen wir, wenn überhaupt, ein Brötchen am Schreibtisch, ohne auch nur die Augen vom übervollen Posteingangsfach abzuwenden.

»Ja, mir bitte«, melde ich mich zu Wort, krame nach meinem Portemonnaie und gebe meiner Kollegin ein paar Münzen. »Ein Brötchen mit Käse und eins mit Schinken, bitte. Vielen Dank.«

Während sich meine Kollegin ihre Jacke überstreift und nach ihrem Schirm sucht (auch dieses Jahr sind wir mit dem Hamburger Sommer wieder benachteiligt), lese ich ein paar Unterlagen für CremeZart Korrektur, die mir jemand auf den Tisch gelegt hat.

Derzeit arbeite ich nämlich an einer Kampagne für einen Streichkäse. Eine Zwischenlösung, bis die Napolone-Kampagne in Deutschland umgesetzt werden soll. Mir graut jetzt schon davor.

Mit gezücktem Rotstift gehe ich die Seiten durch und überlege, inwieweit ein Streichkäse tatsächlich »unbeschwerte Leichtigkeit und vollen Genuss« im Leben vermitteln kann, so wie es in unserer Markenstrategie angedacht ist. Wenn das alles so einfach wäre.

Mein Telefon klingelt.

Sonja vom Empfang ist dran. »Deine Kaffeelieferung ist da«, informiert sie mich.

»Ich habe nichts bestellt«, gebe ich knapp zurück.

»Keine Ahnung, jedenfalls steht hier ein Wagen mit einer Lieferung für dich vor der Tür.« Sonja wird ungeduldig. »Du, hier klingelt es auf allen Leitungen, kannst du dich bitte selbst darum kümmern?«

Ich stehe auf und trotte über die Treppe hinunter ins Foyer. Sonja sitzt mit Headset hinter ihrem Tresen und deutet in Richtung Einfahrt zu einem dort geparkten weißen Lieferwagen.

Ich schnappe mir einen der nassen Schirme, die neben der Tür stehen, und trete verärgert hinaus in den Regen. Kann der Lieferfritze nicht wenigstens drinnen warten?

Der Fahrer des Wagens sitzt hinterm Steuer und trommelt auf dem Lenkrad herum. Belustigt stelle ich fest, dass er selbst in Parkposition die Scheibenwischer auf vollen Touren laufen lässt.

Ich klopfe gegen die Scheibe und der Mann dahinter dreht sich zu mir um.

Es ist Paolo.

Schockschwerenot.

Mir rutscht das Herz in die Hose.

Für einen Moment starren wir uns beide durch die verregnete Autoscheibe an. Dann öffnet Paolo die Tür, steigt aus und steht im strömenden Regen vor mir. Unwillkürlich halte ich meinen Schirm über ihn, sodass wir nun schweigend unter einem grellgrünen Regendach mit Garfield-Motiven stehen.

»Was machst du denn hier?«, breche ich endlich mit einer dämlichen Frage unser Schweigen.

»Ich bin hier, um zu gucken, was du so treibst«, lautet die ähnlich dämliche Antwort. Paolo grinst mich unsicher an.

»Ganz schön weiter Weg hierher, um das herauszufinden«, sage ich zynisch.

Ich habe meinen Schirm schief über mich gehalten, weshalb mir plötzlich ein Strahl Wasser zwischen den Schulterblättern herunterläuft. Ein nasser Schauer, wie passend.

»Ja, ich war ein bisschen unterwegs«, bestätigt Paolo unterdessen. »Aber anders hätte ich dich nie erwischt. Anrufe oder Schreiben hättest du sowieso nicht beantwortet, das brauchte ich gar nicht erst auszuprobieren.«

»Anrufen, um mir was zu sagen?«, frage ich fordernd.

»Um dir zu sagen, dass ich«, er zögert, »dass ich in Neapel nicht weitermachen will.«

Ich runzele die Stirn. »Wie ›nicht weitermachen will‹, was meinst du damit?«

»Ich habe hingeworfen.«

»Deinen Job?«, frage ich ungläubig.

»Ja, genau den.«

»Ich denke, den brauchst du so dringend?«, bohre ich in alten Wunden.

»Solange ich mein Leben da unten führe, ja«, bestätigt Paolo. »Aber genau das will ich nicht mehr. Ich habe dieses Leben so was von satt. Diese Vetternwirtschaft, dass jeder jeden in die Pflicht nimmt, diese Abhängigkeiten. Ich wollte da raus. Und«, setzt er zögernd hinzu, »ich wollte mir nicht von meinem Chef verbieten lassen, mit wem ich zusammen bin.«

Mich fröstelt es. Mit einer Hand ziehe ich meine Strickjacke über dem Bauch zusammen.

Paolo sieht das. »Komm«, fordert er mich sanft auf, »setz dich hier rein.« Er öffnet die Wagentür.

Ich steige ein und rutsche auf der Bank zur Seite, damit sich Paolo neben mich setzen kann. Der Garfield-Schirm baumelt draußen wie ein riesiges Wagenohr am Seitenspiegel.

»Nina, ich habe meinen Job gekündigt und bin hierhergekommen, um mit dir zusammen zu sein«, erklärt er ruhig und schaut mich hilfesuchend an.

»Bist du wahnsinnig?«, frage ich tonlos.

»Ich denke schon«, gibt Paolo zurück. »Aber ich konnte so nicht weitermachen. Nicht nach dieser himmelschreienden Boshaftigkeit, die mir ... die uns passiert ist. Wenigstens hat sie die Aktion den Kragen gekostet ...«

Sie den Kragen gekostet?

»Was meinst du damit?« Ich kann ihm nicht ganz folgen.

»Na, deine Kollegin. Diese Frau Gallo oder Galli ... Maria Galli. Die hat uns doch ausspioniert. Ich dachte, du wüsstest das.«

»Ich hab's vermutet«, gebe ich wie vom Donner gerührt zurück. »Aber dass sie entlassen wurde, wusste ich nicht.«

»Sergio hat mir erzählt, dass Frau Galli wegen eines Vertrauensbruchs gefeuert wurde. Genaueres wusste er auch nicht, aber es scheint um Korruption und sogar um Unterschriftenfälschung gegangen zu sein. Irgendwie hatte sie wohl auch die Finger im Spiel, als wir damals den drei Herren in Neapel begegnet sind.«

»Krass! Maria hat das also wirklich getan«, staune ich und schlage beide Hände vors Gesicht.

Unglaublich!

»Ich vermute«, kläre ich Paolo auf, »sie hat einem Verwandten überteuerte Agenturaufträge für Bildretuschen zugeschanzt. Ich habe sie mehrmals auf die Kosten angesprochen. Wahrscheinlich hat sie da einen Plan schmieden müssen, um mich so schnell wie möglich loszuwerden.«

»Das hat sie gut gemacht. So einen Plan zu schmieden, meine ich«, stellt Paolo mit einem Funken Bewunderung in der Stimme fest. »Ich denke, die Galli wollte vor allem, dass dein Chef *dich* mit mir, dem Kunden, erwischt. Den Nebeneffekt, dass *ich* dadurch enormen Ärger bekomme, konnte sie gar nicht ahnen. Nichtsdestotrotz«, Paolo lächelt mich an, »nun hat sie den Schwarzen Peter gezogen.«

Ich triumphiere innerlich. Es gibt offenbar doch Gerechtigkeit. Da habe ich damals im Büro bei Luigi wohl richtig getippt und mit Lidias geheimer Hauspost eine echte Bombe platzen lassen, freue ich mich.

»Deswegen«, komme ich zurück zum Anfang, »wolltest du also weg aus Neapel?«

»Na ja, vor allem«, Paolo zögert, »wollte ich zu dir. Ich konnte nicht zulassen, dass wir uns wegen so einer Sache verlieren. Oder *wieder* verloren haben«, fügt er hinzu.

Staunend schaue ich ihn an.

»Ich kann das nicht glauben, Paolo. Du kündigst deinen Job und kommst hier hochgetuckert, ohne zu wissen, ob ich dich überhaupt noch will?«

Er zuckt die Schultern.

»Etwas riskant, nicht?«

»Wer nicht wagt«, scherzt er, »der gewinnt keine *dritte* Chance.« In seinen Augen erkenne ich einen Hauch Unsicherheit, als er mich hoffnungsvoll anschaut.

»Eine *dritte* Chance«, wiederhole ich bitter und schaue dem Regen beim Prasseln auf die Frontscheibe zu.

»Ja, ich wollte etwas riskieren«, bestätigt er. »Für eine dritte Chance bei einer Frau muss man wohl einiges aufs Spiel setzen.«

»Und nun?«, frage ich. »Was willst du hier machen, außer auf mich zu hoffen?«

Paolo dreht den Kopf und bedeutet mir, durch die Scheibe hinter dem Sitz in den Fond des Wagens zu schauen.

Ich drehe mich um und spähe durch das kleine Fensterchen. Mein Blick fällt auf Berge von Kaffeetüten, Kisten mit Tassen, Tellern und Besteck, Pakete mit Zuckertütchen und Amarettini und ganz weit hinten eine hochmoderne, riesige Kaffeemaschine.

»Alles Abschiedsgeschenke von meinem Freund Sergio«, informiert mich Paolo. »Er hat praktisch das Lager mit den Kundenpräsenten für mich geplündert und mir die Sachen als Aussteuer mitgegeben.«

»Was willst du damit machen?«, frage ich Paolo überrascht.

»Eine Kaffeebar eröffnen«, erklärt er schlicht. »Kaffee ist schließlich das Einzige, was ich kann.«

»Bei dem schlechten Wetter willst du hier arbeiten?«, frage ich. Das ist doch der Hauptgrund für die Heimwehattacken aller Italiener in Deutschland.

»Och«, wehrt er ab, »zu viel Sonne ist auf Dauer auch nichts.«

»Und wo soll diese Bar sein?«, frage ich weiter

»Na ja, ganz ohne Beziehungen und Vetternwirtschaft wäre ich nun auch wieder nicht nach Deutschland gekommen«, meint Paolo gutmütig. »Ich kenne da den Cousin vom Vater eines Freundes seines Onkels, der in Hamburg ein Lokal hat und mir ein paar freie Läden zeigen will.«

Ich schüttele ungläubig den Kopf. »Wahnsinn!«, presse ich hervor. Mehr fällt mir nicht ein. Ich bin gerade überfordert von dieser Situation. Aber: Es geht mir gut dabei. »Damit hast du ja alles, was man braucht«, füge ich scherzend hinzu.

»Ja, fast.« Paolo zögert. »Was mir noch fehlt, ist meine Traumfrau, die mit mir morgens einen Espresso trinkt.«

Er blickt mich treuherzig an.

Ich atme tief durch und falte geschäftsmäßig die Hände.

»Wenn du ihn mir morgens ans Bett servierst, wäre ich bereit, darüber zu verhandeln«, erkläre ich.

»Der Deal steht«, stimmt Paolo zu, »schließlich komme ich aus Neapel – ich bin Erpressungen gewohnt.«

Danke an Katharina und Karsten.

Sarah Harvey

Kann ich den umtauschen?

Roman. Aus dem Englischen von Marieke Heimburger. 368 Seiten. Piper Taschenbuch

Alice Cooper ist verwirrt. War ihr Freund Nathan schon immer so unachtsam? Oder hat sie nur nicht gemerkt, wie er sich im Laufe der Zeit veränderte? Während Alice noch darüber nachdenkt, tut er etwas (fast) Unverzeihliches. Er schenkt ihr zu Weihnachten einen Bürokalender und ein Wörterbuch – beides hat er noch schnell von seinem Schreibtisch mitgenommen. Unglaublich! Wütend schnappt sich Alice den Kalender und verfasst ihr ganz persönliches Wörterbuch: eine Abrechnung mit ihrem Horrorfreund von A-rmleuchter bis Z-eugungsverweigerer …

»Dieses Buch ist nicht nur außen rosarot, sondern auch innen: Es verzaubert mit viel Witz, Situationskomik und Charme.«
Laura

05/2662/01/L

Ralph Martin

Papanoia

Roman. Aus dem Amerikanischen von Sophie Zeitz. 240 Seiten. Piper Taschenbuch

Vater werden ist nicht schwer, Vater sein dagegen sehr. Vor allem für einen Ex-New-Yorker Schriftsteller mitten in Prenzlauer Berg. Seine Freundin erklimmt gerade die nächste Stufe der Karriereleiter als TV-Journalistin, also muss er sich zu Hause um den Nachwuchs kümmern. Er taucht ein in einen völlig fremden Kosmos aus Yogamüttern und Fahrradfanatikern. Doch was tun, wenn das Töchterchen die Bio-Brause verweigert und auch in der pädagogisch wertvollen Kita nicht auf ihre Barbie verzichten will? Während Papa sich den Kopf zerbricht, muss er irgendwann verblüfft einsehen: die kleine Lulu geht weitaus gelassener mit den allzu feindlichen Bedingungen um als der paranoide Papa …

05/2701/01/R